EIN TÖDLICHES KAPITEL

EIN AGATHA-ROYALE-KRIMI
BUCH 1

ELLA ANDREW

BACKSPACE
PRESS

Ein tödliches Kapitel

Ein Agatha-Royale-Krimi

von Ella Andrew

Verlag / Imprint:

Backspace Press

Houston, Texas, USA

Umschlaggestaltung: Ella Andrew

Dieses Buch ist ein Werk der Fiktion.

Ähnlichkeiten mit tatsächlichen Personen, lebend oder verstorben, sind rein zufällig.

Erste deutsche Ausgabe 2026

1

DIE LÖSUNG

Mikes Schnarchen war das Einzige, was in Agatha Royales Leben noch berechenbar war. Der Zwergschnauzer lag in seinem Körbchen neben ihrem Bett, und seine Pfoten zuckten, während er träumte. Wahrscheinlich von Eichhörnchen, definitiv nicht von Stellenabbau in der Bibliothek oder Scheidungspapieren.

Agatha öffnete die Augen und beobachtete, wie das sanfte Morgenlicht über ihre Schlafzimmerdecke kroch. Sie versuchte sich zu erinnern, wann das Aufwachen aufgehört hatte, sich wie ein Neuanfang anzufühlen. „Wann gönnt mir das Schicksal endlich mal eine Pause?", flüsterte sie.

Mike hob den Kopf, und seine dunklen Augen trafen ihre mit diesem wissenden Blick, der sagte: Ich hör dich schon.

Sie hievte sich aus dem Bett und schlurfte in die Küche, während Mikes Krallen hinter ihr auf dem Hartholzboden klackerten. Nachdem sie ihn zur Hintertür hinausgelassen hatte, schaltete sie die Kaffeemaschine ein und sank auf ihren Stuhl am Frühstückstisch, wo ihre alte Royal KMM

Schreibmaschine wartete. Ein leeres Blatt Papier war bereits eingespannt – von gestern. Oder war es vorgestern gewesen?

Während die Kaffeemaschine ihr morgendliches Lied gluckerte, starrte das weiße Blatt sie wie eine Anklage an. Sie hatte diese Schreibmaschine vor Jahren gekauft, beseelt von dem Traum, Krimiautorin zu werden, genau wie die Hauptfigur in ihrer Lieblingsserie. Sie war ihre Muse gewesen, ihre Partnerin beim Geschichtenerzählen – bis Mark sie wegen ihrer jüngeren Nachbarin Lindsey Elkins verließ.

Seitdem schien ihre Kreativität verflogen zu sein und ihre Ambitionen als Krimiautorin gleich mitgenommen zu haben.

Während der Kaffee brühte, musterte Agatha ihr geräumiges Wohnzimmer. Jedes Möbelstück wirkte wie ein Denkmal für ein Leben, das nicht mehr existierte. „Was jetzt?" Die Frage fühlte sich so leer an wie das Blatt Papier vor ihr.

Sie stand auf, trat ans Küchenfenster und betrachtete ihr Spiegelbild im Glas. Haselnussbraune Augen starrten unter einem hellbraunen Pony hervor, der ihre Augenbrauen streifte. Feine Krähenfüße hatten begonnen, sich in ihre Augenwinkel einzugraben. Ihr langes, welliges Haar befreite sich in widerspenstigen Strähnen aus dem Pferdeschwanz von letzter Nacht. Sie sah exakt so erschöpft aus, wie sie sich fühlte. Mit neununddreißig hatte sie eigentlich gedacht, dass das Leben mittlerweile mehr Sinn ergeben würde.

„Reiß dich zusammen, Agatha", flüsterte sie ihrem Spiegelbild zu, atmete tief durch und wandte sich ab. Sie musste weitermachen. Irgendwie.

Das letzte zufriedene Seufzen der Kaffeemaschine verkündete, dass das Getränk fertig war. Sie füllte ihren Lieblingsbecher mit dem aromatischen Gebräu und schlenderte hinaus auf die Terrasse, wobei sie die Wärme in ihren

Händen genoss. Sie ließ sich in einen verwitterten Gartenstuhl sinken und sah Mike dabei zu, wie er mit Begeisterung unter der Eiche grub. Normalerweise hätte sie ihn gescholten, weil er den Garten verwüstete, aber heute fehlte ihr dafür die Energie.

Schließlich brach er sein Grabungsprojekt ab und trottete zurück, die Pfoten voller Schlamm. Trotz allem lächelte sie flüchtig und kraulte ihn hinter den Ohren. Sein Schwanz wedelte in seliger Unwissenheit über ihren inneren Aufruhr.

Die kühle Morgenbrise fing gerade an, ihre beruhigende Wirkung zu entfalten, als die Türklingel ertönte. Agatha ging zur Tür und fand ihre Nachbarin Shannon auf der Schwelle vor, die sie strahlend anlächelte und einen Teller hielt, auf dem Schokokekse lagen.

„Guten Morgen, Agatha." Shannons herzliches Lächeln wurde noch breiter. „Ich hoffe, es ist okay, dass ich einfach so vorbeikomme. Mein Handy ist leer, und ich war eh schon fast hier."

Agatha spürte, wie sich ihre Laune ein wenig besserte. „Aber natürlich, Shannon. Wir sind doch Freundinnen – komm rein." Sie trat beiseite. „Ich hab gerade frischen Kaffee gemacht. Möchtest du eine Tasse?"

„Zu deinem Kaffee kann ich nie Nein sagen." Shannon stellte die Kekse auf die Küchentheke und wandte sich ihrer Freundin zu. „Ich wollte nach dir sehen. Du hattest es in letzter Zeit wirklich nicht leicht, oder?"

Agatha seufzte und rührte geistesabwesend in ihrem Kaffee. „Ich schlage mich durch. Mehr oder weniger. Wobei ich ehrlich gesagt selbst mit einem Job Schwierigkeiten hätte, mir dieses Haus noch zu leisten."

Shannons Augen leuchteten vor plötzlicher Begeisterung auf. „Weißt du, ich hab heute Morgen bei meinem Spazier-

gang an dich gedacht. Das klingt jetzt vielleicht verrückt, aber
hör mir erst mal zu. Was ist eigentlich mit dem Haus und der
Buchhandlung, die dir deine Stiefmutter in Bristol Lake
hinterlassen hat? Hast du schon mal drüber nachgedacht,
was daraus zu machen?"

Agatha schüttelte mit einem trockenen Lachen den Kopf.
„Verkaufen? Viel Glück dabei. Beides steht seit über fünf
Jahren zum Verkauf, und es gab kein einziges ernsthaftes
Interesse. Es ist, als klebe da ein unsichtbares ,Bloß nicht
kaufen'-Schild dran, das nur potenzielle Käufer sehen
können." Sie starrte in ihren Kaffee. „Die Stadt ist ein Fossil,
Shannon. Sie hatte ihren Höhepunkt während der
Eisenhower-Regierung und ist dann einfach... stehengeblie-
ben. Ich warte eigentlich nur darauf, sie in einem dieser
Artikel über ,Amerikas vergessene Geisterstädte' zu finden."
Sie stieß laut den Atem aus. „Bei dem Markt derzeit wird sich
das Haus so schnell nicht verkaufen."

Shannons Blick blieb ruhig und sicher. „Ich rede nicht
vom Verkaufen. Ich rede davon, dort zu wohnen. Warum
wagst du dort nicht einen Neuanfang? Keine Hypothek, keine
Miete – nur du, Mike und ein verschlafenes Städtchen, das
vielleicht verzweifelt eine Buchhandlung braucht."

Agatha stemmte die Hände in die Hüften. „Nach Bristol
Lake ziehen? Das ist nicht dein Ernst. Ich glaube, die haben
vergessen, den Ort auf der Landkarte einzuzeichnen. Das ist
buchstäblich das Ende der Welt."

Shannon zuckte die Achseln und hielt den Blickkontakt.
„Manchmal bieten die unerwartetsten Orte die besten
Chancen für eine Erneuerung. Man weiß ja nie." Sie lehnte
sich eindringlich vor. „Du bist Bibliothekarin, Agatha – oder
warst es zumindest. Wer kennt sich besser mit Büchern aus
als du? Was das Haus angeht, ja, es muss sicher einiges

gemacht werden, aber das kannst du ja Schritt für Schritt angehen."

Agatha sank in ihren Stuhl zurück und spürte die Last des Ganzen. „Das ist alles so viel auf einmal. In einem Moment denke ich, ich habe mein Leben im Griff, und im nächsten ziehe ich in Erwägung, in eine Stadt zu ziehen, in der ich noch nie gewesen bin. Und vergiss nicht, ich habe nun mal nicht gerade das nötige Kleingeld herumliegen, um umzuziehen oder eine Buchhandlung zu eröffnen." Sie suchte in Shannons Gesicht nach Verständnis. „Es ist, als würde man am Rande eines Abgrunds stehen."

Shannons Augen funkelten vor Einfallsreichtum. „Da kommt die Kreativität ins Spiel, meine Liebe. Du hast hier Möbel, die du verkaufen könntest. Vielleicht gibt es in der alten Buchhandlung sogar Schätze, die etwas wert sind."

Agatha hob leicht die Brauen. „Ich schätze, ich könnte dieses Haus hier zum Verkauf anbieten. Das Geld aus dem Verkauf würde mir in Bristol Lake einen ordentlichen Start ermöglichen."

„Ganz genau." Shannon nickte. „Du steckst nicht so fest, wie du denkst. Manchmal schließt das Universum eine Tür, weil es Zeit ist, durch eine andere zu gehen."

Agatha seufzte und spürte einen winzigen Funken Hoffnung durch ihre Trübsal dringen. „Bei dir klingt das alles so einfach."

„Das Leben ist selten einfach, aber die Lösungen sind es oft." Shannon stellte ihren Kaffeebecher ab. „Bevor ich gehe, solltest du wissen – Brian war Buchhalter vor seinem Jurastudium, weißt du noch? Wir haben deine Situation mal durchgerechnet. Es stellt sich heraus, dass du dieses Haus verkaufen könntest, das Haus in Bristol Lake herrichten könntest und immer noch genug Geld übrig hättest, um die

Buchhandlung neu zu eröffnen." Sie stand auf und warf Agatha einen vielsagenden Blick zu. „Denk drüber nach, aber denk dran – man ist nie so gefangen, wie man sich fühlt."

Shannon ging zur Schreibmaschine und ließ ihre Finger leicht über die Tasten gleiten. „Und noch eins." Sie hielt inne. „Versprich mir, dass du nicht sauer bist? Brian hat dein Manuskript gefunden und es gelesen. Er konnte es das ganze Wochenende nicht aus der Hand legen. Er ist überzeugt, dass du ein echtes Talent für Krimis hast."

Agatha riss die Augen auf. „Er hat mein Manuskript gelesen? Und es hat ihm gefallen? Shannon, du machst Witze! Das ist ja unglaublich! Warum sollte mich das aufregen? Das sind die besten Neuigkeiten seit Ewigkeiten!" Überwältigt ging sie auf Shannon zu und drückte sie herzlich. „Sieht so aus, als müsste ich wirklich sehr gründlich nachdenken."

Shannon erwiderte die Umarmung herzlich. „Absolut. Lass es dir in Ruhe durch den Kopf gehen."

Shannon schaute auf ihre Uhr und fügte hinzu: „Wenn du dich für diesen Sprung entscheidest, kann Brian den ganzen juristischen Kram für dich regeln, das weißt du, oder?" Sie trat mit einer letzten Umarmung einen Schritt zurück. „Ich muss jetzt wirklich los – das Mittagessen ruft. Wir hören uns bald?"

Mit einem Abschiedswinken ging Shannon, und die Tür aus Eisen und Glas klickte leise hinter ihr ins Schloss. Agatha verharrte einen Moment im Türrahmen und starrte auf die geschlossene Tür. Dann wandte sie sich wieder ihrem Wohnzimmer zu, und ihr Gesichtsausdruck war sichtlich verändert – gelöster, sogar hoffnungsvoll. Sie spürte, wie sich ihre Stimmung hob, als würde ein Buch ein neues Kapitel aufschlagen, und ihr Kopf summte vor neuen Möglichkeiten.

In dieser Nacht fand Agatha keinen Schlaf. Sie lag im Bett und lauschte Mikes rhythmischem Schnarchen aus seinem Körbchen neben ihr. Nach stundenlangem Herumwälzen gab sie schließlich auf und griff nach ihrem Handy. Sie öffnete ihre Lieblings-App für Online-Buchhandlungen und stöberte in Cozy-Krimis – ihrem geliebten Genre. Dann suchte sie nach Büchern über das Schreiben von Krimis, Plot-Techniken und Self-Publishing. Auf Facebook scrollte sie durch diverse Self-Publishing-Gruppen und las so lange, bis ihre Augen in den frühen Morgenstunden schwer wurden.

Schließlich legte Agatha ihr Handy beiseite und ging in ihr Arbeitszimmer. Sie blieb vor ihrem Bücherregal stehen, und ihr Blick strich über die Buchrücken der Cozy-Krimis, von denen sie viele von ihrer verstorbenen Mutter geerbt hatte. Darunter befand sich eine Originalausgabe der Romane von Agatha Christie – ein Beweis für die Leidenschaft ihrer Mutter, die so tief ging, dass sie ihre Tochter nach der legendären Schriftstellerin benannt hatte. Hier stehend fühlte Agatha etwas, das sie seit Monaten nicht mehr erlebt hatte: Hoffnung.

Als ihre Finger die Buchrücken der Christie-Romane berührten, traf sie die Inspiration wie ein Blitzschlag. „Das ist es!", rief sie aus, elektrisiert von der plötzlichen Klarheit. „Ich mache eine Buchhandlung speziell für Krimis auf. Ich vernetze mich mit den Autoren aus meinen Schreibgruppen und nehme ihre Bücher in Kommission." Ihre Augen leuchteten auf, während die Ideen nur so sprudelten. „Ich könnte dort im Laden sogar meine eigenen Self-Publishing-Werke präsentieren. Warum bin ich da nicht schon früher draufgekommen? Die Räumlichkeiten habe ich ja schon!"

Beseelt von diesem neuen Ziel kehrte Agatha in ihr Schlafzimmer zurück. Als sie ihr Kissen aufschüttelte und

sich wieder unter die Decke kuschelte, umspielte ein zufrie-
denes Lächeln ihre Lippen. „Danke, Shannon", flüsterte sie
und gab sich endlich dem Schlaf hin. Ihr Herz war erfüllt von
neuem Optimismus, beflügelt von dem aufregenden Kapitel,
das vor ihr lag.

2

BRISTOL LAKE

Drei Wochen nach der Unterzeichnung der Papiere steuerte Agatha ihren vollgepackten 1962er Ford Falcon über die gewundenen Landstraßen von Zentral-Maine, während Mike mit an die Fensterscheibe gepresster Nase auf dem Beifahrersitz hockte. Das babyblaue Auto – Eleanor, wie sie es vor Jahren getauft hatte – meisterte die sanften Hügel und scharfen Kurven mit der Anmut einer klassischen Tänzerin. Während sie tiefer in die ländliche Gegend vordrangen, filterte das Blätterdach aus Ahorn- und Kiefernbäumen das Sonnenlicht und warf ein wechselndes Muster aus Licht und Schatten auf das Armaturenbrett. Gelegentlich wehte eine salzhaltige Brise durch die offenen Fenster und trug einen Hauch des Atlantiks herüber, der nur wenige Meilen weiter östlich lag.

„Mike, es ist echt schade, dass wir kein Haus in Cabot Cove geerbt haben, was?", bemerkte Agatha und dachte sehnsüchtig an die fiktive Küstenstadt aus ihrer Lieblingsserie. „Vielleicht wären wir meiner liebsten Amateurdetektivin Jessica Fletcher begegnet." Mike blickte kurz zu ihr auf, wobei sein Schwanz rhythmisch gegen den Sitz klopfte, bevor eine kleine Herde Kühe auf einer Weide am Straßenrand seine Aufmerksamkeit erregte. Er jaulte leise, fasziniert von diesen seltsamen, großen Kreaturen, die er in ihrer Vorstadtsiedlung noch nie gesehen hatte.

Agatha nahm die wechselnde Landschaft in sich auf, während sie weiter nach Norden in Richtung Bristol Lake fuhr. Dichter Wald wich offenem Ackerland, nur um kurz darauf wieder zum Wald zu werden, als könne Maine sich nicht so recht entscheiden, was es sein wollte. Sie wusste nicht genau, was sie in dieser Kleinstadt erwartete, aber der nervöse Knoten in ihrem Magen wurde langsam durch etwas ersetzt, das sich fast wie Vorfreude anfühlte. Das hier war es nun, ihr nächstes Kapitel – ganz buchstäblich, falls sie dieses Manuskript endlich mal zu Ende bringen konnte.

Nach einer gefühlten Ewigkeit im dichten Forst öffnete sich die Landschaft in der Nähe von Oxford Hills plötzlich zu einer weiten Hügellandschaft. Farmen tupften die offenen Weiden, ihre roten Scheunen und weißen Wohnhäuser sahen aus wie Motive von einem Fotokalender. Glitzernde Teiche reflektierten die Nachmittagssonne, und hoch aufragende Silos standen wie Wachtürme über Mais- und Heufeldern. Der süße Duft von frisch gemähtem Gras vermischte sich mit dem erdigen Geruch von Kuhmist – ländliches Parfüm, dachte sie mit einem schiefen Lächeln.

Ein Farmer auf einem grünen John-Deere-Traktor unterbrach kurz das Heuen, um ihr freundlich zuzuwinken. Sie winkte charmant zurück. Wann hatte ihr zu Hause das letzte Mal ein Fremder zugewinkt? Nie, genau. Das Nachmittagslicht malte die Hügel in Gold- und Grüntönen, die nach dem endlosen Grau der Vorstadt, das sie hinter sich gelassen hatte, unnatürlich lebendig wirkten.

Sie kurbelte alle Fenster herunter und ließ die frische Luft durch den Wagen wirbeln. Mike scharrte ungeduldig mit den Pfoten am Autofenster, und zum ersten Mal seit Monaten spürte Agatha, wie sich ihre Schultern wirklich entspannten. Jede Meile entfernte sie weiter von ihrem alten Leben und brachte sie näher an... ja, woran eigentlich? Sie war sich noch nicht sicher, aber zumindest würde es anders werden.

Gerade als sie sich zu fragen begann, ob ihr GPS sie in die Irre geführt hatte, ratterten Eleanors Räder über verblasste Bahngleise, die aussahen, als hätten sie seit Jahrzehnten keinen Zug mehr gesehen. Ein verwittertes Holzschild tauchte vor ihr auf, die Farbe blätterte ab, war aber noch lesbar: „Bristol Lake, Partnerstadt von Bristol, England. Einwohner: 3.200".

Sie warf einen Blick darauf und murmelte: „Partnerstadt von Bristol in England? Ich frage mich, ob die dort drüben überhaupt wissen, dass sie mit einem winzigen Fleck auf der Landkarte von Maine verwandt sind."

Mike, der ihre Belustigung spürte, wedelte begeistert mit dem Schwanz und hinterließ Abdrücke seiner feuchten Nase auf dem Fenster. Agatha beugte sich hinüber, um ihn hinter den Ohren zu kraulen, bevor sie sich wieder auf die Straße konzentrierte.

Sie atmete tief durch und wappnete sich für das, was sie in dieser Kleinstadt erwartete, die so weit weg von allem lag, was sie jemals gekannt hatte. „Tja, Mike, wir sind nicht mehr in der Vorstadt."

Als sich die ländliche Gegend allmählich in etwas verwandelte, das eher nach Zivilisation aussah, tauchten kleine, holzverschalte Häuser entlang der Straße auf. Jedes schien in einer anderen fröhlichen Farbe gestrichen zu sein –

gelb, minzgrün, puderblau –, als hätte die Stadt den kollektiven Entschluss gefasst, den Wintern in Maine mit aggressiver Fröhlichkeit zu trotzen. Gartenzwerge hielten in den Vorgärten Wache, und mehr als nur ein Haus präsentierte eine Sammlung von Rasenornamenten, die an Besessenheit grenzte.

Die Straße führte sie zu einem Stopp an der einzigen Ampel des Ortes. Sie befand sich auf der Central Avenue, einer Hauptstraße, die wie in der Zeit eingefroren wirkte, als hätte sie jemand im Jahr 1955 komplett ausgegraben und vergessen, sie jemals zu modernisieren. Zu ihrer Rechten stand ein charmantes Art-déco-Kino namens „The Acadia", dunkel und still; die Anzeigetafel war leer, bis auf ein paar verbliebene Buchstaben, die „GE CHL EN" bildeten – offenbar waren die O's als Erstes verschwunden. Das Kassenhäuschen davor besaß noch die originalen Messingbeschläge, die nun angelaufen und vergessen hinter einem Maschendrahtzaun vor sich hin vegetierten.

Da die Ampel hartnäckig auf Rot blieb – offenbar bewegten sich hier selbst die Verkehrssignale im Kleinstadttempo –, studierte sie die Ladenfronten. Da war das Kaufhaus „Hilltop" mit Schaufensterpuppen, die Kleidung trugen, die entweder schrecklich veraltet oder ironisch modern war. Daneben versprach das Antiquitätengeschäft „Treasures & Trinkets" „Verborgene Schätze und vergessene Erinnerungen". Der Duft von frischem Brot und Zimt wehte aus „Eliza's Cottage Bakery" herüber und ließ ihren Magen knurren, trotz des Tankstellenkaffees und des Müsliriegels, den sie zu Mittag gegessen hatte.

Der Gemischtwarenladen – kreativ „Bristol Lake General Store" genannt – hatte eine Schaufensterauslage mit L.L. Bean Boots, lokal hergestellter Töpferware und einem Schild, das für „Lebendköder und Maine-Ahornsirup" warb. Weil das anscheinend ganz natürlich zusammengehörte. Eine Schuhmacherei (wer ließ heute noch Schuhe reparieren?) lag neben einem Imbiss, der mit „Wicked Good Lobstah Rolls" warb. Sie bemerkte ein kleines Café namens „The Daily Grind", dessen Fenster von der Espressomaschine beschlagen waren, eine Apotheke, in der durch das Fenster noch eine waschechte Limonadenbar zu sehen war, und sogar ein Schreibwarengeschäft, das Füllfederhalter und Siegellack ausstellte.

Trotz des malerischen Charmes war die Straße nicht gerade belebt. Sie zählte vielleicht ein Dutzend Leute auf den Gehwegen, und die Hälfte von ihnen sah so aus, als hätten sie damals schon die Eröffnung des Kinos miterlebt. Einige Geschäfte hatten Bretter vor den Fenstern, und sie entdeckte mindestens drei „Zu vermieten"-Schilder. Die Stadt hielt sich über Wasser, aber nur mit Ach und Krach.

Dann fiel ihr Blick auf eine Ladenfront etwa in der Mitte des Blocks, und ihr Herz machte einen seltsamen Sprung. Staubige Fenster reflektierten die Nachmittagssonne, und an einer Kette hing ein schiefes „Geschlossen"-Schild. Aber sie konnte immer noch den gemalten Schriftzug auf dem Glas erkennen: „Royale Books and Cakes" in einer ehemals eleganten Goldschrift, die nun verblasst war und an den Rändern abblätterte.

Das war es. Das war er. Der Laden, den ihre Stiefmutter ihr hinterlassen hatte. Die Buchhandlung, die sie noch nie gesehen hatte, von einer Frau, der sie nie begegnet war, in einer Stadt, die sie nie zuvor besucht hatte. Als sie durch Eleanors Windschutzscheibe darauf starrte, bildete sich ein Kloß in ihrem Hals. Es sah so verlassen aus, so vergessen. Genau wie ihre Träume vom Schreiben, dachte sie, und schob diesen melodramatischen Vergleich sogleich wieder weg.

Die Ampel sprang schließlich auf Grün – sie hatte schon geglaubt, sie hätte vergessen, dass sie umschalten sollte –, und sie fuhr langsam weiter, wobei sie jedes Detail ihres neuen Heimatortes in sich aufsaugte.

Sie folgte der Central Avenue noch drei Blocks weit, vorbei an einem Postamt, das aussah, als stamme es aus der Gründungszeit der Stadt, einer Bibliothek mit einem Banner „Bücherflohmarkt jeden Dienstag" und einem kleinen Park, in dem eine Gruppe älterer Männer an Picknicktischen saß und ein offenbar intensives Damespiel austrug.

Als sie nach rechts in die Knob Hill Road abbog, bemerkte sie, dass die Häuser hier älter und prächtiger waren. Häuser im viktorianischen und Kolonialstil mit umlaufenden Veranden und Dachterrassen – jene Art von Heimen, die gebaut wurden, als Bristol Lake wohl noch wohlhabend gewesen war. Viele brauchten einen neuen Anstrich, und nicht wenige hatten hängende Veranden, aber sie konnte das Fundament dessen erkennen, was sie einmal gewesen waren.

Sie drosselte Eleanors Tempo auf Schrittgeschwindigkeit und suchte die Hausnummern ab. 89... 91... und da war es. Nummer 93.

Das Haus war ein einstöckiger Bungalow, hellblau gestrichen mit weißen Akzenten, obwohl beide Farben nur noch eine vage Ahnung ihres früheren Zustands vermittelten. Ein Lattenzaun aus Zedernholz, der früher weiß gewesen war, der aber mehr Holz als Farbe zeigte, umgab das Grundstück. Der Vorgarten war ein Dschungel aus überwuchertem Gras und ehrgeizigem Unkraut, das ganz offensichtlich seit Jahren den Kampf gewann. Eine uralte Eiche dominierte eine Ecke des Gartens, ihre Zweige streckten sich wie schützende Arme über das Dach.

Als sie in die rissige Betoneinfahrt bog, spürte Agatha eine komplizierte Mischung aus Gefühlen in sich aufsteigen. Das war es. Ihr Erbe. Ihr Neuanfang. Ihre letzte Chance, vielleicht.

„Was meinst du, Mike?", fragte sie. „Unser neuer Palast wartet."

Mike scharrte ungeduldig mit den Pfoten am Autofenster, eindeutig bereit, dieses neue Territorium zu erkunden. In dem Moment, als sie die Tür entriegelte, schoss er wie eine pelzige Rakete heraus und verschwand im hohen Gras, bevor sie überhaupt seine Leine greifen konnte. Sie konnte seine Spur anhand des wogenden Grases verfolgen, wie bei einem sehr kleinen, sehr aufgeregten Hai.

„Mike! Pass auf die Zecken auf!", rief sie, obwohl sie wusste, dass es zwecklos war. Er war auf der Mission, jeden einzelnen Zentimeter seines neuen Reiches abzuschnüffeln.

Als sie vor der Haustür stand, bemerkte Agatha, dass der Bronzeknauf zwar angelaufen, aber massiv war – so etwas wurde heute gar nicht mehr hergestellt. Die Tür selbst war aus Massivholz mit einem kleinen Fenster im oberen Drittel; das Glas war so alt, dass es diese wellige Qualität besaß, die den Blick nach drinnen verzerrte. Sie holte tief Luft, drehte den Schlüssel um, den der Anwalt ihr geschickt hatte, und trat über die Schwelle.

Zuerst traf sie der Geruch – Moder, Staub und noch etwas anderes, als hätte die vergessene Zeit selbst einen Duft. Spinnweben hingen wie billige Halloween-Deko von den Deckenkanten, und Staubkörner tanzten im Nachmittagslicht, das durch die schmutzigen Fenster strömte. Der Eingangsbereich öffnete sich links zu einem Wohnzimmer,

dessen Hartholzböden unter einer Staubschicht sichtbar
waren, die dick genug war, um ihren Namen hineinzuschrei-
ben. Rechts konnte sie in etwas blicken, das wie ein
Esszimmer aussah, und ein Flur erstreckte sich zum hinteren
Teil des Hauses, wo die Schlafzimmer liegen mussten.

„Gott im Himmel, worauf habe ich mich da nur eingelassen?" Die Worte entfuhren ihr, bevor sie sie aufhalten konnte,
und ihre Stimme hallte leise in der leeren Weite wider.

Doch als der erste Schock überwunden war, begann sie,
über die Vernachlässigung hinwegzusehen. Die Böden unter
all dem Staub waren aus massivem Eichenholz. Die Wände
wirkten stabil, keine Anzeichen von Wasserschäden oder
statischen Problemen. Das Wohnzimmer besaß einen
wunderschönen gemauerten Kamin, der nur gesäubert
werden musste. Stuckverzierungen verliefen an den Decken
– echtes Holz, nicht dieses Pressspanzeug. Die Bausubstanz
des Hauses war gut. Sogar mehr als gut.

„Komm schon, Agatha", ermahnte sie sich selbst und
straffte die Schultern. „Du bist schon mit Schlimmerem
fertiggeworden als mit einem dreckigen Haus. Du hast überlebt, dass Mark dich wegen Lindsey Elkins verlassen hat. Du
hast den Verlust deines Jobs überlebt. Dann wirst du ja wohl
mit ein bisschen Staub und ein paar Spinnweben
fertigwerden."

Sie ging durch in die Küche und lächelte tatsächlich. Ein
massiver Holztisch stand in der Essecke, umgeben von vier
Leiterstühlen, die nur etwas Politur brauchten. Schon mal
eine Sache weniger, die man kaufen musste. Die Küche selbst
war veraltet – die Geräte sahen aus, als wären sie zuletzt
während der Carter-Regierung modernisiert worden –, aber
alles schien funktionstüchtig zu sein. Sie drehte einen
Wasserhahn auf, und nach einigem Ächzen und Spucken,

das klang, als müssten die Rohre sich erst einmal räuspern, floss klares Wasser.

„Siehst du? Schon besser als erwartet", sagte sie zu sich, während ihr Optimismus vorsichtig zurückkehrte.

Sie ging wieder nach draußen, um ihre Putzsachen aus Eleanors Kofferraum zu holen, und hielt einen Moment inne, um zu bewundern, wie das späte Nachmittagslicht die Chromstoßstangen des Wagens zum Glänzen brachte. Mark hatte ihr prophezeit, dass Eleanor ein Fass ohne Boden sein würde, was das Geld anging, aber auch da hatte er sich geirrt. Was sich in ihrem Leben auch sonst ändern mochte, zumindest hatte sie noch Eleanor. Die zuverlässige, wunderschöne Eleanor, die sie nie im Stich gelassen hatte.

Als Nächstes kam ihre Royal KMM-Schreibmaschine an die Reihe, die sie wie eine heilige Reliquie vom Rücksitz hob. Sie stellte sie feierlich auf den frisch geputzten Küchentisch. „Hier werden wir unser nächstes Kapitel schreiben", sagte sie zu ihr und ließ ihre Finger über die Tasten gleiten. „Diesmal einen echten Krimi. Vielleicht über eine Frau, die eine Buchhandlung in einer Kleinstadt erbt und ..."

Ein Jaulen an der Hintertür unterbrach ihre Pläne. Wie war Mike in den Hinterhof gelangt? Sie hatte nicht einmal ein Tor gesehen. Dieser Hund fand wohl in alles hinein und aus allem heraus.

Bewaffnet mit Mopp, Eimer und genug Entschlossenheit, um eine kleine Armee anzutreiben, stürzte sich Agatha ans Putzen. Allein das Wohnzimmer nahm zwei Stunden in Anspruch, aber als sie fertig war, glänzten die Böden, und die Fenster ließen tatsächlich Licht herein, anstatt seine Existenz nur zu erahnen. Sie entdeckte wunderschöne Einbauregale zu beiden Seiten des Kamins, perfekt für ihre Krimisammlung. Im Esszimmer kam eine Tapete zum Vorschein, die man entweder als charmant-antik oder furchtbar-altbackend bezeichnen konnte – sie konnte sich noch nicht ganz entscheiden.

Die Zeit verging wie im Flug, während sie arbeitete und das Haus unter jahrelanger Vernachlässigung langsam wieder zum Vorschein kam. Erst als sie auf ihre Uhr blickte und sah, dass es fast 16 Uhr war, holte die Realität sie wieder ein. „Oje, du meine Güte!" Die Worte kamen als Keuchen hervor. „Mike! Ich habe Mike völlig vergessen. Er muss durstig sein. Er muss ..."

Sie stürzte zur Hintertür und riss sie auf, halb in der Erwartung, Mike dehydriert oder Schlimmeres vorzufinden. Stattdessen sah sie ihn hochkonzentriert bei einem Ausgrabungsprojekt in der hintersten Ecke des Gartens. Er hatte das, was wohl einmal ein Blumenbeet gewesen war, in seine persönliche archäologische Stätte verwandelt; die Erde flog mit beeindruckender Effizienz.

„Mike, hör auf! Nicht graben!", rief sie. Er blickte kurz zu ihr auf, wedelte mit dem Schwanz und kehrte dann zu seiner Arbeit zurück. „Mike, AUS!" Diesmal klang ihre Stimme nach der Autorität von jemandem, der für heute nun wirklich genug hatte.

Schließlich trottete er auf sie zu, wedelte schuldbewusst mit dem Schwanz, die Pfoten verklebt mit Erde aus Maine. Sie kniete sich nieder und versuchte streng dreinzublicken, während sie ein Lächeln unterdrückte. „Böser Hund. Wie oft habe ich dir gesagt, dass du nicht graben sollst?"

Mike ließ die Ohren hängen, in einer Geste von – wie sie vermutete – vorgetäuschter Reue. Diesen Blick hatte er über die Jahre perfektioniert. Sie schüttelte den Kopf, konnte aber nicht widerstehen, seinen schlammigen Kopf zu tätscheln. „Wie soll ich dir diese Angewohnheit bloß jemals abgewöhnen?", seufzte sie und fügte hinzu: „Na ja, ich kann dir nicht böse sein. Aber du wirst später gebadet, mein Freund."

Als sie aufstand, um wieder hineinzugehen, fiel ihr etwas in Mikes Ausgrabungsstätte ins Auge. Das Loch war tiefer als seine üblichen Versuche, und da war etwas ... Seltsames an dem, was er freigelegt hatte. Verdrehte Fasern, die wie alte Teppichreste aussahen, waren zu sehen, vermischt mit Fetzen von schwarzem Plastik. Wer vergrub denn einen Teppich im Garten?

Wider besseres Wissen neugierig geworden, trat sie näher und kniete sich neben das Loch. Die späte Nachmittagssonne fiel schräg über den Garten und beleuchtete die Ausgrabung. Als sie etwas lose Erde wegwischte, stießen ihre Finger auf etwas Glattes und Hartes. Rund. Weiß.

„Ist das ein Kopf einer Porzellanpuppe?", sagte sie laut, während ihr Verstand versuchte, das Gesehene einzuordnen. Altes Spielzeug wurde manchmal in Gärten vergraben. Kinder machten seltsame Dinge. Sie griff hinunter, um es aus der Erde zu befreien, und ihre Finger umschlossen das Objekt.

Doch in dem Moment, als sie es heraushob, begriff ihr Gehirn, was ihre Hände bereits wussten. Zu glatt. Zu schwer. Zu echt.

Die Zähne. Oh Gott, es hatte Zähne.

„Oh mein Gott, das ist ein Schädel." Die Worte kamen als ersticktes Flüstern heraus. Sie ließ ihn fallen, als hätte sie sich verbrannt, und stolperte rückwärts, während ihr der Magen umkippte. Echter Knochen. Ein echter menschlicher Knochen. In ihrem Garten. In ihrem Neuanfang. In ihrem frischen Start.

Ihre Beine fühlten sich wie Wackelpudding an, als sie es zurück ins Haus schaffte, während sich ihre Gedanken über-

schlugen. Sie schnappte sich ihr Handy von der Küchentheke; ihre Hände zitterten so stark, dass sie drei Versuche
brauchte, um es zu entsperren.

„Das darf nicht wahr sein", murmelte sie, während sie
nach der Nummer der Polizei von Bristol Lake suchte. „Das
kann doch absolut nicht wahr sein."

„POLIZEIWACHE BRISTOL LAKE, hier spricht Shirley. Wie kann
ich Ihnen behilflich sein?" Die Stimme klang professionell
fröhlich, mit jenem speziellen Maine-Akzent, der jedes Wort
ein wenig in die Länge zog.

„Hallo, Shirley. Ich bin Agatha Royale. Ich bin gerade erst
hierhergezogen, und ..." Sie hielt inne, wohl wissend, wie
verrückt das klingen würde. „Das wird jetzt bizarr klingen,
aber mein Hund hat in meinem Hinterhof etwas ausgegraben, das wie ein menschlicher Schädel aussieht."

Die Fröhlichkeit verschwand schlagartig aus Shirleys
Stimme. „Haben Sie gerade menschlicher Schädel gesagt?
Sind Sie sicher, dass das kein Scherz ist? Denn Scherzanrufe
bei der Polizei sind strafbar, gute Frau."

„Nein, nein, das ist kein Scherz." Agathas Stimme
festigte sich aus Empörung darüber, dass man an ihr zwei-
felte. „Mein Hund hat im Garten gegraben und ihn freigelegt. Ich bin mir absolut sicher, dass es ein menschlicher
Schädel ist. Ich habe ihn gesehen. Ich habe ihn berührt. Er
ist echt."

„Alles klar, bitte bleiben Sie dran."

Die Warteschleifenmusik war unpassend fröhlich –
irgendeine synthetische Version von „Don't Worry, Be
Happy", die Agatha hysterisch auflachen lassen wollte. Fünf

Minuten dehnten sich wie Stunden aus, bevor Shirley zurückkehrte.

„Wie lautet Ihre Adresse? Der Sheriff wird in Kürze bei Ihnen sein. Verlassen Sie das Grundstück nicht."

„93 Knob Hill Road. Und keine Sorge, ich gehe nirgendwohin, glauben Sie mir."

Bevor Agatha überhaupt danke sagen konnte, hatte Shirley aufgelegt. Offensichtlich hatte die Kleinstadt-Freundlichkeit ihre Grenzen, und menschliche Überreste gehörten dazu.

Agatha sank auf ihren Stuhl am Küchentisch und starrte ihre Schreibmaschine an. Ohne nachzudenken, legte sie ein Blatt Papier ein und tippte: „Schädel – möglicherweise eine Leiche? Schwarzer Plastiksack, Teppichreste." Sie starrte die Worte an. Selbst getippt wirkten sie unmöglich.

Das näherkommende Geheul einer Sirene ließ sie zusammenfahren. Das ging schnell. Sie trat ans Vorderfenster und beobachtete, wie nicht nur einer, sondern gleich zwei Polizeiwagen mit Blaulicht vorfuhren. Nachbarn begannen wie neugierige Präriehunde aus ihren Häusern zu kommen; einige hielten Kaffeetassen in der Hand, andere taten so, als würden sie ihre Post kontrollieren, während sie offensichtlich gafften.

„Na, herzlich willkommen in Bristol Lake", murmelte sie sarkastisch. „Es geht doch nichts über einen unvergesslichen ersten Eindruck."

Das Klopfen an ihrer Tür war fest und autoritär. Sie öffnete und fand zwei Männer auf ihrer Veranda vor. Der Erste, der etwa in ihrem Alter war, war groß gewachsen, hatte hellbraunes Haar und intelligente graue Augen, die jedes Detail an ihr und dem Haus hinter ihr zu erfassen schienen. Der Zweite war älter, korpulenter, mit grauem Haar, einem passenden Schnurrbart und einer Drahtgestellbrille, die ihm trotz der Sheriff-Uniform ein gelehrtes Aussehen verlieh.

„Guten Tag, gnädige Frau, ich bin Sheriff Salinger", sagte der ältere Mann mit einem Maine-Akzent, der so dick war, dass man ihn auf Brot hätte schmieren können. Er deutete auf den jüngeren Mann. „Das ist Detective Dawson."

„Guten Tag", sagte Detective Dawson mit einem professionellen Nicken.

Agatha presste eine Hand auf die Brust und versuchte, ihr rasendes Herz zu beruhigen. „Vielen Dank, dass Sie so schnell gekommen sind."

„Also, wo liegt das Problem?", fragte der Sheriff, obwohl sein Tonfall darauf hindeutete, dass er es bereits wusste.

„Ich habe der Frau am Telefon – Shirley – erklärt, dass ich in einem meiner Blumenbeete auf etwas gestoßen bin, das wie ein menschlicher Schädel aussieht. Nun ja, in dem, was früher einmal ein Blumenbeet war. Ich kann nicht absolut sicher sein, dass er echt ist, da ich außer auf Bildern noch nie einen echten Schädel gesehen habe, aber er sieht verdammt echt aus. Mein Hund hat ihn ausgegraben." Die Worte sprudelten schneller aus ihr heraus, als sie beabsichtigt hatte.

„Interessant", murmelte Sheriff Salinger und tauschte einen Blick mit Detective Dawson aus.

Agathas Magen zog sich zusammen. Dieser Blick – und dieser Tonfall – verhießen nichts Gutes.

„Wie sind Sie auf diesen Schädel gestoßen? Und was führt Sie nach Bristol Lake?"

„Ich habe dieses Haus vor ein paar Jahren von meiner Stiefmutter geerbt, und heute ist buchstäblich mein erster Tag hier. Mein Hund hat den Schädel gefunden, als er im Garten gegraben hat." Sie trat unbehaglich von einem Fuß auf den anderen. „Er hat ein Problem mit dem Graben. Schon immer."

Detective Dawson räusperte sich. „Ich sehe mir den Fundort mal an", sagte er diplomatisch und ging um das Haus herum in Richtung Hinterhof.

„Nennen Sie mir bitte noch einmal Ihren Namen", sagte Sheriff Salinger und holte ein kleines Notizbuch hervor.

„Agatha Royale. Ich bin die neue Hausbesitzerin." Sie nickte zum Haus hin, um es trotz allem als ihr Eigen zu beanspruchen.

Ein Erkennen dämmerte auf seinem verwitterten Gesicht. „Ah, Sie sind die Verwandtschaft von Joanne Royale. Das erklärt so einiges." Er kratzte sich nachdenklich am Kinn. „Nun, willkommen in der Stadt, nehme ich an. Nicht ganz der Empfang, den Sie erwartet haben, was? Waren Sie schon mal hier zu Besuch? Ich kann mich nicht erinnern, Sie hier schon mal gesehen zu haben."

„Nein, ich bin zum ersten Mal in Bristol Lake. Ich habe Joanne eigentlich nie kennengelernt. Sie hat meinen Vater geheiratet, nachdem sich meine Eltern scheiden ließen, und ich ... wir hatten keinen Kontakt."

Der Gesichtsausdruck des Sheriffs wurde etwas weicher. „Der erste Tag in der Stadt und schon graben Sie Leichen aus, und das ganz wörtlich. Das muss wohl rekordverdächtig sein." Er hielt inne, und sein Blick verlor sich einen Moment in der Erinnerung. „Ihre Stiefmutter Joanne, sie war hier im Ort eine echte Persönlichkeit. Ihr Buchladen war praktisch das Wohnzimmer der Stadt – die Damen schlürften Tee, knabberten an den feinen kleinen Törtchen, die sie backte, und tauschten den neuesten Klatsch aus. Sie wusste alles über jeden."

Trotz allem war Agatha fasziniert. „Es klingt so, als hätte sie einen bleibenden Eindruck hinterlassen."

„Oh, das hat sie!", gluckste der Sheriff sogar. „Obwohl es nicht bei jedem gut ankam, dass sie das Informationszentrum des Ortes war. Als sie den Laden schließen und ins Green Acres-Seniorenheim ziehen musste, habe ich von mehr als nur ein paar Leuten gehört, dass sie erleichtert waren. Keine Sorge mehr, dass ihre Angelegenheiten das Gesprächsthema im Café werden, wenn Sie verstehen, was ich meine."

Agatha nickte und speicherte diese Information ab. Sie öffnete den Mund, um mehr über Joanne zu erfahren, als Detective Dawson aus dem Hinterhof wiederkam; sein Gesichtsausdruck war sowohl ernst als auch irgendwie amüsiert. In seiner Hand hielt er einen durchsichtigen Plastikbeutel für Beweismittel.

„Nun, sieht so aus, als wäre Ihr Hund ein richtiger Archäologe", sagte er mit trockenem Humor und hielt den Beutel hoch. „Oder sollte ich sagen ... ein ‚Knochen-Kenner'?"

Trotz der Umstände musste Agatha über das schlechte Wortspiel fast lächeln. Dann fiel ihr Blick auf den Inhalt des Beutels – definitiv und unbestreitbar ein menschlicher Schädel – und ihre kurzzeitige Erheiterung verflog.

Sheriff Salinger schaltete sofort wieder in seinen professionellen Modus. „Nun, Ms. Royale, ich will ganz direkt zu Ihnen sein. In Ihrem Hinterhof liegt ein menschlicher Schädel. Und wo ein Schädel ist, ist wahrscheinlich auch ein ganzes Skelett. Das hier ist jetzt ein Tatort."

3

DAS SKELETT

Die Worte hingen in der Luft. Ein Tatort ... ein menschliches Skelett in ihrem Hinterhof. Agatha blinzelte hastig, ihre Gedanken rasten. Sie öffnete den Mund, doch kein Wort brachte sie über die Lippen.

Detective Dawson warf ihr einen mitfühlenden Blick zu. „Ich weiß, das muss ein Schock sein. Wir werden eine vollständige Ausgrabung vornehmen müssen, um die Identität und die Todesursache zu klären." Er hielt inne und schien seine Worte sorgfältig abzuwägen. „Wann genau sind Sie in der Stadt angekommen?"

„Heute." Das Wort klang scharf vor Frustration. „Ich bin buchstäblich erst heute eingezogen."

Sie verschränkte die Arme und starrte am Detective vorbei zum Hinterhof, wo das klaffende Loch zu sehen war, als könnte sie sich allein durch Willenskraft zusammenreimen, wie ein Skelett dort gelandet war.

Detective Dawson nickte langsam und verarbeitete diese Information. „Verstehe. Nun, wir werden Sie bitten müssen, aufs Revier zu kommen, um eine formelle Aussage zu machen. Aber wahrscheinlich ist es nur ein seltsamer Zufall – zur falschen Zeit am falschen Ort und so weiter." Er schenkte ihr ein Lächeln, das wohl beruhigend wirken sollte.

„Zur falschen Zeit am falschen Ort? Das hier ist mein Zuhause, ich –"

„Ich fürchte, ich habe schlechte Neuigkeiten", unterbrach Sheriff Salinger und sah aufrichtig entschuldigend aus. „Sie können momentan nicht hierbleiben. Ihr Grundstück ist offiziell ein Tatort."

„Das ist jetzt ein Witz, oder?" Agatha riss ungläubig die Augen auf. „Können Sie nicht einfach den Hinterhof absperren und mich ins Haus lassen? Mein Umzugsunternehmen kommt bald an."

„Ich wünschte, ich könnte, aber ich kann keine Ausnahmen machen. Das ist Vorschrift", antwortete der Sheriff in festem, aber nicht unfreundlichem Ton.

„Wie lange wird das dauern?", hakte Agatha nach, während ihr Frust wuchs.

„Könnte den Rest des Tages dauern, vielleicht länger. Schwer zu sagen zum jetzigen Zeitpunkt."

„Fantastisch." Sie machte sich nicht einmal die Mühe, den Sarkasmus zu verbergen.

Agatha warf die Hände in die Luft. „Unglaublich! Das ist absolut absurd."

„Ich halte Sie auf dem Laufenden", versicherte ihr der Sheriff und nickte kurz, bevor er davonstürmte, um sich mit dem Team der Spurensicherung abzusprechen.

Geschlagen, aber entschlossen, rief Agatha nach Mike. Sie machten sich auf den Weg zurück zu Eleanor und ließen sich auf den vertrauten Sitzen nieder. Durch die Windschutzscheibe sah sie zu, wie Sheriff Salinger das Spurensicherungsteam aus Oxford Hills in den Garten führte, wo die

Geschichte begraben lag und bald ans Licht geholt werden sollte. Der Nachmittag dehnte sich wie eine Ewigkeit vor ihr aus.

Zwei Stunden später, gerade als sie wegen der Kombination aus Stress und Langeweile wegzunicken begann, entdeckte Agatha den Umzugswagen, der in ihre Straße einbog. Sie schreckte hoch, sprang aus dem Auto und lief mitten auf die Straße, wobei sie wild mit den Armen fuchtelte. Als der Lastwagen zum Stehen kam, eilte sie zum Fahrerfenster und versuchte, wieder zu Atem zu kommen.

„Danke fürs Anhalten", keuchte Agatha. „Hören Sie, es gibt ein Problem am Haus, und ich kann noch nicht einziehen. Gibt es eine Möglichkeit, dass Sie später noch mal vorbeikommen?"

„Tut mir leid, gute Frau, wir haben direkt danach den nächsten Auftrag", antwortete der Fahrer und schüttelte den Kopf. „Haben Sie eine Lagerbox, wo wir Ihre Sachen lassen können?"

Sie rechnete kurz nach – Miete für eine Lagerbox, Gebühr für die Rückkehr der Möbelpacker oder die Möbel in der Einfahrt? Da ihr Bankkonto ohnehin schon aus dem letzten Loch pfiff, war die Wahl offensichtlich, wenn auch beschämend.

„Keine Lagerbox", seufzte Agatha und fuhr sich mit der Hand durchs Haar. „Dieses Haus ist alles, was ich im Moment habe."

„Wir könnten es in der Einfahrt abstellen", schlug der Fahrer vor.

„Oder auf dem Gehweg!", warf einer der Möbelpacker vom Beifahrersitz ein, der das anscheinend amüsant fand.

Agatha zuckte zusammen. „Nehmen wir die Einfahrt, einverstanden?" Sie vergrub das Gesicht in den Händen und schüttelte den Kopf, als wollte sie die sich häufenden Komplikationen ihres Tages vertreiben.

Innerhalb einer Stunde fand sich Agatha in der surrealen Situation wieder, auf ihrem blauen Sofa in der Einfahrt zu sitzen, neben ihrem blauen Auto, vor ihrem blauen Haus – wie eine Art einfarbiger Flohmarkt. „Wow, das ist verdammt viel Blau", murmelte sie und betrachtete ihre Umgebung. „In der Minute, in der ich es mir leisten kann, hole ich mir ein braunes Ledersofa."

Mike war neben ihr bereits eingeschlafen; ein Sofa in einer Einfahrt schien für ihn offensichtlich genauso bequem zu sein wie ein Sofa im Haus. Sie blickte an ihrem Rock hinunter und wünschte, sie hätte heute eine Hose angezogen. Die wachsende Menge an Nachbarn gab sich nicht einmal Mühe, ihr Gaffen zu verbergen. Jemand hatte tatsächlich Popcorn mitgebracht. „Notiz an mich selbst: Ein Mord in der Kleinstadt lockt Gartenstühle und Popcorn hervor. Reizend."

Sie saß noch keine fünfzehn Minuten da, als eine Frau mit einer Miene auf sie zumarschierte, als hätte sie gerade in eine Zitrone gebissen.

„Was soll dieser ganze Aufruhr hier?" Die Stimme der Frau klang eher nach einer Forderung als nach einer Frage.

Agatha sah auf. „Sie haben ein Skelett in meinem Hinterhof gefunden. Sie graben es gerade aus."

„Ein Skelett? Irgendeine Ahnung, wer es ist? Wer hat sie gefunden?" Die Frau blinzelte Agatha an und musterte sie prüfend.

„Sie? Wie kommen Sie darauf, dass es weiblich ist?" Agathas Augenbraue wanderte nach oben.

Das Gesicht der Frau rötete sich leicht. „Ich habe mich versprochen – ich meinte ‚es', nicht ‚sie'."

Wäre dies ein Kriminalroman, dachte Agatha, würde sie definitiv etwas verbergen.

„Mein Hund hat es gefunden", sagte Agatha und deutete auf den schlummernden Mike.

Die Frau warf Mike einen verächtlichen Blick zu. „Dummer Köter", murmelte sie unter ihrem Atem.

„Wie bitte? Was haben Sie gesagt?" Agathas Stimme wurde schärfer.

Die Frau stammelte: „Ah, ich sagte ‚dummer Kot'. Ich habe etwas Kot an meinen Schuhen bemerkt, als ich nach unten sah."

Agathas Augen verengten sich leicht, aber sie ließ es auf sich beruhen. „Ich bin übrigens Agatha. Ich bin gerade in dieses Haus eingezogen."

Die Frau zögerte und antwortete dann: „Octavia Butler. Freut mich, nehme ich an."

„Gleichfalls", sagte Agatha und musterte ihre neue Nachbarin. „Leben Sie schon lange in Bristol Lake? Wissen Sie, wer vor mir in diesem Haus gewohnt hat?"

„Ich bin mein ganzes Leben schon hier", antwortete Octavia und verschränkte abwehrend die Arme. „Was das Haus angeht, es steht leer, seit Joanne ins Green Acres Seniorenheim gezogen ist."

„Und vor Joanne?", hakte Agatha nach.

Octavia zuckte die Achseln, ihr Blick wich aus. „Kann ich nicht wirklich sagen. Niemand, der mir einfällt. Jedenfalls niemand Wichtiges."

Die vage Abweisung in Octavias Stimme ließ Agatha sich fragen, wie viel ihre neue Nachbarin wohl ganz bewusst verschwieg.

Octavia blickte zum Gehweg, wo die Leute Gartenstühle aufgereiht hatten wie bei einer Paradestrecke. Sie grinste hämisch. „Sehen Sie sich das an. Sie haben Ihr Haus zur Hauptattraktion der Stadt gemacht. In einem Ort, der so klein ist, wird niemand gehen, bis die ‚Show' vorbei ist."

Agatha rieb sich die Stirn. „Das ist sicherlich nicht der herzliche Empfang in der Kleinstadt, den ich mir vorgestellt hatte."

Octavia kicherte düster. „Willkommen in Bristol Lake – wo selbst Ihre Skelette, ob im übertragenen Sinne oder buchstäblich, nicht lange vergraben bleiben."

Mit dieser unheilvollen Bemerkung schlenderte Octavia davon, um sich der Menge der Gaffer anzuschließen, und ließ Agatha mit ihren Gedanken und ihrer Möbelausstellung allein.

Es dauerte gefühlt eine Ewigkeit, bis die Polizei ihre Tatortaufnahme abgeschlossen und die sterblichen Überreste entfernt hatte. Agatha wartete in Eleanor und schwankte zwischen dem Versuch, ein Buch zu lesen, das sie aus einem Umzugskarton gegriffen hatte, und dem Beobachten der Spurensicherung in ihren weißen Schutzanzügen, die wie Gespenster in ihrem Garten umhergingen. Mike war irgendwann wieder ins Auto geklettert und hatte sich auf dem Rücksitz zusammengerollt.

Gerade als sie dachte, sie könne das Warten nicht mehr ertragen, entschied Mike sich plötzlich, dass auch er genug hatte. Ohne Warnung sprang er aus dem offenen Autofenster und flitzte zum Hinterhof.

„Mike! Komm sofort zurück!", rief Agatha, aber ihr Hund war bereits hinter der Hausecke verschwunden. Seufzend stieg sie aus und folgte ihm, in der Hoffnung, dass die Polizei sie nicht wegen Kontaminierung des Tatorts festnehmen würde.

Ihr sank das Herz, als sie um die Ecke bog. Die Polizisten hoben gerade ein Stück Stoff aus der Erde – gelb mit rosa Rosendruck, wie etwas aus einem Vintage-Laden. Selbst mit dem Schmutz von Jahrzehnten bedeckt, war das Muster markant.

Sheriff Salinger hielt es hoch und untersuchte es. „Sieht aus wie eine Tischdecke. Ich schätze, der Täter hat die Leiche vor der Bestattung darin eingewickelt."

„Das ist keine Tischdecke", korrigierte Agatha automatisch, wobei ihr Bedürfnis nach Genauigkeit als Bibliothekarin ihre Vorsicht überlagerte. „Das ist ein Tellerrock, und das ist ein Blumendesign aus den 1950er-Jahren."

Der Sheriff sah auf, sichtlich irritiert. „Was machen Sie hier hinten? Habe ich mich nicht klar ausgedrückt, dass dies ein Tatort ist?"

„Mein Hund ist ausgerissen. Ich hatte keine andere Wahl, als ihm zu folgen", erwiderte Agatha und fühlte sich dann doch näher zur Ausgrabung hingezogen. „Hm, interessant."

„Was ist so interessant?", fragte der Sheriff, wobei sein Ärger in Neugier umschlug.

„Dieser Ohrring dort", sagte sie und deutete auf eine Stelle in der Erde.

„Was für ein Ohrring? Ich sehe nichts", sagte der Sheriff und kniff die Augen zusammen.

Detective Dawson trat näher, fasziniert. „Ich sehe ihn auch nicht."

Agatha machte einen vorsichtigen Schritt auf den Erdhaufen zu. „Genau dort. Schauen Sie genauer hin. Sehen Sie dieses goldene Glitzern und dieses winzige, perlenartige

Objekt?" Sie deutete mit dem Zeigefinger, um ihren Blick zu lenken.

Der Sheriff spähte konzentrierter hin, dann änderte sich sein Gesichtsausdruck. „Ah, ja, jetzt sehe ich es auch. Da wollte ich gerade hinkommen."

Detective Dawson schmunzelte. „Sieht so aus, als wäre Mike hier nicht der einzige mit einem Talent dafür, alte Geheimnisse auszugraben."

Agatha sah den Sheriff an, sie fühlte sich nun sicherer. „Ich bin zwar keine Detektivin, aber die Anzeichen sind alle da. Das Kleid, der Ohrring und sehen Sie –" sie deutete auf eine andere Stelle, „– diese rot lackierten Fingernägel. Es ist ziemlich klar, dass das Skelett weiblich ist."

Die 1950er-Jahre, dachte Agatha. Dieser Rock war seit Jahrzehnten unter der Erde gewesen.

Sheriff Salinger seufzte, während er hinüberging, um zu untersuchen, was sie angedeutet hatte. „Das ist mir auch aufgefallen", sagte er, obwohl sein Tonfall das Gegenteil vermuten ließ. „Wir werden das Geschlecht des Skeletts von der Gerichtsmedizin bestätigen lassen." Er hielt inne und musterte sie mit einem skeptischen Blick. „Sie sind unge-wöhnlich aufmerksam. Sie arbeiten nicht zufällig bei der Polizei oder als Privatdetektivin?"

Sie schüttelte den Kopf. „Nein, nichts von beidem. Nur ein leidenschaftlicher Fan von Agatha Christie und modernen Krimiautoren. Ich habe auch meinen Teil an Detektivserien gesehen. Man könnte wohl sagen, ich habe ein Auge für Details."

„Nun, gute Frau, dies hier ist keine Fiktion, und Sie sind nicht Miss Marple. Das hier ist ein echter Tatort. Ich muss Sie und Ihren Hund bitten, zurück zu Ihrem Auto zu gehen und uns nicht im Weg zu stehen, bis wir hier fertig sind." Sein

Ton war professionell, aber bestimmt – nicht unhöflich, einfach ein Kleinstadtsheriff, der versuchte, seine Arbeit zu erledigen.

Verständnisvoll nickend, pfiff Agatha nach Mike, der mit schlammigen Pfoten und wedelndem Schwanz an ihre Seite sprang. Gemeinsam machten sie sich auf den Weg zurück zur Vorderseite des Hauses.

Als sie sich Eleanor näherte, bemerkte Agatha eine Frau, die lässig an der Fahrertür lehnte. Sie hatte glattes rotes Haar, das zu einem Pferdeschwanz zusammengebunden war, grüne Augen hinter einer Hornbrille und ein paar Sommersprossen auf ihrem blassen Gesicht. Ihre schlanke Gestalt und lockere Haltung ließen auf jemanden schließen, der sich in ihrer Haut wohlfühlte, wahrscheinlich Anfang dreißig.

„Hallo, ich bin Emma – Emma Fletcher. Ich wohne direkt nebenan", sagte die Frau und schob ihre Brille mit einer Geste, die wie eine Gewohnheit wirkte, den Nasenrücken hoch.

„Emma Fletcher? Wie Jessica Fletcher aus ‚Mord ist ihr Hobby'?", konnte Agatha nicht umhin zu fragen.

„Ganz genau!" Emmas Gesicht hellte sich auf. „Meine Mutter war ein riesiger Fan der Serie, also bin ich natürlich damit aufgewachsen."

„Nicht zu fassen! Mein Name ist Agatha, nach Agatha Christie. Meine Mutter und ich haben früher ständig ihre Bücher zusammen gelesen", erzählte Agatha und spürte sofort eine Verbindung.

„Wahnsinn, wie stehen die Chancen?" Emmas Augen funkelten mit dem besonderen Leuchten einer Mitstreiterin in Sachen Krimisucht. „Ich bin auch ein Christie-Fan und habe eine Schwäche für Cozy-Krimis. Als ich über den Nachbarschaftsfunk hörte, dass in deinem Hinterhof ein Skelett ausgegraben wurde, hat meine innere Hobbydetektivin praktisch einen Purzelbaum geschlagen."

Agatha lachte und fühlte sich leichter als den ganzen Tag über. „Das geht mir genauso. Klingt so, als würden wir uns blendend verstehen." Sie hielt inne und legte den Kopf schräg. „Hast du gesagt, du hast es über den Nachbarschaftsfunk gehört?"

Emma nickte. „Oh ja, alle reden darüber. Mrs. Henderson von zwei Straßen weiter hat meine Tante angerufen, die mich anrief, noch bevor die Polizei überhaupt hier war."

Agatha stieß ein ungläubiges Lachen aus. „Ich bin schockiert, dass die Leute überhaupt wissen, dass das mein Haus ist. Ich bin noch nicht einmal offiziell eingezogen ... wegen ..." Sie deutete vage in Richtung Hinterhof.

„Es ist eine Kleinstadt – Nachrichten verbreiten sich in der Geschwindigkeit von Klatsch und Tratsch", sagte Emma mit einem schiefen Lächeln. „Hör zu, warum kommst du nicht rüber, während sie hier fertig werden? Ich habe frischen Kaffee und einen Küchentisch, der tatsächlich in einem Haus steht und nicht in einer Einfahrt."

Agatha blickte zurück auf das anhaltende Polizeiaufgebot, versucht. „Das ist wirklich lieb von dir, aber ich sollte wohl hierbleiben. Der Detective hat vielleicht noch mehr Fragen, und ich möchte sicherstellen, dass sie alles haben, was sie brauchen."

„Natürlich, das macht Sinn. Nun, hier ist jedenfalls meine Nummer." Emma holte ihr Handy heraus. „Vielleicht können wir einen Kaffee trinken gehen, wenn sich alles beruhigt hat? Ich würde liebend gern Notizen über unsere Lieblingskrimis austauschen. Und ehrlich gesagt, du wirst mindestens eine Freundin in dieser Stadt brauchen, die nicht glaubt, dass du das Skelett selbst mitgebracht hast."

Nachdem sie Nummern ausgetauscht hatte und Emma zurück zu ihrem Haus gehen sah, wandte Agatha ihre Aufmerksamkeit wieder dem Geschehen in ihrem Garten zu. Die Sonne begann unterzugehen und färbte den Himmel in Orange- und Rosatönen, die unter anderen Umständen wunderschön gewesen wären. Die Menge der Nachbarn hatte sich endlich zu zerstreuen begonnen, Gartenstühle wurden zusammengeklappt und weggetragen wie am Ende einer Laientheateraufführung.

Als die Polizei ihre Arbeit beendete und mit geübter Effizienz Beweismittelbeutel in ihre Fahrzeuge lud, konnte Agatha nicht umhin zu rätseln, welche anderen Geheimnisse Joannes altes Haus wohl verbergen mochte. Denn Häuser, die so alt waren, in Städten, die so klein waren, hatten nie nur eine Leiche im Keller – oder in diesem Fall im Garten.

Und dann war da Octavias Versprecher. „Sie". Woher wusste sie, dass es eine Frau war? Die Frage nistete sich in Agathas Kopf ein wie ein Splitter, klein, aber unmöglich zu ignorieren.

Morgen, so entschied sie, würde sie anfangen, Fragen zu stellen. Schließlich war sie hierhergekommen, um Krimis zu schreiben. Sie hatte nur nicht erwartet, mitten in einem zu landen.

4

DOLORES BISHOP

Die Morgensonne strömte durch die Fenster und tauchte den Raum in goldenes Licht. Agatha füllte Mikes Napf mit Trockenfutter und goss sich dann eine Tasse Kaffee ein. Die Entdeckung von gestern nagte an ihr, als sie sich an ihren Computer setzte.

„Mal sehen, was wir finden können", murmelte sie und tippte „Vermisste Personen in Bristol Lake" in die Suchleiste. Die Ergebnisse enttäuschten sie – größtenteils veraltete Artikel und irrelevante Polizeiberichte.

„Zeit für Plan B." Sie änderte ihre Taktik und suchte nach Informationen über ihre neue Adresse. Abgesehen von einem alten Immobilieninserat verriet nichts, wer das Haus vor ihrem Vater besessen hatte.

Sie nippte an ihrem Kaffee und blickte zu Mike, der sich neben ihrem Stuhl ausgestreckt hatte. „Wem auch immer dieses Skelett gehört hat, wir werden der Sache auf den Grund gehen. So oder so."

∿

NACHDEM SIE SICH schnell angezogen und Mike einen Abschiedsgruß zugerufen hatte, trat Agatha nach draußen. Sie kramte in ihrer Tasche nach ihren Autoschlüsseln, als Emma an ihrer eigenen Haustür auftauchte.

„Hey, Agatha! Wie läuft dein Morgen?" Emmas Stimme klang wie gewohnt fröhlich.

„Morgen, Emma!" Agatha wühlte weiter in ihrer Handtasche. „Bis jetzt ganz gut. Ich versuche nur, die unerwartete Aufregung von gestern hinter mir zu lassen."

Emma schauderte. „Ich weiß, was du meinst. Es jagt mir eine Gänsehaut über den Rücken, wenn ich daran denke, dass ich die ganze Zeit direkt neben einem Skelett gelebt habe."

„Definitiv beunruhigend." Agatha setzte ihre Suche fort. „Ich will in die Stadt, aber meine Schlüssel sind in diesem schwarzen Loch von Handtasche verschwunden."

„Gehst du zur Central Avenue?", fragte Emma.

Agatha hielt inne und nickte. „Das ist der Plan – falls ich jemals diese Schlüssel finde."

„Weißt du, die Central Avenue ist nur ein paar Blocks entfernt. Man kann da ganz leicht zu Fuß hingehen."

Agatha blickte überrascht auf. „Wirklich? Als ich gefahren bin, kam es mir weiter vor. Aber wenn es fußläufig erreichbar ist, ist das perfekt."

Ihre Finger ertasteten schließlich Metall am Boden ihrer Tasche. „Royale Books and Cakes war der Laden meiner Stiefmutter Joanne", sagte sie leise, während sie die Schlüssel herauszog. „Sie hat ihn mir hinterlassen, als sie verstarb." Sie zögerte, die Worte blieben ihr kurz im Hals stecken. „Die Sache ist die, ich habe sie nie kennengelernt. Und mein Vater ... nun ja, ich habe ihn nicht mehr gesehen, nachdem er uns verlassen hatte. Nur gelegentlich eine Geburtstagskarte – bis auch die aufhörten."

Sie schluckte schwer, überrascht von dem alten Schmerz, der in ihr aufstieg. „Er ist abgehauen, als ich vier war, und hat hier in Bristol Lake ein neues Leben angefangen. Ich habe erst von Joanne und dem Laden erfahren, als ihr Anwalt wegen des Testaments anrief."

„Nach allem, was ich gehört habe, hat sie ihn zu einem echten Eckpfeiler der Gemeinde gemacht. Ihre Spezialität waren Liebesromane und Krimis – Erstausgaben, signierte Exemplare, Vintage-Sammlungen."

Agathas Stimme wurde fester. „Ich habe beschlossen, ihn wiederzueröffnen, mit dem Schwerpunkt auf Krimis und Cozy-Krimis. Da ich sie so sehr liebe, fühlt es sich richtig an – und ich werde für meine Kunden immer tolle Empfehlungen parat haben."

Emmas Augen weiteten sich vor Freude. „Das ist nicht dein Ernst! Das ist fantastisch, Agatha. Ich habe diesen Ort geliebt. Er war wie ein Treffpunkt für alle. Zu wissen, dass er zurückkommt – und dann noch mit Schwerpunkt auf Krimis –, hat mir gerade den Tag gerettet. Ich kann es kaum erwarten, ihn als Krimi-Paradies zu sehen!"

Agatha lächelte, berührt von der aufrichtigen Begeisterung. „Nun, du wirst eine der Ersten sein, die erfährt, wann wir eröffnen."

Emma strahlte. „Darauf werde ich dich festnageln."

Ein weißer Cadillac rollte langsam die Straße entlang auf sie zu.

„Oh nein", flüsterte Emma. „Sieht so aus, als käme die Königin von Bristol Lake, um dich zu besuchen."

„Wer?", fragte Agatha.

Bevor Emma antworten konnte, parkte das Auto vor

Agathas Haus. Eine große Frau stieg aus – das melierte Haar zu einem Chignon hochgesteckt, starkes Make-up, ein schwarzes Chanel-Kostüm im Vintage-Stil. Sie schritt mit routinierter Selbstsicherheit auf sie zu.

„Guten Morgen." Ihre Stimme triefte vor Autorität. „Sind Sie Agatha Royale?"

„Ja, ich bin Agatha. Was kann ich für Sie tun?"

„Ich bin Dolores Bishop." Ihr Blick streifte Emma abfällig.

„Hallo, Dolores", sagte Emma und bewahrte ihren freundlichen Tonfall.

Dolores ignorierte sie und konzentrierte sich ganz auf Agatha. „Ich habe ein Angebot für Sie."

Agatha und Emma tauschten Blicke aus. „Was für ein Angebot?", fragte Agatha mit hochgezogenen Brauen.

„Ein befreundeter Investor von außerhalb möchte Ihr Haus kaufen." Dolores verschränkte die Arme. „Ich habe die Grundbucheinträge gesehen. Diese baufällige Hütte ist nicht viel wert. Er wird Ihnen einen Spitzenpreis zahlen." Sie zog ein gefaltetes Papier aus ihrer Tasche und nannte eine Zahl. „Das ist sein Angebot. Damit würden Sie Ihre klägliche Investition mehr als vervierfachen." Sie grinste süffisant.

Agatha straffte sich. „Ich finde es beleidigend, dass Sie mein Haus als ‚baufällig' und meine Investition als ‚kläglich' bezeichnen. Ich mag dieses Haus geerbt haben, aber ich habe jahrelang die Steuern gezahlt und es instand gehalten. Ich habe nicht die Absicht zu verkaufen."

Dolores schüttelte den Kopf. „Das ist die falsche Antwort, Schätzchen. Ich habe von der Leiche gehört, die sie gestern in Ihrem Hinterhof gefunden haben." Ihr Blick huschte zum Haus. „Dass es ein Tatort ist, macht es noch weniger wert, als der letzte Besitzer gezahlt hat. Sie lassen sich etwas entgehen, wenn Sie dieses Angebot ablehnen."

„Ich gehe das Risiko ein." Agathas Ton blieb fest. „Richten Sie Ihrem befreundeten Investor bitte aus, dass ich nicht verkaufe. Schön, Sie kennengelernt zu haben, Ms. Bishop." Sie wandte sich an Emma. „Bis später, Emma." Dann schritt sie in Richtung Central Avenue davon.

AGATHA WAR NOCH NICHT WEIT GEKOMMEN, als jemand von weiter unten auf der Straße rief: „Miss Royale! Ich will ja nicht neugierig sein, aber darf ich fragen, was Dolores wollte?"

Eine ältere Dame kam auf sie zu, das silberne Haar in einem ordentlichen Knoten gebunden, die gütigen Augen blitzten.

„Oh, hallo! Ich glaube nicht, dass wir uns schon kennen. Bitte, nenn mich Agatha."

„Ich bin Gladys Parker. Ich habe gesehen, wie du mit Dolores gesprochen hast, und musste mich einfach fragen, was sie im Schilde führt, wenn sie dich so belästigt."

„Sie erwähnte einen befreundeten Investor, der am Kauf meines Hauses interessiert sei."

Gladys' Augen weiteten sich. „Ein befreundeter Investor? Das glaubst du doch nicht wirklich, oder?" Sie schüttelte den Kopf, wobei ihr Haarknoten perfekt in Form blieb. „Glaub mir, Dolores schmiedet immer irgendwelche Pläne. Nichts würde sie lieber tun, als noch mehr von Bristol Lake zu kontrollieren."

Agatha legte die Stirn in Falten. „Wie meinst du das?"

Gladys lehnte sich näher heran und senkte die Stimme. „Nun, Dolores besitzt mehrere Mietobjekte hier in der Gegend. Sie hat überall ihre Finger im Spiel und nutzt das aus, um die Leute in dieser Stadt zu kontrollieren." Sie blickte kurz zu Agathas Haus. „Das hat sie schon bei anderen abgezogen. Ich wette, sie hat vor, dasselbe Spielchen mit dir zu treiben."

Agatha verschränkte die Arme, die Lippen schmal zusammengepresst. „Nun, ich habe nicht die Absicht, mich von ihr kontrollieren zu lassen, weder mich noch meine Entscheidungen."

Gladys nickte zustimmend. „Recht so, meine Liebe. Sei nur vorsichtig. Dolores kann verdammt gerissen sein, wenn sie etwas will." Ihr Blick verweilte auf Agathas Haus. „Aber ich habe das Gefühl, dass du dich nicht so leicht herumschubsen lässt."

Ein entschlossenes Lächeln trat auf Agathas Gesicht. „Da hast du recht, Gladys. Ich danke dir für die Warnung. Es ist immer gut zu wissen, mit wem man es in einer neuen Stadt zu tun hat."

Gladys tätschelte ihr warm den Arm. „Jederzeit, meine Liebe. Ich bin da, wenn du mal jemanden zum Reden oder einen Rat brauchst." Ihre Augen blitzten verschmitzt auf. „Oder den neuesten Klatsch."

„Nun, vielen Dank!" Agatha blickte auf ihre Uhr. „Güte, es wird ja schon spät. Ich muss zum alten Buchladen und alles inventarisieren. Ich will sehen, was ich brauche, um ihn wieder flottzumachen."

Gladys' Gesicht hellte sich zu einem breiten Lächeln auf. „Oh, das sind wundervolle Neuigkeiten! Die Stadt hat es vermisst, eine Buchhandlung zu haben."

Agatha beugte sich vor, die Augen leuchteten. „Ja, ich habe viel darüber nachgedacht. Ich möchte einen Ort schaffen, der gemütlich ist, aber einen Hauch von Geheimnis versprüht."

Gladys nickte ermutigend.

„Ich hatte überlegt, ihn ‚One Deadly Chapter Books and Brew' zu nennen, um das Krimi-Thema richtig in den Fokus zu rücken. Was meinst du?"

Gladys ließ den Namen kurz auf sich wirken und rief dann aus: „Oh, ich liebe ihn! Das klingt so eingängig und geheimnisvoll!"

Die Begeisterung vertrieb Agathas Bedenken. „Ich dachte, es wäre ein schönes Wortspiel, das die Leute dazu einlädt, selbst zu Detektiven zu werden, während sie stöbern."

„Es ist perfekt, Agatha. Es verspricht Abenteuer zwischen den Buchseiten und hat eine spielerische Note. Ich kann mir schon richtig vorstellen, wie es Krimi-Liebhaber magnetisch anzieht."

„Weißt du", fuhr Gladys fort, ihre Stimme warm vor Erinnerung, „jetzt, wo der Buchladen zurückkommt, muss ich unweigerlich an den Buchclub denken, der früher dazu gehörte." Sie beugte sich mit frischem Eifer vor. „Du musst ihn einfach auch wiederbeleben. Er war früher das Herz und die Seele dieser Stadt. Alle wären hellauf begeistert."

Agathas Augen weiteten sich. „Das ist eine großartige Idee, Gladys. Ich werde auf jeden Fall zusehen, dass ich den Buchclub wieder ins Leben rufe, sobald der Laden läuft."

Gladys strahlte, und ihre geteilte Vorfreude schuf sofort eine Verbindung zwischen ihnen.

„Weißt du, das ist eine glänzende Idee." Agathas Lächeln wurde breiter, während ein Plan Gestalt annahm. „Zu Ehren meiner Stiefmutter und passend zum Krimi-Thema habe ich beschlossen, ihn ‚Miss Marple Mystery Book Club' zu nennen. Was meinst du?"

Gladys' Gesicht leuchtete auf. „Das klingt perfekt – ein

würdiger Tribut und eine wunderbare Anspielung auf das Genre. Das wird ein Hit!"

Mitten im Gespräch entdeckte Gladys eine Nachbarin, die ihren Garten pflegte. „Ich bin gleich wieder da, meine Liebe." Sie schenkte Agatha ein warmes Lächeln und ging auf den benachbarten Garten zu.

Agatha sah zu, wie Gladys auf die Frau mit dem Gartenhut zuging, die Hände bereits lebhaft in Bewegung, zweifellos dabei, die Neuigkeiten zu verbreiten.

Agatha winkte zum Abschied und ging weiter zur Central Avenue. Die Tür von „One Deadly Chapter Books and Brew" begrüßte sie mit einem fröhlichen Quietschen, als hätte sie nur darauf gewartet, wieder Gäste zu empfangen. Sie trat ein und hielt inne, genoss die Stille im Raum. Der unverwechselbare Duft von lange unberührten Büchern – modrig, reichhaltig, ein Hauch von Nostalgie – erfüllte den Laden. Das Sonnenlicht filterte durch staubige Fenster und warf freundliche Flecken auf vernachlässigte Bücherregale, die nach neuem Lesestoff schrien. Ein paar alte Bücher lagen verstreut auf dem Boden, abgenutzt und viel geliebt.

Sie hob ein zerfleddertes Exemplar von „Wer die Nachtigall stört" auf; die Seiten waren vergilbt, die Ecken umgeknickt. „Ah, einer der Klassiker." Ihre Finger strichen über das Cover. „Joanne und ich hätten uns sicher prächtig verstanden und bei Tee und Scones über Literatur diskutiert."

Sie schmunzelte und stellte das Buch vorsichtig in ein Regal, während sie sich vorstellte, wie hunderte andere dazukommen würden. Ein Regal voller Rätsel, die darauf warteten, gelöst zu werden. Ein Laden voller Gemurmel von Bücherfreunden.

Ihr Blick fiel auf den Tresen. Obwohl sie ihre Stiefmutter

nie kennengelernt hatte, konnte Agatha sie fast dort stehen sehen, wie sie Verkäufe abwickelte und literarische Meisterwerke empfahl. Ein warmes Gefühl breitete sich bei dem Gedanken in ihrer Brust aus.

„Und hier bin ich", dachte sie, „kurz davor, diesen Ort wieder zum Leben zu erwecken." Vorfreude durchströmte sie. Es lag viel Arbeit vor ihr, aber die Aussicht darauf fühlte sich so herrlich an, wie ein brandneues Buch aufzuschlagen.

～

IN DEN NÄCHSTEN Wochen lebte Agatha quasi in farbbeschmierten Jeans und ruinierten T-Shirts. Sie verwandelte die Wände mit einem einladenden Gelb, das den gesamten Raum heller machte.

Als Nächstes war der abgetretene Teppich an der Reihe. Als sie ihn abzog, kam darunter verkratztes Hartholz mit unwiderstehlichem Charme zum Vorschein. Nach kräftigem Abschleifen und einer frischen Versiegelung glänzten die Böden wieder.

Während der gesamten Renovierung bewahrte sie die Seele des Ladens – Joannes ursprüngliche Bücherregale und Tresen blieben erhalten. Die Mischung aus Alt und Neu ehrte das Erbe ihrer Stiefmutter perfekt.

Das Kuratieren der Sammlung bereitete Agatha die meiste Freude. Sie wählte die Titel akribisch aus und gab den Reihen von Sherlock Holmes und Miss Marple die besten Plätze, die ihre zukünftigen Kunden sicher zu schätzen wüssten.

Die Nachbarschaft summte vor Erwartung. Emma schaute oft vorbei, half, wo sie konnte, und brachte sogar eine Topfpflanze für das Schaufenster mit. Auch andere Nachbarn kamen kurz herein, boten Hilfe an oder gaben Ratschläge. In der Stadt wurde immer mehr über die große Neueröffnung spekuliert.

Agatha trat ein Stück zurück, um den fast fertigen Laden zu begutachten. Ein Gefühl der Erfüllung überkam sie. Der Aufwand war beträchtlich gewesen, aber der Laden hatte sich in genau das verwandelt, was sie sich vorgestellt hatte: einen Zufluchtsort für Krimi-Fans.

5

DIE FEIERLICHE ERÖFFNUNG

Einige Tage später, an einem warmen Sommermorgen, versammelten sich überwiegend ältere Damen vor One Deadly Chapter Books and Brew zur feierlichen Eröffnung.

Im Inneren half Emma Agatha dabei, Kaffee, Muffins und Kekse in der Auslage der Bäckereitheke zu arrangieren. Diese war rechts von der Haupttheke der Buchhandlung platziert und hieß die Kunden am Eröffnungstag willkommen. Als sie die letzten Kekse platzierten, summte Agathas Telefon.

„Shannon!" Sie lächelte den Bildschirm an. „Danke für deinen Anruf! Du glaubst gar nicht, wie wundervoll hier alles aussieht."

Shannons lebhafte Stimme erklang auf der anderen Seite. „Ich hab dir doch gesagt, dass das eine großartige Idee ist, oder? Herzlichen Glückwunsch zum großen Tag, Agatha. Ich wünschte, ich könnte dabei sein."

Nach ihrem kurzen, freudigen Gespräch beendete Agatha den Anruf mit einem erfüllten Herzen. Shannons Unterstützung bedeutete ihr alles. Sie setzten die Vorbereitungen fort, voller Energie und bereit für den Start.

Punkt neun Uhr hob Agatha die Schere zum roten Band, das über den Eingang gespannt war. Das Band fiel in einem sanften Bogen zu Boden. Die ersten Zuschauer klatschten, und ihr Applaus schwebte auf der Morgenbrise dahin.

„In Gedenken an meine verstorbene Stiefmutter Joanne Royale und im Geiste eines Neuanfangs", verkündete sie, „erkläre ich One Deadly Chapter Books and Brew für offiziell eröffnet."

„Willkommen, meine Damen! Bitte kommen Sie herein. Um unsere Neueröffnung zu feiern, bieten wir gratis Kaffee, Muffins und Kekse an!"

Gladys scannte die Theke. „Wo sind die Gebäckstücke? Ich sehe nur Kekse." Sie spähte in die Vitrine. „Und Muffins? Seit wann werden Muffins als feines Gebäck betrachtet?"

„Ich versichere Ihnen, dass wir bald Kuchen und Teilchen haben werden." Agatha bewahrte ihr geduldiges Lächeln. „Ich kläre gerade noch letzte Details mit einem Lieferanten."

Gladys' Augenbrauen hoben sich leicht. „Natürlich, Liebes. Irgendwas ist ja immer, nicht wahr?"

Sie wandte sich den hoch aufragenden Bücherregalen an den Wänden zu, ihre Neugier war geweckt.

„Meine Damen, in den linken Regalen finden Sie Kriminalromane und rechts alle Cozy-Krimi-Titel, einschließlich Agatha Christie", erklärte Agatha.

Ein Klatschen ging durch die Menge. Virginia Blair flüsterte Luisa Thornton eifrig zu: „Was ist mit dem Buchclub? Wird er zusammen mit dem Laden wiederbelebt?"

„Ich hoffe es ... das ist der einzige Grund, warum ich hier bin", murmelte Luisa.

Virginia zog die Augenbrauen hoch. „Sprechen Sie für

sich selbst. Ich liebe Cozy-Krimis. Deshalb bin ich hier. Ich bin so froh, dass die Buchhandlung wieder aufmacht. Ich liebe echte Bücher – den Geruch von Papier, das Umblättern der Seiten. Ich hatte es satt, vierzig Minuten zu fahren, nur um ein Buch zu kaufen."

Dolores Bishop, die in der Nähe zuhörte, warf voller Verachtung ein: „Ganz bis nach Oxford Hills fahren, nur wegen ein paar Büchern? Warum ersparen Sie sich die Mühe nicht und bestellen online?"

Virginia blickte über ihre Schulter und fixierte Dolores mit einem kühlen Blick. „Es liegt ein gewisser Charme darin, durch die Gänge einer Buchhandlung zu stöbern, den man online nicht nachahmen kann. Gibt es einen Grund, warum meine Einkaufsgewohnheiten Sie interessieren?"

Dolores' Mund verkniff sich. „Interesse? Kaum. Ich hinterfrage lediglich den Sinn der Sache."

Luisa lehnte sich näher an sie heran, ihr Flüstern war von Ironie gefärbt. „Das sagt genau die Richtige, die sich vor der Gürtelrosen-Impfung gedrückt hat, nur um nicht zugeben zu müssen, dass sie die Fünfzig bereits überschritten hat."

Mit einem abfälligen Achselzucken drehte sich Dolores auf dem Absatz um und verschwand in der Menge der Frauen, die sich beim Agatha-Christie-Bereich versammelt hatten.

Octavia Butler trat an der Theke auf Agatha zu und zögerte kurz, bevor sie leicht klopfte, um auf sich aufmerksam zu machen. „Ich wollte nur ... es tut mir wirklich leid, was passiert ist."

Agatha hielt inne und schenkte ihr ein ratloses Lächeln. „Verzeihung. Könnten Sie das etwas genauer erklären?"

„Die Sache mit dem Skelettfund in Ihrem Garten", fuhr Octavia mit Mitgefühl in der Stimme fort.

Ein Schatten huschte über Agathas Gesicht. „Oh, ja. Das war in der Tat beunruhigend. Nicht gerade der beste Start in einer neuen Stadt." Sie sammelte ihre Gedanken. „Wissen Sie, als ich Sie zum ersten Mal nach den Vorbesitzern fragte, konnten Sie sich an nichts erinnern. Ist Ihnen seitdem etwas eingefallen?"

Octavias Gesichtsausdruck hellte sich auf, als sie sich entsann. „Tatsächlich, ja. Es hat mir keine Ruhe gelassen, und schließlich fiel mir wieder etwas ein. Da war eine Familie – ein Ehepaar und ihre Tochter im Teenageralter, sie blieben nicht lange und zogen kurz nachdem wir uns hier niedergelassen hatten wieder aus. Das muss so um 1987 gewesen sein, glaube ich. Aber die Namen ... die fallen mir leider immer noch nicht ein."

„Wissen Sie, wohin sie gezogen sind?"

Bevor Octavia antworten konnte, kam Dolores herbei. „Apropos Umzug, Octavia – vielleicht müssen Sie genau das tun, wenn Sie Ihre Miete nicht bezahlen."

Octavia lief rot an. „Ich habe pünktlich bezahlt, Dolores. Das Problem sind die plötzlichen Erhöhungen. Es ist nicht fair, sie dreimal in einem halben Jahr anzuheben!"

Agatha blickte unbehaglich von einer zur anderen.

Dolores zuckte ungerührt mit den Schultern. „Ganz einfach. Akzeptieren Sie die neuen Bedingungen oder suchen Sie sich etwas Neues." Sie machte eine abfällige Handbewegung und wandte sich ab.

Mike, der neben Agatha hinter der Theke saß, knurrte und bellte Dolores scharf an.

Dolores fuhr herum, ihre Augen verengten sich. „Sie sollten Ihren Köter besser erziehen oder ihn vielleicht in einen Käfig sperren, wo er hingehört."

Sie ließ ihren Blick mit gekräuselter Lippe durch den Raum schweifen. „Dieser ganze Zirkus wegen einer simplen Buchhandlung. Mir ist schleierhaft, warum sich jemand die Mühe macht, wenn man Bücher online kaufen kann. Außerdem gibt es eine ganz hervorragende Buchhandlung in Oxford Hills, nur vierzig Minuten entfernt." Ohne eine Antwort abzuwarten, seufzte sie dramatisch und schlenderte zu Katherine Alexander, der Mutter von Bürgermeister Digby, die gerade in der Abteilung für lokale Autoren stöberte.

Agatha stand fassungslos da, mit offenem Mund. Schließlich kniete sie sich nieder, um Mikes Fell zu streicheln. „Hör nicht auf sie, Mike. Du bist der Liebste", flüsterte sie. Er wedelte dankbar mit dem Schwanz.

Octavia war das Gesicht vor Frust gerötet. „Diese Frau ... sie ist wirklich unausstehlich. Sie würde der Welt einen Gefallen tun, wenn sie auf einen anderen Planeten umziehen würde. Aber sehen Sie nur – sie sucht sich schon ihr nächstes Opfer." Ihr Blick folgte Dolores.

Mit einem resignierten Seufzen wandte sie sich wieder um. „Entschuldigen Sie mich, Agatha. Ich brauche einen Moment." Sie ging in Richtung der Toiletten.

Agatha atmete langsam aus und drehte sich zu Emma um. „Nun, das war ... interessant."

Emma lächelte schief, ihre Augen blitzten vor Belustigung und Resignation. „Oh, glaub mir, das war erst der Anfang. Willkommen in Bristol Lake." Sie lehnte sich näher heran und senkte die Stimme. „Sieh mal, Dolores gehört praktisch die halbe Stadt, und ihre Methoden als Vermieterin sind ... gelinde gesagt fragwürdig. Sie hat ein Händchen dafür, einem das Leben schwer zu machen – ständig erhöht sie die Miete. Du hast gerade eine Kostprobe ihrer reizenden Persönlichkeit bekommen."

Agatha nickte ernst, in ihren Augen dämmerte Erkenntnis. Dolores war offensichtlich eine Person, mit der man rechnen musste – einflussreich, aber unfreundlich.

Lorrie Sing und Valerie Owens traten mit neugierigen Mienen an die Kasse. Lorrie schob ein Buch über den Tresen, während ihr Blick dorthin huschte, wo Dolores mit Katherine plauderte.

Sie lehnte sich vor und flüsterte: „Wissen Sie, man sagt, ihr wahres Problem sei das Glücksspiel. Online-Glücksspiel, um genau zu sein."

Agathas Brauen zogen sich überrascht zusammen. Sie tauschte einen kurzen Blick mit Emma. „Glücksspiel?"

Valerie nickte heftig. „Oh ja, das ist so etwas wie ein offenes Geheimnis in Bristol Lake. Es heißt, sie brauche ständig Bargeld, um ihre Sucht zu finanzieren, daher die unaufhörlichen Mieterhöhungen." Ihr Gesicht verzog sich vor Abscheu.

Agatha bemerkte Emmas verschmitztes Grinsen, bevor sie sich wieder ihren Kundinnen zuwandte und den Tratsch elegant überging.

Sie nahm Lorries Buch mit einem herzlichen Lächeln entgegen. „Ah, ‚Die Tote in der Bibliothek'? Ein Christie-Klassiker. Da erwartet Sie ein echtes Lesevergnügen."

Lorrie warf Valerie einen spielerischen Blick zu. „Das sollte besser ein Volltreffer sein, so wie du es angepriesen hast. Wenn es ein Flop ist, bist du schuld."

Valerie zuckte lässig mit den Schultern. „Ich dachte, es passt ganz gut – es war Joannes Wahl für das letzte Treffen, das wir nie hatten. Es scheint mir ein Weg zu sein, ihre Entscheidung zu ehren, findest du nicht?" Sie sah Agatha bittend um Bestätigung an.

Agatha spürte deren gespannte Erwartung. Sie tauschte einen kurzen Blick mit Emma und suchte nach Bestätigung.

Emma nickte, ihr Lächeln war voller Nostalgie. „Ich erinnere mich. Ich war schon ganz bereit für die Diskussion. Warum bringen wir es nicht zu Ende? Machen wir es zu unserer ersten Auswahl – ein Gruß an Joanne und an das Treffen, das wir verpasst haben."

Die Entscheidung stand fest. Agatha grinste. „Alles klar, ,Die Tote in der Bibliothek' wird es. Ich werde es heute noch herumsprechen."

„Ich entwerfe eine Ankündigung!" Emma wirbelte herum und eilte zum Büro im hinteren Bereich.

Valerie und Lorrie gingen mit siegreichem Grinsen weg, gerade als das Klingeln der Tür Agathas Aufmerksamkeit auf einen Neuankömmling lenkte.

Ein distinguierter Mann mittleren Alters trat ein – meliertes Haar, gepflegter Bart, selbstbewusster Gang. Er ging direkt auf sie zu, mit einer offenen, freundlichen Ausstrahlung.

Er streckte ihr die Hand entgegen, sein Gesicht hellte sich zu einem herzlichen, fast übermütigen Grinsen auf. „Hallo ... ich bin Digby Alexander, Bürgermeister von Bristol Lake."

Agathas Gesicht spiegelte Erkennen und Überraschung wider. Sie schüttelte fest seine Hand. „Guten Morgen, Herr Bürgermeister Alexander! Ich bin Agatha, die neue Besitzerin. Es ist mir ein Vergnügen, Sie hier zu haben."

Sein Grinsen blieb aufrichtig. „Das Vergnügen ist ganz meinerseits, Agatha. Die Nachricht von dieser Wiedereröffnung war das Stadtgespräch. In natura sieht es sogar noch entzückender aus."

Sein Blick wanderte in eine Ecke, wo zwei Frauen in ein hitziges Gespräch vertieft waren. „Diejenige auf der rechten Seite ist meine Mutter, Katherine Alexander. Sie war schon immer ein Krimi-Fan. Die Schließung hat sie wirklich traurig gemacht. Sie hat diese Eröffnung sehnsüchtig erwartet."

Er schenkte ihr ein wissendes Grinsen. „Nun, ich sollte wahrscheinlich meine Mutter vor Dolores retten, bevor sie den ganzen Tag verquatschen. Außerdem weiß ich, dass sie brennt darauf, in Ihre Sammlung einzutauchen." Er deutete anerkennend auf die Regale, bevor er sich mit einem letzten herzlichen Lächeln verabschiedete.

Stimmengemurmel und das Rascheln von Seiten erfüllten den Laden. Agatha tauschte einen Blick mit Emma, in ihren Augen mischten sich Begeisterung und Besorgnis. „Ich kann kaum glauben, dass das wirklich passiert. Ich bin aufgeregt, aber ich habe auch Angst – ich habe jeden Cent in diesen Laden gesteckt." Ihre Hand glättete eine nicht vorhandene Falte auf dem Tresen. „Ich hoffe, es klappt, sonst stecke ich in Schwierigkeiten."

Emma lehnte sich mit einem aufmunternden Lächeln auf die Theke. Sie schnappte sich einen Keks aus der Auslage und biss mit einem Knacken hinein. „Nun, zumindest haben Sie keine Hypothek oder Miete zu zahlen. Nur die Grund-steuer, und für die haben Sie Zeit zum Sparen."

Sie kaute nachdenklich. „Außerdem wird diese Buch-handlung ganz sicher ein Hit. Ich habe ein gutes Gefühl dabei." Ihr Lächeln sprühte vor Begeisterung, die den Enthu-siasmus um sie herum widerspiegelte.

Agathas Lächeln wurde breiter, ihre Stimme klang voller neuer Hoffnung. „Ich hoffe, du hast recht."

6

RAYMOND AGUILAR

Während Emmas Worte noch in der Luft hingen, erklang das Glöckchen über der Tür. Emmas Augenbrauen hoben sich ein Stück, ihr Tonfall war spielerisch. „Oje, sieh mal einer an, wer da gerade reingekommen ist."

Agatha folgte Emmas Blick und wandte sich dem Eingang zu. Ein Mann trat mit lässiger Eleganz ein – hochgewachsen, in einem gut geschnittenen Anzug, der lässig an seiner schlanken Gestalt saß. Dunkles Haar, das bereits leicht von Grau durchsetzt war, unterstrich seine vornehme Erscheinung.

„Willkommen bei ,One Deadly Chapter Books and Brew'!", rief Agatha herzlich durch den Laden.

Er nickte mit einem breiten Lächeln, das seine markanten Gesichtszüge erhellte. Agatha beobachtete, wie er sich geschickt durch das lebhafte Meer der Kunden manövrierte und direkt auf Digby und dessen Mutter zusteuerte, die zusammen mit Dolores bei den Neuerscheinungen standen.

Agatha lehnte sich zu Emma. „Wer ist das?"

„Das ist Raymond Aguilar, der Anwalt. Er hat sich vor ein paar Jahren zur Ruhe gesetzt und ist hierhergezogen."

„Im Ruhestand? Aber er sieht noch gar nicht alt genug dafür aus." Agathas Augen verfolgten Raymonds selbstbewussten Weg durch die Buchhandlung.

„Nun, er ist nicht in der typischen Altersklasse für Rentner." Emmas Tonfall wurde neckisch. „Er ist erst zweiundfünfzig. Man sagt, er sei vorzeitig in den Ruhestand gegangen, nachdem er einen monumentalen Fall gewonnen hat. Er hat eine ordentliche Summe eingestrichen und beschlossen, das Leben hier in unserer idyllischen kleinen Stadt zu genießen." Sie deutete vage in Richtung Oak Street. „Er hat sich in diesem charmanten alten viktorianischen Haus niedergelassen."

Agatha nickte anerkennend. Das gepflegte, historische Haus passte perfekt zum vornehmen Auftreten des Mannes. „Ist seine Frau auch hier?"

Ein wissendes Lächeln umspielte Emmas Lippen. „Frau? Oh, Raymond ist ein ziemlicher Junggeselle. Er war nie verheiratet." Sie gab Agatha einen spielerischen Stupser und senkte die Stimme zu einem Flüstern. „Vielleicht ergibt sich da ja eine Chance für dich."

Agathas Augen weiteten sich, und sie wiegelte den Vorschlag mit einer Handbewegung ab. „Oh nein, nichts für mich. Ich habe das Gefühl, dass es dafür einen Grund geben muss, wenn jemand in seinem Alter noch nie verheiratet war."

„Sei nicht so voreingenommen. Vielleicht hat der Mann einfach noch nicht die wahre Liebe gefunden."

„Ich glaube nicht mehr an die wahre Liebe. Ich war fest davon überzeugt, dass Mark die Liebe meines Lebens war, und sieh nur, was passiert ist – er hat mich wegen einer

Jüngeren verlassen, und jetzt bin ich hier in Bristol Lake." Sie sah sich in der Buchhandlung um und seufzte. „Weißt du, ich bin wegen meiner Scheidung nicht mehr traurig. Zuerst war ich wütend, aber ich versuche, die guten Dinge zu sehen, die daraus entstanden sind."

Ihr Blick wanderte zu den zwei runden Tischen am Eingang, auf denen verschiedene Bücher ausgestellt waren, und dann zu den Eckauslagen, die Werke von Self-Publishern hervorhoben. Sie beobachtete die Kunden, die in den Regalen stöberten. Als ihr Blick die beiden Eckplätze erreichte, hielt sie inne und beobachtete ältere Damen, die sich lebhaft über ein Buch unterhielten.

Sie wandte sich wieder Emma zu. „Ich habe schon immer davon geträumt, meine eigene Buchhandlung zu besitzen, und nun sieh dir das an." Sie machte eine ausladende Bewegung. „Ich musste mich kneifen, um sicherzugehen, dass das kein Traum ist." Ihre Augen funkelten. „Vor noch nicht allzu langer Zeit war mein Leben ein einziges Chaos, und jetzt besitze ich ein Haus und eine Buchhandlung." Sie hielt inne. „Ich hoffe, es klappt. Heute ist erst der erste Tag."

„Es wird klappen, Agatha. Joanne hatte eine sehr erfolgreiche Buchhandlung, und all ihre Kunden werden jetzt deine Kunden sein. Es war ein kluger Schachzug, den Buchclub wieder ins Leben zu rufen." Emma deutete auf die Agatha-Christie-Regale. „Schau nur – fast alle Exemplare von ‚Die Tote in der Bibliothek' sind verkauft. Bei der hohen Zahl an Rentnern in der Stadt könntest du wahrscheinlich ein Treffen pro Woche abhalten und dabei jede Menge Bücher verkaufen."

„Einmal die Woche? Ist das nicht zu viel?"

„Ganz bestimmt nicht. Joanne hat jeden Dienstagabend Treffen abgehalten, und es war immer voll."

„Nun, ich schätze, ich werde es auch mit wöchentlichen Treffen versuchen." Sie sah auf den Flyer, den sie vorhin aktualisiert hatte. „Das hier muss ich dann noch anpassen."

„Das ist schnell erledigt. Und hey, schon bald können wir vielleicht dein Buch im Club besprechen!"

„Vielleicht, aber dafür muss ich es erst einmal zu Ende schreiben." Sie senkte den Kopf. „Jedes Mal, wenn ich an meiner Schreibmaschine sitze, denke ich nur an das Skelett. Ich kriege keine einzige Zeile zustande."

„Das ist ein Grund mehr, Detektivin zu spielen und diesen Fall zu lösen!"

„Ich weiß, oder? Das ist mein Ziel, aber bisher war ich nicht besonders erfolgreich." Sie zuckte mit den Schultern und ging zur Gebäckauslage. Die kostenlosen Kekse waren noch unberührt, aber die Muffins waren fast weg. Die Schokoladenmuffins waren komplett verschwunden, nur ein paar mit Vanille waren noch übrig. Sie überprüfte die Thermoskanne. „Oje, beim Kaffee wird es auch knapp. Würdest du kurz nach hinten gehen und mehr Muffins holen, während ich die Kanne auffülle?"

Emma nickte, und sie machten sich auf den Weg in die kleine Küche.

~

„HALLO, kann mir bitte jemand helfen? Ich möchte diese Bücher bezahlen." Eine Frau trat mit besorgter Miene an die Kasse. „Hallo, ist da jemand? Ich habe es eilig, ich muss zu meinem Friseurtermin."

Emma blickte Agatha an und lächelte. „Schau mal, da wartet eine Kundin. Kümmere dich lieber um sie. Ich hole den Kaffee und die Cupcakes."

„Danke, Emma. Ich kann mich so glücklich schätzen, dich als Freundin zu haben!"

„Ganz meinerseits." Emma lächelte.

An der Kasse traf Agatha auf den Blick einer korpulenten Frau, die drei Bücher wie kostbare Schätze an ihre Brust klammerte. „Endlich", schnappte die Frau. „Ich habe das Gefühl, ich stehe schon eine Ewigkeit hier."

Ewigkeit? Sie war nicht länger als ein paar Minuten da gewesen. Agatha lächelte und verbarg ihren Ärger. „Verzeihen Sie bitte. Ich war hinten, um Kaffee und Cupcakes nachzuholen."

„Schon gut, bitte beeilen Sie sich und kassieren Sie das ab. Ich habe einen Friseurtermin." Die Frau reichte ihr die Bücher. Während sie wartete, drehte sie sich um und starrte Digby Alexander an, der sich gerade mit seiner Mutter, Dolores und Raymond unterhielt. „Ein Haufen Schlangen", murmelte sie.

Agatha wandte den Blick von der Kasse ab. „Wie bitte? Ich habe nicht verstanden, was Sie gesagt haben."

Die Frau deutete mit dem Kopf zu der Gruppe hinüber. „Diese Leute da drüben." Sie sah Agatha wieder an. „Sie tun so, als wären sie etwas Besseres, aber in Wirklichkeit sind sie Abschaum." Sie hielt inne, verschränkte die Arme und tippte sich mit dem Finger an den Mund. „Ich habe mitbekommen, wie Sie Octavia gefragt haben, ob sie weiß, wer früher in Ihrem Haus gewohnt hat." Sie deutete auf Raymond. „Sie sollten ihn fragen."

„Wen?" Agatha folgte dem Blick der Frau. „Raymond Aguilar? Hat er –"

„Kann ich meine Bücher jetzt bitte bezahlen? Ich muss los. Wie viel schulde ich Ihnen?"

Agatha nannte ihr den Betrag und sah zu, wie sie in ihrer

Handtasche kramte. Sie machte große Augen, als die Frau ein Scheckheft herausholte, es auf den Tresen legte und zu schreiben begann. Wer schreibt denn heute noch Schecks? Ich habe seit Jahren kein Scheckheft mehr gesehen. Ich weiß nicht einmal, wie man einen Scheck annimmt. Sie lächelte, als die Frau den Scheck abriss und ihr hinhändigte. „Benötigen Sie eine Tüte?"

Die Frau schüttelte den Kopf.

Agatha legte den Beleg in eines der Bücher und gab sie ihr zurück. „Vielen Dank. Ich weiß Ihren Einkauf sehr zu schätzen."

Die Frau nickte kurz angebunden und ging hinaus. Agathas Augen folgten ihr. Beim Hinausgehen würdigte sie Digby und Dolores eines Blickes, die sich von seiner Mutter und Raymond entfernt hatten und nun in ein tiefes Gespräch vertieft am Eingang standen.

Agatha beobachtete ihren lebhaften Austausch und wandte sich an Emma, die mit Kaffee und Cupcakes zurückgekehrt war. „Sieht es nicht so aus, als hätten sie eine Meinungsverschiedenheit?"

„Wer?" Emma blickte dorthin, wo Agatha hinsah.

„Digby und Dolores. Sie scheint verärgert über ihn zu sein, oder?" Agathas Augenbrauen zogen sich zusammen.

Emma kicherte leise. „Ach, Dolores hat immer diesen strengen Gesichtsausdruck. Das ist nichts Neues." Ein spielerisches Funkeln trat in ihre Augen. „Außerdem verbindet sie eine lange Geschichte – sie waren in jungen Jahren sogar mal kurz zusammen."

„Oh, das ist ja interessant." Trotz ihres bekundeten Interesses widmete sich Agatha wieder dem Anrichten der Muffins in der Vitrine.

Kurze Zeit später blickte sie auf und stellte fest, dass

Dolores weg war. Digby war wieder hineingekommen und unterhielt sich ganz in der Nähe mit seiner Mutter und Raymond.

Agatha konzentrierte sich wieder auf Emma und fragte: „Wie gut kennst du Raymond eigentlich?"

Emma zuckte nachdenklich mit den Schultern. „Eigentlich nur flüchtig. Wir haben noch nie ein tieferes Gespräch geführt. Das meiste, was ich weiß, stammt aus dem Geplauder in der Bibliothek – der übliche Stadtklatsch. Warum?"

Agatha stützte sich gegen den Tresen, wobei sich Neugier und Besorgnis in ihrer Stimme mischten. Sie griff nach der Kasse und klappte sie auf, um den Scheck der letzten Kundin zu prüfen. „Diese Frau, die gerade gegangen ist – Ms. Lucy Gardner." Sie las den Namen laut vor und runzelte die Stirn. „Völlig unerwartet hat sie mir geraten, Raymond nach den früheren Bewohnern meines Hauses zu fragen. Du weißt schon, in der Zeit, in der... nun ja, in der das Skelett vergraben worden sein muss."

Emmas Brauen schossen nach oben, und ihr Blick wanderte zu der Stelle, an der Raymond nun allein stand, in ein Buch vertieft und völlig losgelöst von dem Trubel um ihn herum. „Das ist in der Tat faszinierend." Sie wandte sich wieder Agatha zu, ermutigend, aber vorsichtig. „Du solltest ihn darauf ansprechen, findest du nicht? Es kann ja nicht schaden, mal nachzufragen."

„Ich kenne den Typen gar nicht. Es kommt mir komisch vor, einfach auf ihn zuzugehen und ihn so etwas zu fragen, oder?" Agathas gerunzelte Stirn verriet ihren inneren Zwiespalt.

Emma lehnte sich näher heran, die Augen blitzten schelmisch, während sie einen Plan ausheckte. „Nun, wie wäre es damit? Geh rüber und begrüße ihn in deiner Buchhandlung. Lass ihn ganz beiläufig wissen, dass wir hier mehr als nur Bücher anbieten – wir haben köstlichen Kaffee und frisch gebackene Muffins, die genau hier auf ihn warten." Ihre Hand wies einladend auf den Tresen, der mit Gebäck und aromatischem Kaffee beladen war.

Agathas Augen weiteten sich, und sie fand Gefallen an der Idee. Begeisterung erhellte ihre Züge. „Du hast recht. Das ist eigentlich genial."

Sie warf Raymond einen weiteren Blick zu, während in ihrem Kopf Fragen und Möglichkeiten herumwirbelten. Was wissen Sie, Mr. Aguilar? Welche Geheimnisse hüten Sie?

7

RAYMONDS GESCHICHTE

Agatha holte tief Luft und näherte sich Raymond, ihr Herz klopfte vor nervöser Erwartung. Sie verweilte an einem nahegelegenen Ausstellungstisch und rückte Bücher zurecht, um ihre Nerven zu beruhigen. Schließlich nahm sie ihren Mut zusammen, trat an das Bücherregal neben ihm und täuschte Interesse an den Titeln vor.

Sie warf ihm einen Seitenblick zu und versuchte, beiläufig zu klingen. „Ich hoffe, Ihnen gefällt der Laden. Lassen Sie mich wissen, wenn ich Ihnen bei irgendetwas helfen kann!"

Er antwortete mit einem herzlichen Lächeln und einem höflichen Nicken. „Vielen Dank."

Agatha erwiderte das Lächeln kurz, bevor sie sich demonstrativ einem Buch im Regal zuwandte. Sie nahm es heraus und tat so, als würde sie den Klappentext lesen, während ihr Herz immer noch raste.

Raymond blickte auf das Buch in ihren Händen. „Das ist ein gutes Buch. Ich habe die ganze Reihe gelesen."

Sie drehte sich zu ihm um, ein Funke gemeinsamen Interesses blitzte in ihren Augen auf. „Oh, Sie mögen Cozy-Krimis?"

Sein Gesicht erhellte sich vor Begeisterung. „Absolut, das ist eine Leidenschaft von mir. Ich bin mit den Kriminalgeschichten meiner Mutter aufgewachsen und die haben mich nachhaltig geprägt. Sicher, ich wage mich auch mal an intensivere Thriller, aber nichts geht über den Charme eines Wohlfühlkrimis." Seine Augen leuchteten nostalgisch auf.

Agathas Lächeln wurde breiter, während sich ganz natürlich ein Gespräch über ihre gemeinsame Liebe zum Genre entwickelte.

„Ich bin begeistert, dass Sie diesen Laden eröffnet haben." Raymonds Gesichtsausdruck hellte sich auf. Er nahm ein Buch in die Hand, blätterte durch die Seiten und hielt es sich dann an die Nase. „Bücher online zu bestellen ist zwar bequem, klar, aber nichts ist vergleichbar mit der haptischen Freude, sie in der Hand zu halten und die Seiten unter den Fingern zu spüren." Er schloss kurz die Augen und atmete den Duft von Papier und Tinte ein. Als er sie wieder öffnete, sah er Agatha mit dem Eifer eines Enthusiasten an. „Und der Geruch eines neuen Buches – er ist unersetzlich, findest du nicht auch?"

Agatha blinzelte, völlig überrumpelt. Sie hatte noch nie jemanden getroffen, der offen zugab, an Büchern zu schnüffeln. Es war eine dieser seltsamen Angewohnheiten, über die sie nie gesprochen hatte – einfach ihr eigenes verschrobenes Geheimnis.

„Das verstehe ich voll und ganz." Ihr Gesicht entspannte sich zu einem verständnisvollen Lächeln. „Ich dachte immer, das wäre eine eigenartige Marotte von mir, aber ja, der Geruch eines neuen Buches hat etwas ganz Besonderes." Das kleine Geständnis enthüllte ein winziges, aber charmantes persönliches Detail und schlug eine Brücke des Verständnisses zwischen ihnen.

Raymonds Augen blitzten wissend auf. Er streckte ihr die Hand entgegen. „Ich bin Raymond. Raymond Aguilar."

Sie erwiderte den Handschlag mit einem festen, freundlichen Griff. „Freut mich, dich kennenzulernen, Raymond. Ich bin Agatha Royale."

„Ganz meinerseits ... Du bist also Joanne Royales Stieftochter?"

„Schuldig im Sinne der Anklage", sprudelte es aus Agatha heraus.

„Joanne war wirklich liebenswürdig. Es hat mich traurig gestimmt, von ihrem Tod zu erfahren." Ein warmer, aber ferner Blick trat in seine Augen.

Agatha beugte sich leicht vor. „Oh, hast du sie gut gekannt?"

Er schüttelte den Kopf und lächelte bei einer Erinnerung. „Nicht gut, nein. Aber ich bin schon als Kind hierhergekommen. Meine Mutter hat mich ständig mitgebracht, und Joanne hat mich mit Keksen verwöhnt. Selbst als ich älter wurde, blieb sie immer genauso freundlich." Raymond blickte sich im Laden um und nickte anerkennend. „Ich bin froh, dass du den Laden so gelassen hast, wie er früher war. Ich glaube, ich war etwa neun, als sie zum ersten Mal aufmachte."

„Ich habe mein Bestes getan, um den ursprünglichen Charme zu bewahren. Joanne hatte den Laden ein paar Jahre vor der Schließung renoviert, also ist alles noch relativ neu." Sie stellte das Buch akribisch zurück ins Regal und wandte sich ihm dann mit einem freundlichen Lächeln zu. „Ich hoffe, du findest es hier jetzt genauso einladend wie damals."

Sie hielt einen Moment inne. „Hast du schon immer in Bristol Lake gelebt?"

„Mehr oder weniger." Er nickte und ordnete seine Gedanken. „Fürs Studium bin ich weggegangen und dann nach New York gezogen, um als Wirtschaftsanwalt zu arbeiten. Aber der Trubel wurde mir zu viel, und da meine Mutter älter wurde, hatte ich das Gefühl, es sei an der Zeit, nach Hause zu kommen."

Agatha lächelte und schätzte seine Offenheit. Ihre Aufmerksamkeit wanderte kurz ab, als neue Kunden den Laden betraten; sie grüßte sie mit einem herzlichen Winken, bevor sie sich wieder Raymond widmete. „Warst du 1987 hier in der Gegend?"

Er runzelte nachdenklich die Stirn. „1987? Nun, das war das Jahr, in dem ich an die Uni ging."

Sie beugte sich etwas vor, ihre Neugier war offensichtlich. „Ich habe mich gefragt, ob du damals die Familie in Knob Hill 93 kanntest. Sie hatten eine Tochter, die etwa in deinem Alter war."

Er presste die Lippen zusammen, sein Blick senkte sich auf das Buch in seinen Händen, während er es umdrehte. „Mein Kopf war damals ziemlich voll mit der Vorbereitung auf die Uni. Das hat fast meine ganze Zeit beansprucht." Seine Stimme wurde leiser, bevor er mit einem Anflug von Bedauern weitersprach. „Leider habe ich in diesen Jahren den Kontakt zu vielen Leuten verloren. Erst nach meiner Rückkehr habe ich angefangen, mich wieder mit alten Freunden zu treffen."

Agatha nickte verständnisvoll. „Das hört man oft. Ich habe auch den Kontakt zu den meisten meiner Kindheitsbekannten verloren." Sie blickte zu Emma am Tresen hinüber und dann zurück zu Raymond. „Ich sollte wohl wieder

zurückgehen und Emma helfen. Es war nett, mit dir zu plaudern, Raymond."

„Ganz meinerseits." Seine Stimme klang herzlich.

Sie lächelte und nickte, bevor sie zum Tresen ging. Ein
Kribbeln im Nacken verriet ihr, dass Raymonds Augen ihr
folgten.

Emma begrüßte sie mit neckendem Unterton. „Na, na,
wie es aussieht, haben Raymond und du ja schon ziemlich
Bekanntschaft geschlossen."

Agatha zuckte mit den Schultern und erzählte ihr die
Details des Gesprächs. „Er war absolut freundlich ... bis ich
die Familie erwähnte, die 1987 in meinem Haus lebte. Er
behauptete, er hätte zu viel um die Ohren gehabt, um sich an
sie zu erinnern." Sie hielt inne, ihr Gesicht verzog sich misstrauisch. „Aber was mir auffiel, war, dass er mir nicht in die
Augen sehen konnte, als er das sagte."

„Er konnte nicht? Das ist ja verdächtig." Emmas Augen
weiteten sich vor Neugier. Dann schüttelte sie jedoch abwin-
kend den Kopf. „Ach komm schon, du bist paranoid. Schau
ihn dir an – er wirkt so nett, ganz zu schweigen davon, dass er
ziemlich gut aussieht. Könnte so jemand wirklich in etwas
Düsteres verwickelt sein?"

Agatha beugte sich vor, ihre Stimme war ernst. „Emma,
denk daran, dass Ted Bundy als gutaussehend galt, und er
war ein Serienmörder."

Emma erschauerte und bekreuzigte sich. „Uh, fang nicht
damit an. Aber ja, du hast recht."

„Er steht jetzt definitiv auf meiner Liste der Verdächtigen.
Diese Saubermann-Masche täuscht mich nicht." Agathas
Tonfall blieb fest. Sie blickte zurück zu der Stelle, wo
Raymond gestanden hatte, aber er war bereits gegangen.

AM NÄCHSTEN MORGEN um acht Uhr betrat Agatha den Laden mit wachsender Vorfreude. Als sie zum Lager ging, trat Mike seine Routine-Inspektion an, die Nase am Boden, bevor er zufrieden zu seinem Bett hinter dem Tresen trottete.

Als Agatha mit einem Bücherwagen voller Ware wiederkam, trug sie ein freudiges Lächeln im Gesicht, das ihre Augen vor Hoffnung leuchten ließ. Während sie jedes Buch an seinen Platz stellte, staunte sie über das harmonische Summen an Potenzial, das in der Luft lag.

Es fühlte sich immer noch frisch und herrlich an. Dieser Ort gehörte ihr. Sie hielt inne, ihr Lächeln blieb bestehen, während die Wahrheit immer tiefer einsickerte: Dieser aufkeimende Traum war real, sie konnte ihn hegen und pflegen, und sie war endlich, wahrhaftig glücklich.

Nachdem sie das letzte Buch eingeräumt hatte, brachte sie den Wagen weg und holte Putzzeug. Systematisch staubte sie ab, ordnete neu, fegte den Boden und rückte die Bücher ein letztes Mal gerade. Bald erfüllte der Duft von frischem Kaffee den Raum und zog ein tröstliches Aroma durch den Laden, während Agatha die Regale hinter dem Tresen ordnete.

Ein festes Klopfen hallte durch den stillen Laden. Agatha drehte sich um und sah Dolores an der Tür, gekleidet in ein weiteres ihrer typischen Chanel-Tweed-Kostüme. Sie begrüßte sie herzlich, doch Dolores' strenger Gesichtsausdruck blieb unverändert und erfüllte den Raum mit plötzlicher Spannung.

Agatha öffnete die Tür einen Spaltbreit. „Guten Morgen, Miss Bishop. Wir machen erst in dreißig Minuten auf."

Ohne die Anmerkung zu beachten, drängte sich Dolores

hinein und stieß an Agatha vorbei. Sie bot keine freundliche Begrüßung an, sondern bellte nur ein knappes „Guten Morgen" hervor, wobei ihr Tonfall andeutete, dass er alles andere als gut war. Fast augenblicklich warf sie Agatha einen Umschlag zu.

Überrumpelt schaffte es Agatha, ihn aufzufangen; Verwirrung stand ihr ins Gesicht geschrieben. „Was ist das?"

Dolores' Stimme knallte wie eine Peitsche. „Lesen Sie es einfach!"

Mit leicht zitternden Fingern gehorchte Agatha. Sie brach das Siegel auf, ihre Augen überflogen die Zeilen. Jedes Wort vergrößerte ihren Schock – wachsendes Entsetzen spiegelte sich in ihren geweiteten Augen und ihrem stockenden Atem wider. In einem Flüstern voller Unglauben hauchte sie: „Das ... das kann nicht stimmen ..."

8

DOLORES BISHOP

Agatha las das Dokument erneut, wobei sich ihr Kiefer anspannte. Sie stieß das Papier in Dolores' Richtung. „Soll das ein schlechter Witz sein?"

Dolores grinste süffisant. „Das ist kein Witz. Dieser Laden gehört jetzt mir. Joanne hat die letzten zwei Hypothekenzahlungen versäumt." Sie ließ eine Pause entstehen. „Wussten Sie etwa nicht, dass Ihr Vater dieses Gebäude von meinem gekauft hat?"

Agatha schüttelte den Kopf, ihre Stimme zitterte leicht. „Nein, das wusste ich nicht."

„Tja, jetzt wissen Sie es." Dolores' Stimme troff vor Herablassung.

Agatha richtete sich auf und beruhigte ihre Stimme. „Wie viel hat sie geschuldet? Es kann kein Vermögen sein. Nennen Sie mir einen Betrag, und ich werde die Schulden sofort begleichen."

Dolores legte den Kopf schief, Mitgefühl lag in ihrem Tonfall, aber nicht in ihren Augen. „Ich fürchte, es geht hier nicht ums Geld, Liebes. Ihre Stiefmutter ist nicht einfach nur in Verzug geraten – sie hat die Vertragsbedingungen verletzt. Rechtlich gesehen fiel das Eigentum in dem Moment an meinen Vater zurück, als sie das tat." Ihre Stimme floss glatt wie Seide und kalt wie Stahl.

Agathas Herz klopfte heftig. „Aber es muss doch Aufzeichnungen geben, irgendeinen Beweis für diese Vereinbarung. Zeigen Sie mir die Urkunde, den Vertrag – irgendetwas."

Die Mundwinkel von Dolores zogen sich leicht nach oben. „Beweise? Mein Vater war niemand, der jeden Schnipsel Papier aufhob. Aber er war ein Mann, ein Wort, und er hat die Zahlungen aus reiner Güte nach dem frühen Ableben Ihres Vaters aufgeschoben."

Frustration und Verzweiflung überkamen Agatha. „Güte scheint wohl nicht erblich zu sein", murmelte sie. Ihre Stimme bebte, doch sie hielt Dolores' Blick stand. „Ich ... ich weiß nicht, was ich sagen soll." Ein Kloß bildete sich in ihrem Hals.

Dolores versteifte sich und nahm einen falschen, beruhigenden Ton an. „Beruhigen Sie sich. Ich verstehe den sentimentalen Wert, den dieser Laden für Sie hat. Deshalb biete ich Ihnen an, die Räumlichkeiten an Sie zu vermieten." Sie tätschelte Agathas Schulter – eine oberflächliche Geste der Empathie.

Agatha holte zittrig Luft und nickte. „Danke dafür. Ich brauche Zeit, um mich mit einem Anwalt zu beraten und meine Optionen abzuwägen."

Dolores kicherte und ließ jede Verstellung fallen. „Einen Anwalt?" Sie spottete. „Es ist ganz einfach, Liebes. Entweder Sie zahlen die Miete, oder Sie gehen." Sie stolzierte zur Tür und riss sie mit dramatischer Geste auf. Sie hielt inne und blickte über die Schulter zurück. „Sie haben zwei Wochen

Zeit, um die Miete für diesen Monat aufzutreiben." Die Tür knallte ins Schloss.

Agatha sank auf einen Stuhl und vergrub das Gesicht in den Händen. Wellen von Panik und Frustration brandeten durch sie hindurch. Sie zwang sich aufzustehen, fuhr sich mit den Fingern durch das Haar und schritt zum Tresen. Sie holte ihr Handy aus der Tasche; ihre Hände zitterten, als sie Emmas Nummer wählte.

Das Freizeichen hallte im stillen Laden wider. „Komm schon, Emma, bitte geh ran", flüsterte sie.

„Guten Morgen! Bereit für einen weiteren geschäftigen Tag im Laden?" Emmas Stimme klang nach morgendlicher Frische.

„Emma, Dolores kam vorbei und hat eine Bombe platzen lassen. Sie sagt, ihr gehöre dieser Laden jetzt, und behauptet, Joanne hätte die Hypothek nicht bedient." Ihre Stimme bebte.

„Was? Das ist ja absurd. Wurde das Grundstück nicht von deinem Dad an Joanne vererbt und ging dann an dich über?"

Agatha rang um Fassung, ihre Augen schimmerten von unterdrückten Tränen. „Sie hat es mir hinterlassen, aber scheinbar hat sie nach Dads Tod einige Zahlungen versäumt. Dolores besteht darauf, dass das Grundstück durch die versäumten Zahlungen wieder in den Besitz ihrer Familie übergegangen ist ... und jetzt muss ich entweder Miete zahlen oder verschwinden."

Ihre Stimme zitterte trotz ihres Versuchs, sich zu beherrschen. „Ich wusste nicht einmal, was ich antworten sollte, Emma. Ich fühlte mich so überrumpelt."

„Das kann ich mir vorstellen ... aber hat sie dir irgendwelche handfesten Beweise gezeigt?"

„Sie hat mir einen Brief von einem Anwalt aus Oxford

Hills in die Hand gedrückt." Agatha prüfte das Dokument erneut, jedes Wort wog schwer. „Es sieht offiziell aus." Die Hoffnung auf einen Irrtum schwand.

Emmas Stimme blieb ruhig und tröstend. „Verfall jetzt nicht in Panik. Es gibt vielleicht eine Erklärung. Und ehrlich gesagt ist es nicht klug, Dolores beim Wort zu nehmen – sie ist berüchtigt dafür, die Wahrheit so zu biegen, wie es ihr gerade passt. Sie ist eine Meistermanipulatorin." Eine Pause folgte, gefüllt mit Bibliotheksatmosphäre – gedämpfte Stimmen und das Rascheln von Seiten. „Hör zu, ich muss jetzt einem Kunden helfen, aber ich komme sofort nach Schichtende bei dir vorbei, um das alles in Ruhe zu besprechen, okay?"

„Pass auf dich auf. Bis später." Agatha beendete das Gespräch und drehte sich um. Eine zierliche Frau mit warmen blauen Augen und blondem Haar, das zu einem einfachen Pferdeschwanz gebunden war, stand in der Nähe.

Die Frau hatte einen vielsagenden Gesichtsausdruck. „Ich würde Dolores an deiner Stelle nicht beim Wort nehmen. Sie sucht immer nach Wegen, sich an anderen zu bereichern. Sie ist nichts Geringeres als eine Schlange."

Überrumpelt stellte Agatha fest, dass die Frau ihr Gespräch mitgehört haben musste. In ihrem Kummer und auf das Telefonat konzentriert, hatte sie nicht bemerkt, wie die Frau hereingekommen war. Sie schob ihre Sorgen kurz beiseite und begrüßte sie mit professioneller Gastfreundschaft. „Hallo! Willkommen bei One Deadly Chapter Books and Brew." Sie zwang sich zu einem gequälten Lächeln.

Die Frau lächelte zurück. „Ich hätte gern das Buch des Monats. Könnten Sie mir zeigen, wo es steht?"

„Aber natürlich, hier entlang." Agatha führte die Kundin

zu dem hervorgehobenen Bereich. Die Frau griff sich schnell ein Exemplar, ohne darin zu blättern, und ging zum Tresen.

Während Agatha den Verkauf abwickelte, beugte sich die Frau vor, die Stirn vor Besorgnis in Falten gelegt. „Glauben Sie kein Wort von dem, was Dolores sagt. Diese Frau ist berüchtigt dafür, die Wahrheit nach ihrem Willen zu biegen. Lassen Sie sich nicht von ihr unterkriegen."

Agatha hielt dem ernsten Blick der Frau stand, bevor sie mit einem nachdenklichen Nicken antwortete. „Danke. Es tut gut, das zu hören." Sie reichte ihr das eingepackte Buch.

Die Frau lächelte, ihre Gesichtszüge wurden weicher, als sie die Tasche entgegennahm. Mit einem letzten bekräftigenden Nicken ging sie.

Agatha blickte auf Mike, der in seinem Körbchen döste. „Gerade als ich dachte, es würde sich alles für uns einpendeln", flüsterte sie. Mikes Ohren zuckten. Er blickte mit schläfrigen Augen auf, bevor er sich wieder zusammenrollte.

Ihr Blick schweifte durch den Laden und blieb an den ordentlich aufgereihten Büchern hängen. „Das war so nicht geplant. Ich habe hier endlich mein Glück gefunden. Ich werde nicht zulassen, dass sie mich so kontrolliert."

Ihre Uhr zeigte 9:30 Uhr. Sie versuchte sich abzulenken, indem sie Regale hinter dem Tresen aufräumte, aber ihr Herz war nicht bei der Sache. Sie ließ sich auf den Hocker sinken und sah zu, wie die Minuten verstrichen, während sie ungeduldig mit dem Fuß tippte. Ein weiterer Blick auf ihre Uhr ließ sie einen Entschluss fassen.

Sie zog ihre Tasche unter dem Tresen hervor. „Mike, komm schon, Kumpel." Mike spitzte die Ohren und folgte ihr, als sie ihn anleinte. Gemeinsam traten sie hinaus an die frische Luft.

Nachdem sie Mike zu Hause abgesetzt hatte, machte sich Agatha auf den Weg zur Bibliothek, um Emma zu finden. Anstelle ihrer Freundin entdeckte sie Sarah Appleton hinter dem Tresen – schlank, das dunkelbraune Haar zu einem ordentlichen Pferdeschwanz gebunden; ihre markante, dickrandige schwarze Brille verlieh ihr eine gelehrte Note. Sarah bemerkte Agatha und winkte ihr herzlich zu.

Agatha winkte zurück, während sie näher kam. „Hallo, ist Emma da?"

Sarah nickte. „Ja, aber sie ist hinten und katalogisiert Neuzugänge. Kann ich dir helfen?"

Ein nachdenklicher Ausdruck trat auf Agathas Gesicht. „Eigentlich habe ich mich gefragt, ob es möglich ist, hier Einsicht in Grundbuchunterlagen zu bekommen."

Sarah schüttelte mitfühlend den Kopf. „Oh, dafür müsstest du zum County Clerk. Dort werden alle Grundstücksunterlagen aufbewahrt. Es ist im selben Gebäude wie das Rathaus. Weißt du, wo das ist?"

„Ja, ich weiß, wo das ist. Danke für die Information."

Sarah zögerte. „Soll ich Emma ausrichten, dass du nach ihr gesucht hast?"

Agatha schüttelte mit einem kleinen Lächeln den Kopf. „Nein, das ist schon okay. Ich spreche sie später. Ich danke dir wirklich für deine Hilfe, Sarah."

Sarah lächelte und winkte zum Abschied. Als Agatha auf den Ausgang zuging, kam Eliza Martin, die Besitzerin der Bäckerei, herein.

„Guten Morgen, Agatha. Wie geht es dir heute?" Eliza hielt inne, ihre Augen füllten sich mit Besorgnis, als sie

Agathas Gesicht musterte. „Oje, du siehst bedrückt aus. Ist alles in Ordnung?"

Überrumpelt versuchte Agatha ein beruhigendes Lächeln. „Hallo, Eliza ... es ist alles bestens. Warum fragst du?"

Eliza schüttelte den Kopf, die Sorge war ihr deutlich anzusehen. „Dein Gesicht spricht eine andere Sprache. Die Hoffnung und die Begeisterung, die deine Augen bei der Eröffnung zum Leuchten gebracht haben, sind getrübt. Jetzt sehe ich dort nur Sorgen."

„Ich bin nur müde und in Eile, damit ich meine Erledigungen machen und schnell wieder in den Laden kann. Es ist wirklich alles in Ordnung." Sie zwang sich zu einem Lächeln.

Eliza schenkte ihr ein wohlwollendes Lächeln. „Wäre es in Ordnung, wenn ich später kurz vorbeikomme? Ich hätte da eine kleine Idee, die ich gerne mit dir besprechen würde."

Trotz ihrer Probleme nickte Agatha und rang sich ein Lächeln ab. „Natürlich. Komm jederzeit vorbei. Ich würde mich freuen, dich in der Buchhandlung zu sehen!"

Agatha ging zu ihrem Ford Falcon. Der Motor erwachte schnurrend zum Leben – seine Zuverlässigkeit hatte sie auch nach all den Jahren nie im Stich gelassen. Nach einer kurzen Fahrt hielt sie vor dem Rathaus. Das Gebäude, das in den frühen 50er-Jahren errichtet worden war, zeigte das typische Mid-Century-Design seiner Entstehungszeit – eine Backsteinfassade mit den charakteristischen schmalen Fenstern. Die Geschichte zeigte sich in den abgetretenen Stufen und der Patina auf den Bronzebeschlägen.

Sie suchte den Hintereingang, der direkt zum Büro des County Clerk führte. Im Inneren war die Einrichtung seit der Einweihung unverändert geblieben: Vintage-Stühle im Wartebereich, ein massiver Holztresen und im hinteren

Bereich Schreibtische, auf denen sich Schreibmaschinen, alte Computer und hohe Aktenschränke türmten.

Eine Frau, die vertieft in ihre Tipparbeit war, blickte auf, als Agatha den Raum betrat.

„Guten Morgen, wie kann ich Ihnen helfen?"

„Ich suche eine Kopie der Eigentumsurkunde für das Grundstück in der Central Avenue 253."

„Dazu müssen Sie einen Antrag ausfüllen." Die Frau griff unter den Tresen und reichte Agatha ein Formular. „Bitte füllen Sie das hier aus."

Agatha blickte nachdenklich drein. „Wenn ich Unterlagen für ein zweites Grundstück möchte, brauche ich dann ein separates Formular?"

Die Frau deutete auf das Formular. „Nein, schreiben Sie einfach alle Adressen in diese Zeilen." Sie lächelte entschuldigend. „Oh, es fällt eine Gebühr von fünf Dollar pro Datensatz an."

Agatha nahm das Formular und trug die Adresse des Ladens in der Central Avenue ein. In die Zeile darunter schrieb sie: 93 Knob Hill.

9

THOMAS BISHOP

Die Angestellte nahm Agathas Formular entgegen und begab sich mit einem kleinen Notizbuch und einem Stift zu den Aktenschränken. Nachdem sie mehrere Schubladen überprüft und sich Notizen gemacht hatte, kehrte sie an ihren Schreibtisch zurück und begann zu tippen. Wenig später sammelte sie die Ausdrucke ein und trat an Agatha heran.

„Hier sind die Unterlagen für Knob Hill 93, aber ich habe Schwierigkeiten, die Akte für das Anwesen in der Central Avenue zu finden. Die Unterlagen wurden wahrscheinlich verlegt." Besorgnis trat auf ihr Gesicht. „Ich muss sie beim Landkreis anfordern."

„Warum sind diese Unterlagen nicht hier?", fragte Agatha, und ihre Augenbrauen zogen sich zusammen.

„Einige ältere Datensätze haben es nie in unser digitales System geschafft." Die Angestellte klopfte gegen die Aktenschränke. „Aber das Seltsame ist, dass die Original-Karteikarten auch nicht hier sind."

Ein Stirnrunzeln vertiefte sich auf Agathas Gesicht. „Wie lange wird es dauern, bis Sie sie haben?"

„Etwa zweiundsiebzig Stunden. Ich gebe Ihnen Bescheid, sobald sie eintreffen."

Schweren Herzens machte sich Agatha auf den Weg nach draußen. Die Niederlage lastete auf ihren Schultern und machte jeden Schritt zur Anstrengung. An ihrem Wagen angekommen, sank sie auf den Fahrersitz und legte die Stirn auf das Lenkrad. *Warum mussten ausgerechnet meine Unterlagen von all den Dokumenten fehlen?* Sie holte tief Luft, ließ ihren alten Ford Falcon an und machte sich auf den Heimweg, begierig darauf, Mike zur Aufmunterung abzuholen, bevor sie in den Laden zurückkehrte.

AGATHA HATTE einen weiteren anstrengenden Tag in der Buchhandlung. Viele Kunden beschwerten sich über die späte Öffnung, was sie darüber nachdenken ließ, eine Aushilfe einzustellen.

Die Glocke an der Tür erklang, als Emma um 17:30 Uhr eintrat. „Hey, Agatha. Sarah hat mir erzählt, dass du vorhin beim Amt warst. Hast du etwas gefunden, um Dolores' Behauptungen zu widerlegen?"

Agatha atmete tief aus und rieb sich die Schläfen. „Du wirst es nicht glauben – im Archiv gab es keine Unterlagen über den Laden."

Emmas Augen weiteten sich. „Das ist ... seltsam, oder?"

„Das ist es ganz bestimmt." Agatha legte die Stirn in Falten. Plötzlich leuchteten ihre Augen vor Erkenntnis auf. „Oh, warte mal. Ich habe die Unterlagen für mein Haus mitgenommen, aber sie gar nicht richtig gelesen!" Sie kramte in ihrer Handtasche, zog ein gefaltetes Papier hervor und studierte es eingehend. Sie schnappte nach Luft. „Oh mein Gott ... bevor mein Vater das Haus besaß, gehörte es einem Eugene Bishop."

„Eugene Bishop?" Emma zog die Brauen zusammen. „Das ist der Mann, von dem meine Oma ihr Haus gekauft hat. Ich erinnere mich, seinen Namen auf Dokumenten gesehen zu haben, als ich ihr beim Papierkram geholfen habe. Ich habe diese Verkaufsunterlagen bei mir zu Hause. Moment ... ist das nicht Dolores' Vater?"

Agathas Augen verengten sich, während sie die Puzzleteile zusammensetzte. „Genau. Wie in ‚Dolores Bishop'. Wie konnte ich diese Verbindung übersehen?" Sie schüttelte den Kopf, Frustration mischte sich mit Verwirrung. „Aber was noch merkwürdiger ist: Warum hat Dolores das verschwiegen, als wir über die Vorbesitzer sprachen? Das ist ein bisschen zu passend, meinst du nicht auch?"

Emma rückte ihre Brille zurecht, Besorgnis zeichnete sich auf ihrem Gesicht ab. „Das ergibt alles keinen Sinn, Agatha. Sie verheimlicht etwas."

Agatha ging auf und ab, ihr Kopf summte vor Verwirrung und Argwohn.

Emma beobachtete sie und bot eine Erklärung an. „Könnte es sein, dass sie es einfach nicht weiß? Sie war doch noch ziemlich jung, als das passierte, oder?"

Mitten im Schritt hielt Agatha inne und schüttelte bestimmt den Kopf. „Nein, das fühlt sich nicht richtig an. Ich kann das Gefühl nicht loswerden, dass sie uns wichtige Informationen vorenthält. Ich bin mir fast sicher, dass es mit dem Skelett zu tun hat."

Emma seufzte und nickte widerwillig. „Du könntest da an

etwas dran sein. Vielleicht weiß sie sogar, wem die Überreste gehören."

In ihre aufgewühlten Gedanken vertieft, bemerkte Agatha kaum die Glocke, die das Öffnen der Tür ankündigte. Sie blickte auf und sah Detective Dawson eintreten, der beiden Frauen ein herzliches Lächeln schenkte. Agatha brachte ein zaghaftes Lächeln zustande, das Papier noch immer in der Hand.

„Guten Tag, Miss Royale, wie geht es Ihnen heute?" Er hielt an der Tür inne und atmete tief ein. „Wissen Sie, der Duft einer Buchhandlung hat etwas Besonderes, erst recht, wenn sie auch Kaffee und Gebäck anbietet. Es ist sehr gemütlich hier."

Agathas Augen funkelten vor Stolz. „Da kann ich Ihnen nur zustimmen. Willkommen bei One Deadly Chapter Books and Brew. Suchen Sie nach einer Buchempfehlung?"

Sein Lächeln verblasste, als er den Kopf schüttelte und eine ernste Miene annahm. „Eigentlich bin ich hier, um mit Ihnen zu sprechen, Miss Royale." Ernst legte sich in seinen Tonfall.

Agatha starrte Dawson schweigend an, Neugier stand ihr ins Gesicht geschrieben.

Dawson beugte sich vor, sein Ausdruck war ernst. „Ich habe heute Morgen Informationen erhalten, die ich Ihnen mitteilen muss. Laut der Gerichtsmedizin wurde das Skelett etwa um 1987 vergraben – in dem Jahr, in dem Ihr Vater das Haus kaufte." Er hielt inne, um die Nachricht wirken zu lassen. „Es tut mir leid, das sagen zu müssen, aber das macht ihn zu unserem Hauptverdächtigen."

Agatha wurde bleich. „Mein Vater? Das ist unmöglich. Ich kannte ihn zwar nicht gut, aber ich bin mir sicher, dass er zu einem Mord nicht fähig war."

Er kratzte sich am Kiefer. „Unglücklicherweise deutet der Zeitrahmen direkt auf ihn hin."

„Nun, würde der Zeitrahmen nicht auch auf Eugene Bishop hindeuten? Den Vorbesitzer?"

„Woher wissen Sie, dass ihm das Haus gehörte?"

„Ich habe mir heute Kopien der Unterlagen besorgt." Sie zeigte ihm die Papiere.

„Verstehe. Die Sache ist die: Um diese Zeit war Eugene Bishop bereits Ende siebzig und wegen schwerer Arthritis an den Rollstuhl gebunden. Er war bei den einfachsten Aufgaben auf Hilfe angewiesen – er hätte unmöglich ohne Hilfe eine Leiche vergraben können. Jeder, der ihn kannte, kann seinen hinfälligen Zustand bezeugen." Er hielt inne und musterte Agatha. „Wo waren Sie zu der Zeit?"

„Warum? Bin ich eine Verdächtige?" Ein nervöses Lachen schwang in ihrer Stimme mit, ihre Augen weiteten sich.

Dawson schüttelte sanft den Kopf. „Nein, Sie sind keine Verdächtige. Ich habe mich nur gefragt, ob Sie irgendwelche Erkenntnisse über den Verbleib Ihres Vaters zu jener Zeit haben."

Agatha tauschte einen verwirrten Blick mit Emma aus, bevor sie den Kopf schüttelte; ihr Gesicht wurde ernst. „Ich habe ihn erst viel später in meinem Leben überhaupt kennengelernt."

„Das tut mir leid zu hören, Miss Royale." Sein Gesichtsausdruck wurde weicher.

Sie zwang sich zu einem kleinen Lächeln. „Bitte, nennen Sie mich Agatha." Sie zögerte, die Brauen zusammengezogen. „War Dolores in dieser Zeit in der Stadt?"

Er nickte mit ernstem Gesicht. „Ja, aber sie war damals noch ein Teenager. Stand jetzt ist sie keine Verdächtige. Unglücklicherweise sind die Hauptverdächtigen Ihr Vater und Ihre Stiefmutter. Da beide verstorben sind, stehen wir vor einem sehr kalten Fall."

Agathas Herz sackte ab, sie öffnete fassungslos den Mund. „Aber ... verdient diese Person nicht ein ordentliches Begräbnis? Haben sie keine Familie, die die Wahrheit verdient?" Sie begann auf und ab zu gehen, die Hände ineinander verschlungen.

Sie hielt abrupt neben den Verkaufstischen an und rückte Bücher gerade, wobei sie ihre Frustration in Handlungen kanalisierte. „Haben Sie Kontakt zu den Leuten aufgenommen, die in dieser Zeit in dem Haus gewohnt haben?" Ihre Stimme wurde etwas lauter.

Dawson nickte feierlich. „Wir haben das untersucht. Alle Anwohner sind erfasst – es liegen keine aktuellen Vermisstenmeldungen vor." Er trat unbehaglich von einem Fuß auf den anderen. „Ich bin hauptsächlich gekommen, um Sie über Ihren Vater und Joanne auf dem Laufenden zu halten. Ich wollte keine weitere Bestürzung verursachen." Sein Blick drückte aufrichtiges Bedauern aus.

Agatha schaffte ein schwaches Lächeln. „Ich weiß es zu schätzen, dass Sie vorbeigekommen sind, Detective Dawson."

Er winkte ab, wobei ein flüchtiges Lächeln auf seinen Lippen spielte. „Bitte, einfach Edgar."

Nachdem sie ihre Fassung wiedergewonnen hatte, wurde Agathas Tonfall bestimmter. „Edgar, was die Familie angeht, die während des Vorfalls in meinem Haus lebte – wurden die jemals kontaktiert?"

Edgar blickte auf seine Uhr. „Ich darf zum Schutz der Privatsphäre nicht viel preisgeben, aber alle Familienmitglieder wurden ausfindig gemacht und sie sind keine Verdächtigen. Sie waren zu diesem Zeitpunkt bereits aus dem

Haus ausgezogen." Er stand auf. „Ich muss zurück zum Revier. Die Pflicht ruft." Er winkte und ging zur Tür.

Die Glocke über der Tür läutete leise, als Edgar hinausging. Stille legte sich über den Raum. Agathas Gedanken rasten. Von ihrer Mutter hatte sie immer nur von den Vertrauensbrüchen und Täuschungen ihres Vaters gehört, wie er sie allein und mittellos zurückgelassen hatte. Sie flüsterte: „Was, wenn er sich dieser Frau genähert hat und als sie ihn abwies, hat er ... etwas Schreckliches getan?" Sie holte tief Luft.

Emma tauchte hinter dem Tresen auf, wo sie Bücher sortiert hatte. „Ehrlich gesagt, das fällt mir schwer zu glauben. Ist es nicht merkwürdig, dass all diese Enthüllungen genau dann auftauchen, wenn du entdeckst, dass Dolores' Vater dein Haus um die Zeit des Verbrechens herum besessen hat?"

Agatha blickte Emma in die Augen; das Gewicht der Situation spiegelte sich in ihrem Ausdruck wider. „Es scheint tatsächlich ein zu großer Zufall zu sein ... Ich hoffe, du bist da an etwas dran."

SPÄTER, nachdem sie den Laden geschlossen hatte und nach Hause gefahren war, begab sich Agatha in ihre abendliche Routine. Sie fütterte Mike, aß ein ruhiges Abendessen und als die Nacht hereinbrach, schweiften ihre Gedanken zu dem ungelösten Rätsel ab.

Ihr Blick fiel auf den Schrank, in dem sie vor Jahren einen Pappkarton verstaut hatte. Denjenigen, den der Anwalt nach dem Tod ihres Vaters geschickt hatte und der das enthielt, was er „persönliche Habseligkeiten und Dokumente" genannt hatte. Sie hatte ihn ungeöffnet beiseite geschoben, unfähig, irgendetwas von dem Mann zu begegnen, der sie im Stich gelassen hatte. Der Karton war all die Jahre versiegelt geblieben, ein Symbol ihres Grolls.

Mit einem tiefen Atemzug öffnete sie ihn. Zwischen verschiedenen Papieren entdeckte sie einen dicken, an sie adressierten Umschlag. Darin offenbarte ein herzlicher Brief die Emotionen ihres Vaters. Er drückte seine Liebe aus und stellte klar, dass er es zwar nie bereut hatte, Joanne nach der Scheidung geheiratet zu haben, aber zutiefst bedauerte, kein Teil von Agathas Leben gewesen zu sein. Er schrieb von wiederholten Versuchen, Kontakt aufzunehmen – Bemühungen, die von ihrer Mutter vereitelt worden waren. Dem Brief lagen mehrere andere bei, die mit dem Vermerk „Zurück an den Absender" versehen waren – ein stummes Zeugnis seiner Versuche.

Während sie las, verschwammen die Tränen ihre Sicht. Die Erkenntnis, dass ihr Vater sie geliebt hatte, lastete schwer auf ihr. Ein Gedanke formte sich klar in ihrem Kopf: Wenn er von einer Leiche im Hinterhof gewusst hätte, hätte er Joanne niemals angewiesen, mir das Haus zu hinterlassen.

Sie sah zu Mike, der auf dem Boden schlief, während ihre Gedanken rasten. Dieses Verbrechen war kein Zufall oder das Werk eines Außenstehenden. Nachdenklich berührte sie ihre Lippen und murmelte: „Der wahre Übeltäter will es jemand anderem in die Schuhe schieben. Und wer wäre dafür besser geeignet als zwei Verstorbene, die sich nicht mehr wehren können? Ich werde die Wahrheit ans Licht bringen."

10

LANDER JOHNSTON

Einige Tage später pflegte Agatha die Blumenbeete in ihrem Hinterhof, während Mike herumstrolchte und nach dem perfekten Plätzchen suchte. Stolz erfüllte sie, als sie die wunderschönen Blüten oberhalb der Stelle bewunderte, an der einst das Skelett gelegen hatte, doch dieser wich schnell der Traurigkeit, als das eindringliche Bild des geblümten Rocks in ihren Gedanken auftauchte. „Ich muss herausfinden, wer diese Person war. Das bin ich ihr schuldig", murmelte sie.

Da ihr Vater und Joanne die Hauptverdächtigen waren – beide verstorben –, war der Fall zum Stillstand gekommen. Agatha konnte den Gedanken nicht loswerden, dass der wahre Täter nach wie vor auf freiem Fuß war und sich vielleicht niemals vor der Justiz verantworten musste.

Sie ging hinein und steuerte direkt auf den Küchentisch zu. Ihre Royal KMM-Schreibmaschine erwartete sie dort, umgeben von ordentlich arrangierten Notizen und einem halb vollen Becher Tee. Sie zog einen Stuhl heran. Vielleicht kann ich dieses reale Rätsel noch nicht lösen, aber ich kann eine eigene Detektivgeschichte entwerfen.

Sie schob ein frisches Blatt Papier ein und stellte ihren Timer für einen fünfzehnminütigen Schreibsprint. Nachdem sie ihre Finger gedehnt hatte, tippte sie: „Ein tödliches Kapitel". Sie hielt inne und sah Mike an. „Wie findest du das als Titel?" Doch Mike, der sich mehr für seinen Wassernapf interessierte, nahm kaum Notiz von ihr. Nach ein paar stillen Minuten ohne weitere Inspiration schob sie sich mit einem Seufzer vom Tisch zurück.

Ganz plötzlich erinnerte sich Agatha an das, was Emma ihr erzählt hatte. Sie sprang auf, ließ ihre Schreibmaschine stehen und eilte nach nebenan. Sie klopfte an, und nach kurzem Warten begrüßte sie eine schlaftrunkene Emma.

„Habe ich dich geweckt?"

„Nein, ich bin schon auf, aber mein Körper weigert sich noch, mit mir wach zu werden." Emma bedeutete ihr, hereinzukommen.

Kaum drinnen, fragte Agatha: „Sag mal, hast du nicht gesagt, dass du die Unterlagen für den Kauf dieses Hauses hast?"

„Habe ich. Möchtest du sie sehen?" Emma schritt zu einer kleinen Kommode im Wohnzimmer.

Agatha nickte.

Emma zog die oberste Schublade auf und holte einen verwitterten gelben Umschlag hervor. Agatha setzte sich auf die Couch, holte vorsichtig die Papiere heraus und las laut vor: „Lander Johnston."

„Lander Johnston?" Emmas Neugier war geweckt.

„Er ist der Makler, der deiner Oma dieses Haus verkauft hat. Ich frage mich, ob er meinem Vater das Haus ebenfalls verkauft hat."

Emma schnappte sich ihren Laptop und tippte den Namen ein. „Er ist im Ruhestand. Wohnt in Oxford Hills."

Agatha tippte sich ans Kinn. „Oxford Hills, sagst du?"

„Ja, planst du etwa, ihn zu besuchen?"

Agatha nickte mit entschlossenem Gesichtsausdruck. „Ich denke, das sollte ich tun. Danke dafür, Emma."

Emma warf ihr einen unterstützenden Blick zu. „Soll ich mitkommen? Ein freundliches Gesicht kann manchmal helfen."

„Nein, aber danke für das Angebot. Alleine ist es vielleicht einfacher."

„Alles klar." Emma nickte. „Aber versprich mir, dass du anrufst, wenn du etwas brauchst."

Agatha drückte ihr beruhigend den Arm. „Ganz bestimmt. Danke, Emma. Du bist ein Engel."

Emma lächelte und schüttelte in liebevoller Resignation den Kopf, als Agatha zur Tür ging. „Pass einfach auf dich auf, okay?"

AGATHA ERREICHTE LANDER Johnstons Anwesen in Oxford Hills, begierig darauf, mehr über das Haus zu erfahren, das von ihrem Vater an Joanne und schließlich an sie übergegangen war. Sie drückte die Türklingel. Kurz darauf öffnete ein älterer Mann mit weißem Haar und schwarzer Brille.

„Wie kann ich Ihnen helfen?" Er warf ihr einen neugierigen Blick zu.

„Hallo, ich bin Agatha Royale." Sie lächelte herzlich. „Sind Sie Lander Johnston?"

„Ja, der bin ich." In seiner Stimme schwang Vorsicht mit.

„Ich habe ein Haus in Bristol Lake geerbt, und ich glaube,

Sie haben den Verkauf an meinen Vater vermittelt. Ich kann die Unterlagen nicht finden, würde aber gerne bestätigen, wann er das Anwesen gekauft hat."

Als Agatha die Adresse nannte, runzelte Lander die Stirn. „Sagten Sie, Ihr Nachname sei Royale?"

„Ja, das ist richtig. Mein Vater war Bob Royale, und meine Stiefmutter war Joanne Royale."

Seine Augen leuchteten vor Erkennen auf. „Ah, ich erinnere mich an sie! Joanne hat den Buchladen im Ort geführt. Ich war ihnen in der Tat behilflich, das Haus von Eugene Bishop zu erwerben."

Agatha beugte sich vor, ihre Aufmerksamkeit war nun vollkommen gefesselt.

Lander bat sie in sein Wohnzimmer. „Sie sehen aus, als könnten Sie eine Tasse Tee gebrauchen", bemerkte er, da er den Stress in ihrem Gesicht sah.

„Das klingt wunderbar, danke." Sie versuchte, ihre Stimme ruhig zu halten.

Während Lander den Tee zubereitete, gewöhnte sich Agatha an das behagliche Ambiente. Er kehrte mit zwei dampfenden Tassen zurück.

Sie nahm einen vorsichtigen Schluck und ließ die Wärme sich ausbreiten. „Lander, es gibt da etwas, das ich Ihnen sagen muss. An dem Tag, als ich eingezogen bin, habe ich etwas gefunden ..."

Seine Augen weiteten sich, während er sich vorlehnte. „Geht es um das Skelett, das in Ihrem Garten gefunden wurde?"

Ihr Mund klappte auf, Ungläubigkeit spiegelte sich in ihrem Blick. „Sie haben davon gehört?"

Er lachte leise und lehnte sich mit einem wissenden

Lächeln zurück. „Natürlich. Nachrichten verbreiten sich hier in Oxford Hills schnell."

Agathas Augenbrauen zogen sich zusammen, als sie sich ihm entgegenbeugte. „Sie ziehen tatsächlich meinen Vater und Joanne als Verdächtige in Betracht. Können Sie das glauben?", fragte sie, und ihre Stimme zitterte leicht. „Die Polizei schätzt, dass das Verbrechen ungefähr zu der Zeit geschah, als Dad das Haus kaufte."

Lander rieb sich die Schläfen, während eine Erinnerung auftauchte. „Agatha, Ihr Vater hat das Haus zwar 1987 gekauft, aber er ist erst Ende 1988 nach Bristol Lake gezogen. In der Zwischenzeit hatte er gehört, dass meine Cousine Elizabeth Morgan und ihre Familie eine schwere Zeit durchmachten. Da sie arbeitslos waren, ließ Ihr Vater sie inoffiziell und kostenlos dort wohnen, bis sie Arbeit finden konnten. Elizabeth, ihr Ehemann Dean und ihre Tochter Cecilia lebten dort für ein paar Monate."

„Warten Sie. Sie sind erst ein Jahr nach dem Kauf eingezogen?" Agatha lachte, und eine sichtbare Last fiel von ihr ab. „Dann ist es unmöglich, dass sie darin verwickelt gewesen sein könnten." Ihr Gesicht hellte sich vor Erleichterung und Triumph auf.

Lander nickte nachdenklich. „Ganz genau. Ihr Vater ist erst viel später nach Bristol Lake gezogen. Er und Joanne sind in dieser Zeit nicht einmal zu Besuch gekommen. Es ist absurd, sie als Verdächtige zu betrachten. Da zieht jemand die falschen Schlüsse." Der Frust über dieses Versäumnis schwang in seiner Stimme mit.

Ihr Gespräch vertiefte sich, während Agatha nach Informationen bohrte und Lander seine Erkenntnisse teilte.

Agatha holte tief Luft und fragte: „Mr. Johnston, wissen

Sie, was aus Elizabeths und Deans Tochter Cecilia geworden ist?"

Landers Gesichtszüge wurden weich, sein Blick ging an Agatha vorbei ins Leere. „Sie ist mit einem Jungen durchgebrannt", sagte er leise, und in seinem Ton lag Bedauern. „Das war schwer für Elizabeth und Dean. Sie haben Cecilia nie wiedergesehen. Aber sie haben einen Brief bekommen, als sie damals wegging. Es hat alle schockiert – sie war so ein braves Mädchen."

Agatha beugte sich näher heran, angezogen von der Schwere dieses Geheimnisses. „Dieser Junge, mit dem sie zusammen war – wissen Sie irgendetwas über ihn? Das könnte ein entscheidender Hinweis sein."

Er seufzte und zuckte leicht mit den Schultern. „Alles, was ich weiß, ist das, was Elizabeth gesagt hat – irgendein Typ aus einer anderen Stadt, eine Blitzromanze. Alles war sehr geheimnisvoll."

„Haben Sie eine Ahnung, wo sie jetzt sein könnte?" Agathas Blick fixierte den seinen, auf der Suche nach Informationen.

„Nein, ich fürchte nicht." Er schüttelte den Kopf, und seine Augen spiegelten echtes Unwissen wider. „Warum fragen Sie? Ist das Teil der Ermittlungen?"

Agathas Blick wich kurz aus, ihre Gedanken rasten. Sie konnte ihm nicht von ihrem Verdacht bezüglich des Skeletts erzählen, aber sie brauchte mehr Informationen. „Ich recherchiere für einen Kriminalroman, den ich schreibe. Ich baue die Handlung auf dem Skelett in meinem Garten auf, und da sie dort gelebt haben, könnte ihre Geschichte einen interessanten Aspekt liefern."

Seine Augenbraue hob sich. „Das ist sehr interessant." Er hielt inne. „Ich habe die Kontaktinformationen von Elizabeth und Dean, falls Sie sie möchten. Sie leben jetzt in Kalifornien."

Agatha wirkte sichtlich erfreut und beugte sich vor. „Vielen Dank. Es wäre großartig, die Geschichte aus der Sicht ihrer Mutter zu hören."

Lander nickte, da er ihren Eifer verstand. Sein Lächeln wurde breiter, doch er sah die Besorgnis in ihren Augen. „Sie denken darüber nach, ob das Skelett Cecilia sein könnte, nicht wahr?"

Agatha wurde blass und nickte, unfähig, ihre Sorge zu verbergen.

„Machen Sie sich keine Sorgen." Seine Stimme blieb sanft, aber bestimmt. „Ich dachte dasselbe, als ich zum ersten Mal davon erfuhr. Aber Cecilia ist mit einem Jungen weggegangen, meilenweit von Bristol Lake entfernt. Es ist ein erschreckender Gedanke, aber wir dürfen keine voreiligen Schlüsse ziehen."

„Danke, Lander", flüsterte sie. „Ihre Worte bedeuten mir sehr viel. Es ist nur schwer, dieses Gefühl abzuschütteln."

Er tätschelte beruhigend ihre Hand. „Ich verstehe. Aber Sie sind nicht allein. Wenn Sie weitere Hilfe brauchen, zögern Sie nicht, sich zu melden."

AGATHA KAM ZU HAUSE AN, und kaum war die Tür zu, stupste Mike schon ihre Hand an, begierig darauf, nach draußen zu gehen. Sie lächelte, kraulte sein Fell und ließ ihn in den Garten.

Während Mike zufrieden auf Erkundungstour ging, lief sie in die Küche, wobei ihr Kopf vor lauter neuen Informationen schwirrte. Als sie den Kessel aufsetzte, konnte sie nicht umhin, sich wegen des Anrufs bei Cecilias Eltern nervös zu fühlen. Die Fragen, die Ungewissheit und die unterschwellige Angst davor, was sie ans Licht bringen könnte, lasteten schwer auf ihr.

Sie blickte aus dem Fenster, in Gedanken versunken. Das Telefon auf der Arbeitsplatte schien sie mit seinem Schweigen zu verhöhnen. Sie wusste, dass sie anrufen musste, doch ihre Befürchtungen hielten sie gefangen. Das Pfeifen des Kessels riss sie zurück in die Realität. Sie goss den Tee auf, starrte das Telefon aber immer noch an. Ihre Hand schwebte einen Moment lang darüber – Entschlossenheit rang mit Furcht.

Mit einem entschlossenen Atemzug stellte sie ihren Tee ab und griff nach dem Hörer. Ihre Finger zitterten, als sie Elizabeths Nummer wählte. Sie hörte ihren eigenen flachen, schnellen Atem, während sie wartete.

Eine Frauenstimme meldete sich. „Hallo?"

„Guten Tag, spreche ich mit Elizabeth Morgan?"

„Ja, am Apparat. Wer ist da bitte?"

„Mein Name ist Agatha Royale, ich wohne in Bristol Lake. Ich habe vor Kurzem mit Ihrem Cousin Lander Johnston gesprochen." Sie hielt inne und wählte ihre Worte sorgfältig. „Er hat Ihre Tochter Cecilia erwähnt, und ich hatte gehofft, mich ein wenig über sie unterhalten zu können, wenn das für Sie in Ordnung ist."

„Sicherlich." Elizabeths Stimme wurde herzlicher. „Was möchten Sie denn wissen?"

Agatha atmete tief ein und wiederholte ihre erfundene Geschichte über die Recherche für ihren Kriminalroman. Ein schlechtes Gewissen wegen der Unwahrheit regte sich, doch sie hielt sie für notwendig.

„Ich verstehe." Elizabeth klang nun etwas distanzierter. „Was genau wollen Sie über Cecilia wissen?"

Agatha zögerte. „Wissen Sie, wo sie sich heute aufhält?"

Elizabeth seufzte. „Nein, wir haben sie nicht mehr gesehen, seit sie weggelaufen ist. Wir haben einen Brief erhalten, als sie damals ging, aber seitdem haben wir nichts mehr gehört."

Agatha umklammerte das Telefon, während Elizabeth erklärte, warum sie nicht nach Cecilia gesucht hatten.

„Ich weiß, es ist schwer zu begreifen, aber Cecilia war achtzehn, als sie wegging", sagte Elizabeth. „Sie war erwachsen. Wir haben versucht, sie zu finden, glauben Sie mir. Aber nachdem wir Monate ohne Anhaltspunkte waren, haben wir akzeptiert, dass sie nicht gefunden werden wollte. Sie war klug und eigenständig – wir mussten darauf vertrauen, dass sie für sich selbst sorgen konnte."

Agatha nickte, auch wenn Elizabeth es nicht sehen konnte. „Ich verstehe." Sie wusste die Ehrlichkeit zu schätzen und verstand ihre Entscheidung, doch das machte die Akzeptanz nicht leichter. „Darf ich fragen, warum sie nicht mit Ihnen nach Kalifornien gegangen ist?"

„Nun", Elizabeth zögerte und holte Luft, „Cecilia hatte ursprünglich geplant, nur etwa zwei Wochen länger in Bristol Lake zu bleiben – lange genug, um mit einem Jungen aus ihrer Klasse zum Abschlussball zu gehen. Sein Name fällt mir gerade nicht ein. Danach sollte sie eigentlich nachkommen. Aber stattdessen ist sie mit diesem anderen Jungen abgehauen. Ich wünschte, ich hätte mehr Details."

„Schon gut." Enttäuschung schwang in Agathas Stimme mit. „Wäre es möglich, eine Kopie von Cecilias Brief zu bekommen? Ich wäre daran interessiert, tiefer einzutauchen, wenn das für Sie okay ist."

„Absolut. Ich werde Ihnen eine Kopie schicken. Es tut gut zu wissen, dass sich jemand für unsere Geschichte interessiert. Vielen Dank für Ihren Anruf."

Nachdem sie ihre Adresse hinterlassen hatte, beendete Agatha das Gespräch und lehnte sich mit einem tiefen Ausatmen zurück. Die Unterhaltung war aufschlussreich und emotional anstrengend gewesen.

Mike spürte ihre Stimmung, kam herüber und stupste sie mit der Pfote an, um Aufmerksamkeit zu heischen.

„Und, meinst du, ich sollte Emma einweihen? Du liebst guten Klatsch und Tratsch doch auch, nicht wahr, Mike?" Sie lachte kurz, kraulte ihn und wählte dann Emmas Nummer.

„Hey Agatha, was gibt's?"

„Ich habe gerade mit Elizabeth telefoniert, Cecilias Mutter. Sie hat leider nichts Neues verraten." Agatha hielt mit einem leisen Seufzer inne. „Nun ja, sie hat zugestimmt, mir eine Kopie des Briefes zu schicken, den Cecilia geschickt hat, als sie wegging."

„Das ist doch ein Anfang! War sie überrascht wegen deines Anrufs?"

„Nicht wirklich." Agatha seufzte und blickte zu Boden. „Ich fühle mich allerdings schuldig. Ich habe ihr erzählt, dass ich über die Geschichte von Bristol Lake für einen fiktiven Krimi recherchiere."

„Hast du den Fund in deinem Garten erwähnt?"

„Nein ... ich möchte auf keinen Fall, dass sie erfährt, dass ich auch nur in Erwägung ziehe, dass das Skelett ihre Tochter sein könnte."

Emmas spielerische Art wich einem ernsten Ton. „Du steckst in einer schwierigen Lage. Aber denk dran, du versuchst ein Geheimnis zu lüften, das jemandem vielleicht Gewissheit verschafft. Es ist eine Gratwanderung zwischen der Suche nach der Wahrheit und dem Schutz von Gefühlen. Du machst das schon richtig."

Agathas Gesichtsausdruck wurde entschlossen. „Wenn ich herausfinden kann, wer dieser Typ ist, mit dem sie abgehauen ist, kann ich vielleicht dieses ganze Rätsel lösen, das mir keine Ruhe lässt, seit ich dieses Skelett gefunden habe."

Emma grinste. „Ich hoffe, du kommst der Sache auf den Grund. Wenn es jemand schafft, dann du – immerhin hast du so viele Agatha-Christie-Bücher gelesen! Fang bloß nicht an, dir irgendwelche zwielichtigen Gehilfen mit Schnurrbart zuzulegen!"

Agatha rollte spielerisch mit den Augen. „Oh, du bist ja so witzig. Aber im Ernst, ich werde nicht aufhören, bis ich weiß, wer das Skelett ist. Und falls ich doch einen Gehilfen mit Schnurrbart finde, stelle ich ihn dir als Erstes vor."

Beide lachten.

11

DIE BÄCKEREI

Agatha betrat den Buchladen, wobei das Glöckchen über der Tür klingelte, als sie sie schloss. Die Luft im Inneren war still und roch leicht muffig. Die Regale ragten hoch auf, und das sanfte Licht, das durch die Fenster fiel, verbreitete einen warmen Schein. Der Laden war noch leer. Sie atmete tief durch und genoss die friedliche Atmosphäre. Sie hatte die ruhigen Morgenstunden schon immer geliebt, wenn die Stadt noch schlief und die Buchhandlung ihre eigene kleine Welt war.

Sie ging zum Tresen und holte ihren Schlüssel hervor. Sie drehte das Schild von „Geschlossen" auf „Offen" und stieß einen kleinen, zufriedenen Seufzer aus.

Agatha wandte sich den Regalen zu und ließ ihre Hand über die Buchrücken gleiten. Sie waren für sie wie alte Freunde; Krimis, die sie unzählige Male gelesen hatte und von denen jeder seine eigene Geschichte zu erzählen hatte. Sie warf einen Blick auf die Schaufensterauslage, in der ein paar Bücher verrutscht waren. Sie ging hinüber und ordnete sie sorgfältig wieder an.

Die Türglocke bimmelte. Agatha blickte auf und sah Eliza eintreten — ihren ersten Gast an diesem Tag. Sie grinste und schritt zum Tresen, um die frisch zubereiteten Backwaren in der Vitrine zu arrangieren. „Guten Morgen! Schön, dich wiederzusehen. Wie geht es dir?"

Elizas Gesicht hellte sich auf. „Guten Morgen! Mir geht es blendend, danke." Sie sah sich um. „Die Umgestaltung ist fantastisch. Du hast die einladende Atmosphäre bewahrt, die Joanne geschaffen hat, und ihr gleichzeitig deinen eigenen Stil verliehen."

Eliza stöberte in den Regalen und hielt bei Büchern inne, die ihr ins Auge fielen. Schließlich trat sie an den Cafétresen, wo Agatha Becher und Tassen aufreihte, die Karaffe in der Hand. „Agatha, können wir reden?" Ihre Stimme klang zögerlich.

Agatha stellte die Karaffe ab, ihre Augen blickten neugierig. „Natürlich. Was liegt dir auf dem Herzen?"

Eliza biss sich auf die Lippen. „Ich habe mich gefragt, ob du vorhast, deine eigenen Backwaren für das Café zu backen."

„Ich wünschte, ich könnte." Agathas Blick schweifte zu den Keksen und Cupcakes in der Vitrine. „Aber ehrlich gesagt bin ich beim Backen einfach nicht begabt." Sie deutete verlegen auf die Waren. „Die hier kommen direkt aus dem Supermarkt."

Elizas Augen weiteten sich, und sie schlug sich die Hand vor den Mund. „Oh nein, Agatha! Das geht so gar nicht." Die Bestürzung wich Entschlossenheit. „Aber ich habe eine Lösung. Mir gehört die Bäckerei gegenüber. Ich kann dich mit frischem, köstlichem Gebäck beliefern. Deine Kunden werden es lieben."

Agathas Blick wurde weich, und ein zaghaftes Lächeln

umspielte ihre Lippen. „Oh Eliza, deine Bäckerei macht die besten Backwaren der Stadt! Ich habe tatsächlich gezögert, dich um Hilfe zu bitten, weil ich befürchtet habe, du würdest mich als Konkurrenz betrachten."

„Konkurrenz? Niemals!" Eliza streckte die Hand aus und berührte sanft ihren Arm. „Wir sind Nachbarn, keine Rivalen. Ich möchte dir helfen, erfolgreich zu sein. Gemeinsam können wir hier etwas Wunderbares aufbauen."

Eliza hielt inne, ihre Augen trübten sich vor Sorge, und ihre Hände nestelten nervös an ihrem Haar. „Außerdem würdest du mir damit auch helfen. Seit Dolores das Gebäude, in dem mein Laden ist, von Arnold Jasper gekauft hat, sind meine Finanzen ein einziges Chaos." Sie seufzte, der Stress war ihr deutlich anzusehen. „Dolores hat meine Miete innerhalb von sechs Monaten dreimal erhöht. Arnold war immer fair, aber Dolores ist unerbittlich."

Sie schüttelte den Kopf, eine Mischung aus Frustration und Verzweiflung. „Ich muss eine zusätzliche Einnahmequelle finden, sonst ..." Ihre Stimme brach ab. Sie schluckte schwer. „Wenn das noch einen Monat so weitergeht, muss ich vielleicht dichtmachen."

Agatha bot Eliza einen Tee an, den diese dankbar annahm. Während sie nippte, bemerkte Eliza Agathas besorgten Blick.

„Was ist los?"

„Ich kann nicht glauben, dass Dolores dir das ebenfalls antut." Agatha schüttelte den Kopf. „Sie bereitet so vielen Menschen in dieser Stadt Probleme."

„Was meinst du mit ‚ebenfalls'?" Eliza stellte ihre Tasse ab. „Was tut sie dir an?"

Agatha zögerte. „Nun, Dolores behauptet, dass ihr mein Laden gehört. Sie sagt, Joanne hätte einige Hypothekenzahlungen versäumt, und das Grundstück sei an ihre Familie zurückgefallen."

Elizas Augen weiteten sich. „Davon hatte ich keine Ahnung. Das tut mir so leid."

Agatha schenkte ihr ein schwaches Lächeln. „Danke. Aber genug davon." Sie holte tief Luft und wechselte das Thema. „Also, was ist deine Idee bezüglich der Belieferung der Buchhandlung mit Backwaren?"

Eliza beugte sich vor, ihre Augen funkelten. „Wie wäre es damit? Ich könnte jeden Tag frisches Gebäck bringen."

Agatha legte die Stirn in Falten und rieb sich das Kinn. „Das klingt verlockend, aber ich bin mir wegen der Kosten nicht sicher. Ich habe bisher noch nicht einmal Gewinn gemacht."

Ein breites Grinsen breitete sich auf Elizas Gesicht aus. „Das ist das Schöne daran. Es gibt keine Vorauszahlung. Ich liefere das Gebäck, und du nimmst eine kleine Provision von dem, was du verkaufst. Es ist eine wunderbare Partnerschaft, von der wir beide profitieren."

Agatha schmunzelte über den Vorschlag. „Diese Idee gefällt mir! Eine Win-win-Situation für uns beide. Aber Moment mal", sie hielt inne und wirkte besorgt, „bedeutet das, dass ich aufhören muss, das ganze Gebäck selbst zu essen? Du weißt, ich habe eine Schwäche für deine Zitronenschnitten."

Eliza lachte. „Keine Sorge. Ich werde ein spezielles Lager nur für dich reservieren. Außerdem ist es gut zu wissen, dass die Buchhändlerin einen erlesenen Geschmack bei Backwaren hat."

Agathas Augen leuchteten auf. „Abgemacht, Eliza. Ich bin gespannt, wie unsere Geschäfte zusammen wachsen werden

— und natürlich darauf, noch mehr von deinen köstlichen Sachen zu genießen!"

Die beiden Frauen saßen an dem kleinen Cafétisch und arbeiteten die Details aus. „Wir werden also eine Mischung aus Kuchen, Gebäck und Keksen anbieten", sagte Agatha und deutete auf die Karte. „Kannst du die Lieferung jeden Morgen um Punkt neun Uhr sicherstellen?"

Eliza nickte und machte sich Notizen. „Das klingt gut. Ich freue mich, ein Teil davon zu sein. Die Buchhandlung war schon immer einer meiner Lieblingsorte."

Agatha grinste. „Vielleicht sollten wir einzigartige Artikel nur für das Café kreieren. Wie wäre es mit einem Detektiv-Éclair oder einem Mystery-Scone?"

Eliza kicherte. „Das gefällt mir. Wir könnten unseren Spaß mit den Namen und Designs haben. Vielleicht sogar ein Gebäck kreieren, das von deiner Namensvetterin Agatha Christie inspiriert ist!"

Agathas Augen funkelten. „Oh, das wäre fantastisch! Stell dir vor, wir hätten ‚Mord im Orient-Espresso' oder ‚Tod auf dem Schokoladen-Nil'!" Sie lachten und genossen das spielerische Brainstorming.

Während sie die Logistik durchgingen, mischten sich praktische Fragen zu Lieferplänen und Gewinnspannen mit Lächeln und Lachen. Es gab einen spürbaren Funken zwischen ihnen — ein gemeinsames Ziel, das über das bloße Geschäft hinausging. In der Buchhandlung braute sich etwas Köstliches zusammen, und es war mehr als nur Kaffee.

Die Türglocke bimmelte. Gary, der freundliche Postbote der Nachbarschaft, trat mit einem herzlichen Lächeln näher und hielt einen kleinen Umschlag in der Hand. „Guten Morgen, Agatha. Wie läuft es heute im Buchladen?"

Sie blickte auf, und ein Lächeln breitete sich auf ihrem Gesicht aus. „Morgen, Gary. Der übliche Trubel."

Als sie den Umschlag entgegennahm, wanderte Garys Blick zu den frischen Backwaren. „Wissen Sie, ich habe den ganzen Morgen widerstanden, aber ich glaube, es ist Zeit für einen Zitronen-Heidelbeer-Scone."

Agatha reichte ihm einen, der in eine Serviette gewickelt war. „Geht aufs Haus, für Bristol Lakes engagiertesten Postboten."

Gary bestand darauf zu bezahlen und reichte ihr das Geld passend. „Danke, Agatha." Seine Augen leuchteten auf, als er einen Bissen nahm.

Als Gary gegangen war, wandte sie ihre Aufmerksamkeit dem Umschlag zu. Der Name Elizabeth Morgan rief eine Flut von Emotionen hervor und entfachte erneut ihre Entschlossenheit, tiefer in das Geheimnis einzutauchen.

Eliza bemerkte Agathas überraschten Gesichtsausdruck. „Alles in Ordnung?"

Agatha schaffte es, ihre Überraschung abzuschütteln und verbarg den Umschlag in einem Buch hinter dem Tresen. „Ja, ja, es ist nichts. Ich nehme nur wieder Kontakt zu alten Freunden auf."

Eliza akzeptierte dies, ohne nachzubohren. Obwohl sie versuchte, sich ganz normal zu verhalten, spürte Agatha, wie ihr Lächeln gezwungen wirkte; ihre Gedanken kreisten voller Vorfreude um die verborgenen Wahrheiten in Elizabeths Brief.

∼

AGATHA WOLLTE GERADE SCHLIEßEN, als die Tür aufflog und eine kleine, korpulente Frau mit einem strahlenden Lächeln und einladenden Augen eintrat – Lorraine Dubois, die Klatschkönigin der Stadt.

„Bonsoir, Agatha!" Lorraines Stimme sprudelte mit französischem Akzent. „Ich wollte schon seit Wochen vorbeikommen! Ich habe gehört, ihr hattet hier so einiges an, wie sagt man, Aufregung wegen dieses Skeletts in deinem Hinterhof!"

Agatha rollte mit den Augen und lächelte trotz allem. „Oui, Lorraine, das hatten wir." Sie versuchte es mit ihrem begrenzten Französisch. „Aber ich bin sicher, du weißt bereits alles darüber, wenn man bedenkt, dass du in dieser Stadt über alles Bescheid weißt."

Lorraines Lachen erfüllte den Raum. „Nun, ich versuche schon, mein Ohr am Puls der Zeit zu haben." Sie beugte sich näher, ihre Augen tanzten. „Wo wir gerade davon sprechen: Ich habe gehört, du bist eine Verdächtige in den Ermittlungen! Kannst du das glauben?"

„Ich? Eine Verdächtige?" Agatha schüttelte ungläubig den Kopf. „Das ist doch absurd! Ich bin gerade erst hergezogen. Glauben die etwa, ich hätte das Skelett in meinem Umzugsgut mitgebracht?"

Lorraine stimmte in das Lachen ein. „Das ist ja mal ein Gedanke. Aber du weißt ja, wie kleine Städte sind ... die Leute lieben ihren Klatsch." Sie zwinkerte ihr zu und bestätigte damit ihren eigenen Ruf.

„Aber genug davon. Was führt dich heute in den Laden?"

Lorraine beugte sich verschwörerisch vor und verfiel in ein Flüstern. „Ich bin wegen eines neuen Krimis hier. Ich habe gehört, es gibt einen Autor in einer Nachbarstadt, der gerade einen veröffentlicht hat. Ich brenne förmlich darauf, ihn in die Finger zu bekommen."

Agatha ging zur Abteilung für lokale Autoren. „Ah, ich

weiß, welches Buch du meinst." Ihre Finger glitten über die Buchrücken, bis sie es fand.

Sie zog es heraus und reichte es Lorraine. „Hier ist es. Es bekommt begeisterte Kritiken. Es ist ein Cozy-Krimi, der in einem idyllischen kleinen Städtchen spielt, unter dessen Oberfläche dunkle Geheimnisse lauern."

Lorraines Augen weiteten sich. „Oh, ich liebe Cozy-Krimis! Es hat so etwas Charmantes, ein Rätsel in einem scheinbar friedlichen Dorf zu entwirren. Worum geht es in der Handlung?"

„Nun, die Geschichte folgt einer jungen Amateurdetektivin, die in die Stadt zieht, nachdem sie das Haus ihrer Großtante geerbt hat. Ihre Ankunft setzt Ereignisse in Gang, die verborgene Geheimnisse und lang begrabene Rivalitäten unter den exzentrischen Bewohnern ans Licht bringen."

Lorraine presste das Buch an ihre Brust. „Das klingt absolut entzückend! Ich kann es kaum erwarten, das Rätsel zu lösen. Es gibt nichts Schöneres, als es sich an einem regnerischen Nachmittag mit einem guten Buch und einem warmen Tee gemütlich zu machen, meinst du nicht auch?"

Agatha nickte und teilte ihre Begeisterung. „Absolut, das ist eine meiner liebsten Beschäftigungen. Ich hoffe, es gefällt dir genauso gut wie den anderen Lesern!"

Lorraines Augen funkelten, während sie das Buch hielt. „Ich bin sicher, ich werde es lieben." Sie hielt mit einem listigen Grinsen inne. „Wir haben hier ja unser eigenes Rätsel — das Skelett in deinem Hinterhof! Die ganze Stadt ist in Aufruhr."

Mit dramatischer Miene beugte sie sich näher. „Wusstest du, dass die Leute sagten, es könnte der alte Jenkins sein — er wurde vermisst. Aber wie sich herausstellt, hat er letzte Woche seine Tochter Laura angerufen. Er wurde gar nicht

vermisst, er war all die Jahre nur auf der Flucht vor Schul-
deneintreibern!"

Agatha schüttelte amüsiert den Kopf. „Ich würde keine
voreiligen Schlüsse ziehen. Die Polizei ermittelt noch. Sie
werden die Wahrheit schon bald herausfinden."

Lorraine nickte, ihre Augen blitzten. „Oh, ich habe so ein
Gefühl, dass ich weiß, wer es war", sagte sie und übertrieb
ihren französischen Akzent mit einem spielerischen Augenzwinkern. „Aber ich werde es vorerst geheim halten, mon
amie. Ich will die Überraschung nicht verderben!"

Agatha schmunzelte, während Lorraine zur Tür ging und
immer noch falsche Fährten und wilde Vermutungen in einer
Mischung aus Englisch und Französisch von sich gab. „Au
revoir, Lorraine!"

Als sie abschloss und sich auf den Heimweg machte,
lastete der Brief in ihrer Tasche schwer in ihren Gedanken.
Sie hatte das Gefühl, dass er ihr helfen würde, Antworten auf
das Rätsel zu finden, das sie zu lösen versuchte.

12

RAYMOND AGUILAR

Agatha überschritt die Schwelle ihres Hauses, während die Ereignisse des Tages in ihrem Kopf herumwirbelten. Eilig ließ sie Mike nach draußen, bevor sie in die Küche ging, wo der Umschlag von Elizabeth Morgan auf dem Tisch wartete.

Mit gierigen Händen öffnete sie ihn und entfaltete Cecilias Brief an ihre Eltern. Die Worte der jungen Frau klangen nach Liebe und wilder Entschlossenheit, ihren eigenen Weg zu gehen. Agatha konnte nicht umhin, Mitgefühl für den Mut zu empfinden, den es brauchte, um sich aus der gewohnten Umarmung der Heimat zu lösen.

Als sie das Ende des Briefes erreichte, stockte ihr das Herz. Eine Fotografie glitt aus den Falten des Papiers. Sie zeigte ein jugendliches Paar, das vor Liebe strahlte, doch es war die dritte Gestalt, die Agatha nach Luft schnappen ließ – Dolores stand dort bei ihnen, genau die Frau, die jetzt versuchte, ihr die Buchhandlung wegzunehmen.

Fragen wirbelten durch Agathas Kopf, während sie das Foto genauer betrachtete. Dolores hatte geleugnet, die früheren Bewohner zu kennen, doch hier war sie zusammen mit Cecilia zu sehen. Diese Lüge hing nun in der Luft, zerbrechlich wie ein Spinnennetz.

Dann konzentrierte sich Agatha auf ein auffälliges Detail: Cecilias Rock. Das Blumenmuster glich unverkennbar dem Stoff, der bei den sterblichen Überresten in ihrem Hinterhof gefunden worden war. Die Wahrheit traf sie wie der klare Schlag einer Glocke.

„Sie ist es", flüsterte Agatha, wobei die Erkenntnis sie mit Gewissheit traf. „Die Überreste ... Es ist Cecilia."

Agatha saß am Küchentisch, das Bild in der Hand, und spürte eine Mischung aus Nervenkitzel und Neugier. Sie musste das mit jemandem durchsprechen. Sie griff zum Telefon und rief Emma an.

„Agatha, hallo!", antwortete Emma, leicht außer Atem.

„Emma, hi", sagte Agatha mit vor Aufregung bebender Stimme. „Du wirst nicht glauben, was ich gerade entdeckt habe."

„Was ist es?" Emma umklammerte das Telefon fester.

„Ich habe einen Brief von Elizabeth Morgan erhalten, Cecilias Mutter", erklärte Agatha. „Und sie hat ein Foto beigelegt, das jemanden zeigt, den ich niemals an Cecilias Seite erwartet hätte."

„Wer ist es?", erkundigte sich Emma voller Vorfreude.

„Dolores", sagte Agatha. „Dolores ist auf dem Bild mit Cecilia zu sehen."

„Was?", keuchte Emma. „Agatha, das ist ein bedeutender Fund! Wir müssen das genauer besprechen. Darf ich vorbeikommen?"

„Ja, bitte", antwortete Agatha. „Wir müssen alle Hinweise durchgehen, die wir bisher entdeckt haben, und über unseren nächsten Schritt entscheiden."

„Ich bin unterwegs", versicherte Emma ihr. „Ich bringe Kaffee mit, und dann können wir uns gemeinsam daranmachen."

Agatha kicherte, und ihre Stimmung hob sich. „Ich fange allmählich an, mich wie eine richtige Amateurdetektivin zu fühlen", sagte sie mit verspieltem Unterton.

Agatha legte das Telefon beiseite und wandte ihre Aufmerksamkeit wieder der Fotografie zu. Der anfängliche Schock, die junge Dolores zu entdecken, hatte sie kurzzeitig von den anderen Personen auf dem Bild abgelenkt. Sie betrachtete den jungen Mann, der neben Cecilia stand; sein Lächeln reichte von einem Ohr zum anderen und kam ihr auffallend bekannt vor. Während sie genauer hinsah, regte sich eine wachsende Neugier in ihr, die sie drängte, die Verbindung zwischen ihnen allen aufzudecken.

Ein paar Minuten später klopfte es an der Tür. Agatha öffnete mit einem Lächeln und begrüßte Emma mit offenen Armen. „Ich bin so froh, dass du da bist", sagte sie und führte sie zum Küchentisch.

Emma sah Agatha mit neugierigem Gesichtsausdruck an und bemerkte den Umschlag auf dem Tisch.

Agatha nahm den Umschlag und hielt ihn Emma entgegen. „Das ist der Brief, den ich von Cecilias Mutter erhalten habe", sagte sie in feierlichem Ton.

Emmas Augen weiteten sich vor Interesse. „Darf ich ihn lesen?", fragte sie voller Vorfreude. „Agatha, das ist ja Wahnsinn!", rief sie aus. „Cecilia hat ihren Eltern geschrieben, dass sie sie liebt, aber weggeht, um mit jemandem ein neues Leben zu beginnen. Es ist seltsam, dass sie seinen Namen nicht genannt hat – sie bezeichnet ihn nur als ‚meine Liebe' oder ‚den Mann, den ich liebe'. Aber das bedeutet, dass sie am Leben war. Sie kann also nicht das Skelett im Hinterhof sein." Sie hielt nachdenklich inne. „Nun ja, zumindest war sie damals am Leben. Es ist über dreißig Jahre her, wer weiß also, wo sie jetzt ist."

Agatha nickte, während sich ein Grinsen auf ihrem Gesicht ausbreitete. „Und da ist noch ein Bild", sagte sie aufgeregt.

Emma zog das Bild heraus, und ihre Augen leuchteten auf, als sie das Motiv sah. „Ist das Cecilia?", erkundigte sie sich.

Agatha nickte.

„Dann muss das der Typ sein, mit dem sie durchgebrannt ist", grübelte Emma. Ihre Worte hingen in der Luft, während sie sich mit verschränkten Armen zurücklehnte und Agatha erwartungsvoll ansah. Ein Funkeln von Neugier lag in ihren Augen. Sie betrachtete das Foto genauer und konzentrierte sich auf die Frau im Hintergrund. Mit einem Nicken und einem kleinen, nachdenklichen Lächeln bestätigte sie Agathas Beobachtung. „Sie ist es, tatsächlich. Das ist eine jüngere Version von Dolores. Es ist beinahe unheimlich, wie sehr sie sich ihre jugendlichen Gesichtszüge über die Jahre bewahrt hat."

Agatha pflichtete ihr mit leuchtenden Augen bei. „Das dachte ich mir auch."

Am Küchentisch vertieften sich Agatha und Emma in das Foto von Cecilia mit dem geheimnisvollen Mann. Agatha, die behutsam eine Tasse Tee hielt, beugte sich näher über das Bild, ihr Blick war analytisch. In beiläufigem, neugierigem Ton wandte sie sich an Emma. „Hast du eine Ahnung, wer dieser Typ ist?" Das lockere, aber erwartungsvolle Heben ihrer Braue schien Emma herauszufordern und gab ihrem Detektivspiel eine spielerische Note.

Emma betrachtete das Bild eingehend, während ihr

Finger die Umrisse des Gesichts nachzeichnete. Ein Lächeln breitete sich auf ihrem Gesicht aus, als sie sich näher heranwagte. „Vielleicht", sagte sie und tippte sich nachdenklich ans Kinn. „Ich glaube, ich habe ihn schon mal gesehen."

Agathas Augen weiteten sich vor Erwartung. „Wo?", fragte sie, ihre Aufregung kaum bändigend. Sie lehnte sich in ihrem Stuhl vor und wartete gespannt auf Emmas Antwort.

Emma wirkte nachdenklich. „Ich glaube, es war in einem der alten Fotoalben meiner Großmutter", erklärte sie. „Ich habe es in einem Karton auf dem Dachboden verstaut. Ich glaube, der Junge auf dem Bild ist Raymond Aguilar."

Agatha klappte vor Staunen der Mund auf. „Raymond?", wiederholte sie mit schockierter Stimme.

Emma hielt ihren Blick fest, während sie sprach, und ihr Lächeln wurde noch breiter. „Ja, ich bin mir fast sicher", sagte sie in zuversichtlichem Ton.

„Das ist eine Riesensache", ihre Stimme wurde vor Aufregung lauter.

Emma nickte entschlossen. „Lass uns nach dem Fotoalbum sehen und schauen, ob es wirklich Raymond ist."

Agathas Lächeln spiegelte Emmas Enthusiasmus wider, als sie gemeinsam in die kühle Abendluft hinaustraten. Der sanfte Schein der Straßenlaternen wies ihnen den Weg zum Nachbarhaus, in dem Emma wohnte. Mike folgte ihnen ohne Leine; seine Zunge hing heraus, während er hechelte.

Sie betraten das Haus und machten sich auf den Weg zum Dachboden. Emma ging voran, ihre Augen suchten die Kisten mit alten Fotoalben und Erinnerungsstücken ab. „Ich glaube, es ist dieses hier", sagte sie und zog ein staubiges Album aus einem Karton. Sie blätterte durch die Seiten, und ihre Augen weiteten sich, als sie das gesuchte Bild entdeckte. „Hier ist es", sagte sie und zeigte Agatha das Foto.

Agatha beugte sich vor, ihr Herz pochte heftig beim Anblick des Bildes. Dort, neben Emmas Großmutter, war der Typ vom Foto mit Cecilia. Sie holte das Bild aus dem Album und drehte es um, um die Namen auf der Rückseite zu lesen – Emmas Großmutter und ihr Schüler. "Er ist es", sagte sie aufgeregt. "Das ist Raymond Aguilar."

Emmas Gesicht hellte sich vor Erkenntnis auf. "Ich wusste, dass er es ist!" Dann schlug ihre Miene in Verwirrung um. "Aber ich frage mich, wo Cecilia ist …"

Agathas Lächeln verblasste. "Das ist in der Tat die Millionen-Dollar-Frage", murmelte sie. "Raymond lebt hier in Bristol Lake. Wenn Cecilia mit ihm weggegangen ist, wo könnte sie dann nur sein?"

Wieder am Küchentisch sitzend, starrten sie wie gebannt auf das Bild von Raymond Aguilar. Agathas Atem beschleunigte sich, als sie seine dunklen Augen und die scharf geschnittenen Züge betrachtete. Sie war entschlossen, ihn zur Rede zu stellen und Antworten zu erhalten.

"Ich muss zu ihm gehen", sagte Agatha entschlossen, obwohl sich ihr vor Angst der Magen zusammenzog.

Emma bot an mitzukommen, doch Agatha schüttelte den Kopf. "Ich gehe lieber allein. Ich werde so tun, als wüsste ich nicht, dass er Cecilia kannte, und abwarten, was er zu sagen hat."

"Bist du sicher, dass das eine gute Idee ist?", fragte Emma. "Was, wenn er gefährlich ist?"

Agatha seufzte. "Ich muss die Wahrheit erfahren. Ich kriege das schon hin."

Emma musterte Agathas Gesicht einen Moment lang, bevor sie widerstrebend nickte. "Pass bloß auf dich auf."

~

NACH EINER UNRUHIGEN Nacht erwachte Agatha mit einer Mischung aus Erwartung und Angst. Sie versuchte, sich auf ihre Pflichten in der Buchhandlung zu konzentrieren, doch ihre Gedanken schweiften immer wieder zu Cecilia und Dolores ab.

Als der Abend kam, drehte sie das Ladenschild auf ‚Geschlossen' und leinte Mike für ihren Spaziergang an. Die abkühlende Luft und die Farben des Sonnenuntergangs – sanftes Orange, Rosa und Violett – halfen, ihren unruhigen Geist zu beruhigen, während sie einen ungewohnten Weg in Richtung Raymonds Nachbarschaft einschlugen.

Als sein Haus in Sicht kam, schnürte die Beklemmung ihr den Magen zu. Sie konnte ihn nicht direkt mit Beschuldigungen konfrontieren. Sie musste strategisch vorgehen.

Dann kam ihr die Idee – sie könnte ihn um rechtlichen Rat bezüglich Dolores bitten, die versuchte, ihr die Buchhandlung wegzunehmen. Perfekt. So konnte sie ihn in ein Gespräch verwickeln und vorsichtig nach seiner Vergangenheit mit Cecilia bohren.

Vor seiner Tür stehend, holte Agatha tief Luft, um Mut zu fassen. Sie drückte die Klingel, bereit für diesen heiklen Tanz der Nachforschungen.

Einige Augenblicke später schwang die Tür auf und gab den Blick auf Raymond frei, dessen Gesicht sich zu einem herzlichen, überraschten Lächeln aufhellte. „Agatha! Das ist ja eine wunderbare Überraschung. Was verschafft mir das Vergnügen?" Er lehnte am Türrahmen, seine Haltung war offen und einladend.

Agatha zwang sich trotz ihrer Nervosität zu einem beiläufigen Lächeln. „Ich war gerade mit Mike spazieren und habe neue Wege erkundet. Wir sind hier gelandet, und das hat mich daran erinnert, dass Sie ja Anwalt sind." Sie blickte anerkennend auf das Haus. „Übrigens haben Sie ein wunderschönes viktorianisches Heim. Die Detailarbeit ist exquisit." Dann kam sie zu ihrem eigentlichen Anliegen. „Ich habe vor Kurzem ein rechtliches Problem mit dem Laden bekommen. Könnte ich Sie vielleicht um Rat bitten?"

Raymonds Augen blitzten vor Stolz. „Vielen Dank, Agatha. Ich hänge sehr an diesem Ort." Sein Ausdruck wurde ernster. „Natürlich, kommen Sie rein. Ich helfe gern." Er trat beiseite und hielt die Tür weit offen.

Agatha trat ein, Mike folgte ihr dicht auf den Fersen. „Danke, Raymond."

Er bedeutete ihr, auf einer bequemen braunen Ledercouch Platz zu nehmen. „Wobei kann ich Ihnen helfen?", fragte er.

Agatha ließ sich in die weichen Polster sinken.

„Was für ein schönes Haus", bemerkte sie mit einem aufrichtigen Lächeln. Um die Stimmung locker und nahbar zu halten, fügte sie hinzu: „War es schon immer im Besitz Ihrer Familie?"

Raymond lächelte, ein Hauch von Stolz lag in seinen Augen. „Ja, mein Urgroßvater hat es gebaut. Ich habe über die Jahre ein paar Modernisierungen vorgenommen, besonders nach dem Tod meiner Mutter, aber sein Wesen ist unverändert geblieben."

Agatha nickte und betrachtete die Umgebung. „Der Wechsel vom Stadtleben zurück hierher muss eine Umstellung gewesen sein."

Raymond nahm einen kleinen Briefbeschwerer aus Stein vom Couchtisch und drehte ihn in seinen Händen – eine nervöse Angewohnheit. „Wissen Sie, ich war hier in Bristol Lake nur ein ganz gewöhnliches Kind, das sich immer fragte, was da draußen noch so ist. Also bin ich nach der Highschool aufs College gegangen und danach in der Stadt auf die juristische Fakultät." Er nickte in Richtung eines Fotos im Regal, das ihn als jungen Mann an der Universität zeigte. „Die Stadt war aufregend, aber unpersönlich. Mit der Zeit merkte ich, dass ich diesen Ort vermisste – den Frieden, die vertrauten Gesichter. Und als Dad starb, wollte ich für Mom hier sein."

Er zuckte mit den Schultern. „Die Ruhe, die Herzlichkeit dieser Stadt – das war es, was ich brauchte. Und jetzt bin ich wieder hier, wo alles angefangen hat."

„Das ist eine beachtliche Reise", antwortete Agatha. „Von Bristol Lake in die Großstadt und wieder zurück. Sie sind im Herzen ein echter Bristol-Laker, nicht wahr?"

Sie musste das Gespräch nun auf ihr eigentliches Vorhaben lenken.

„Raymond, ich brauche Ihren Expertenrat. Es geht um meine Buchhandlung."

Seine Brauen zogen sich zusammen, er wurde ernst. „Sicher, Agatha. Wo liegt das Problem?"

„Es geht um Dolores. Sie versucht, mir die Buchhandlung wegzunehmen." Agatha holte tief Luft. „Sie behauptet, Joanne hätte die letzten beiden Hypothekenraten nicht gezahlt. Aber nach dem, was ich in Erfahrung gebracht habe, hat Dolores' Vater diese Raten aufgrund der finanziellen Notlage nach dem Tod meines Vaters erlassen."

„Da scheint etwas nicht zu stimmen", grübelte Raymond, während er die Informationen verarbeitete.

„Dolores besteht jetzt darauf, dass ich ihr Miete zahle. Das ist alles ein bisschen viel."

Raymond lehnte sich nachdenklich zurück. „Ich schaue mir den Hypothekenvertrag gern an. Vielleicht lässt sich da eine Lösung finden."

„Ich weiß das wirklich zu schätzen, Raymond."

Er lächelte. „Kein Grund zu danken. Das tut man unter Freunden."

Agatha hob eine Braue bei dem Wort ‚Freunden' – sie hatten sich erst zweimal getroffen. Doch sie schob ihre Überraschung beiseite und fuhr fort. „Es gibt ein Problem. Die Unterlagen des Ladens beim Registeramt sind derzeit nicht verfügbar. Ich habe Kopien angefordert, die in ein paar Tagen da sein sollten."

„Das ist kein Problem", sagte Raymond mit einer abwinkernden Geste. „Bringen Sie sie einfach vorbei, wenn sie da sind, und dann gehen wir alles gemeinsam durch."

Während Agatha geistesabwesend Mikes Fell streichelte, wuchs der Knoten der Erwartung in ihrem Bauch. Sie wusste, dass es an der Zeit war, das Thema anzuschneiden, das sie eigentlich hierhergeführt hatte. Sie räusperte sich und wagte sich vorsichtig vor: „Wissen Sie, als ich Emma neulich beim Aufräumen auf ihrem Dachboden geholfen habe, fand ich dieses alte Foto. Ich dachte, Sie fänden es vielleicht interessant, besonders angesichts Ihrer langen Geschichte hier in Bristol Lake."

Sie griff in ihre Tasche, holte die Fotografie hervor und reichte sie Raymond. Er nahm sie mit einer neugierigen Kopfneigung entgegen, doch sein Gesichtsausdruck änderte sich schlagartig, als er das Bild betrachtete. Seine Augen weiteten sich ein wenig, ein deutliches Zeichen des Wiedererkennens blitzte darin auf, bevor sich seine Brauen in tiefer Konzentration zusammenzogen.

„Oh ..." Das Wort entwich ihm als leises Murmeln der Überraschung; sein Blick war immer noch auf das Foto geheftet. Nach einem schweren Moment des Nachdenkens hob er den Kopf und sah Agatha an. Die Tiefe der Emotionen in seinem Blick war fast greifbar – eine Mischung aus Heimweh, Überraschung und noch etwas anderem, das Agatha nicht recht einordnen konnte.

Er setzte an, etwas zu sagen, hielt inne und begann dann erneut, wobei seine Stimme einen Ton tiefen Nachsinnens trug: „Das versetzt mich zurück. Ich habe diese Gesichter seit Jahren nicht gesehen. Wo meinten Sie noch mal, haben Sie das gefunden?"

Agatha lehnte sich ein Stück vor, ihre Augen fest auf Raymond gerichtet, während sie fragte: „Sind Sie das auf dem Bild?" Sie ließ ein kleines, einladendes Lächeln über ihre Lippen huschen, in der Hoffnung, ihn zur Offenheit zu ermutigen.

Raymond hielt ihre Augen fest, eine komplexe Mischung von Gefühlen tanzte in seinem Blick. Er nickte. „Ja, das bin ich." Er sah tief in die Fotografie hinein und sein Gesicht wurde weicher, während ferne Erinnerungen über ihn hereinbrachen.

Bestrebt, mehr zu erfahren, hakte Agatha sanft nach: „Und das junge Mädchen, das neben Ihnen steht – erinnern Sie sich an sie?"

Er zögerte, seine Brauen zogen sich in konzentriertem Grübeln zusammen. „Ihr Name ist Cecilia, wenn ich mich recht erinnere", begann er langsam mit distanzierter Stimme. „Sie lebte Ende der Achtziger für kurze Zeit hier. Aber, äh, sie ist nicht lange danach weggezogen ... ist mit jemandem aus Oxford Hills durchgebrannt, glaube ich." Seine Stimme verlor sich, seine Verbindung zum Augenblick schien im besten Fall schwach zu sein. „Wir standen uns nicht besonders nahe."

Agatha spürte einen Stoß der Überraschung, während ihr eine plötzliche Erkenntnis dämmerte, als sie sein Gesicht studierte. Ihr Herz pochte, während in ihrem Kopf eine stille

Alarmglocke schrillte – er erzählt mir nicht die ganze Wahrheit. Sie warf erneut einen Blick auf die Fotografie und
bemerkte, wie nah Raymond und Cecilia beieinander standen; ihre Hände waren unverkennbar ineinander
verschlungen.

Sie schluckte den Kloß in ihrem Hals hinunter, ein
Widerstreit der Gefühle tobte in ihr. Sollte sie ihn auf die
offensichtliche Diskrepanz ansprechen oder sollte sie
vorsichtig vorgehen, um die zerbrechliche Brücke des
Vertrauens, die sie gerade aufbauten, nicht zu zerstören?

Agathas Irritation blitzte sichtlich auf, als sie ein halbes
Lächeln hervorbrachte, das von Sarkasmus gefärbt war.
„Händchenhalten mit jemandem, an den man sich kaum
erinnert – das klingt für mich nach einer ziemlich engen
Freundschaft, finden Sie nicht auch?", konnte sie nicht
umhin zu fragen; ihr Tonfall trug eine subtile Note von
Skepsis.

Raymond betrachtete die Fotografie genauer, seine
Augenbrauen zogen sich in echter Überraschung zusammen.
„Wir halten Händchen?", wiederholte er und kniff die Augen
zusammen, als würde er das alte Foto zum ersten Mal sehen.
Er hielt inne, schien eine ferne Erinnerung auszugraben und
stieß dann ein kurzes, unbehagliches Lachen aus. „Mein
Gott, das ist so ewig her. Vielleicht haben wir für das Foto nur
Faxen gemacht, wer weiß."

Agatha zwang sich zu einem Lächeln, doch die Skepsis
blieb in ihren Augen stehen, ein winziger Funken Zweifel,
der zuvor nicht da gewesen war. „Ja, es ist lange her. Erinnerungen verblassen wohl", sagte sie, wobei ihre Stimme leicht
abfiel, während sie verständnisvoll nickte.

Trotz ihrer äußerlichen Zustimmung schrillten in ihrem
Inneren leise die Alarmglocken; eine kleine Stimme in ihrem

Hinterkopf flüsterte ihr zu, dass hier etwas nicht zusammen-passte. Sie warf ihm einen Blick zu, während eine misstraui-sche Neugier in ihr aufkeimte, und schob den nagenden Verdacht beiseite, dass Raymond nicht ganz aufrichtig war. Das Bild auf dem Foto und sein mangelndes klares Erinne-rungsvermögen standen im Widerspruch zueinander und hinterließen bei Agatha das ungute Gefühl, dass hinter diesem Bild und Raymonds Vergangenheit mehr steckte, als er preiszugeben bereit war.

13

LORRAINE DUBOIS

Agatha und Mike wagten sich ein paar Tage später hinaus, um einen gemütlichen Spaziergang die von Bäumen gesäumte Allee hinunter zu machen. Die Herbstluft fühlte sich erfrischend auf ihrer Haut an; unter ihren Füßen lag ein Teppich aus Blättern, der bei jedem Schritt knackte. Als sie um die Ecke bog, entdeckte Agatha Sarah Appleton, die gerade ihren eigenen vierbeinigen Freund, Josephine, ausführte.

Sarah strahlte und streckte den Arm zum Gruß aus. „Hallo, Agatha!"

Josephines Schwanz wedelte wie verrückt, als sie näher kamen, während Mike an seiner Leine zog. Agatha erwiderte Sarahs Lächeln, während sie Mike mit ihrer freien Hand beruhigend über den Kopf tätschelte. „Hey, Sarah! Wie geht's dir?"

„Alles bestens", antwortete Sarah mit einem Nicken. „Josephine hier besteht auf ihrem täglichen Trab durch die Stadt." Ihre Augen wurden weich, als sie auf ihr Haustier hinabsah. „Sie wird meistens ein wenig unruhig ohne ihren gewohnten Spaziergang."

Agatha lachte verständnisvoll, ihr Blick fiel auf Mike. „Erzähl mir nichts. Mike wird auch kribbelig, wenn wir unsere tägliche Runde ausfallen lassen. Um ehrlich zu sein, genieße ich diese Spaziergänge selbst sehr."

Sarahs Grinsen spiegelte das von Agatha wider. „Da rennst du bei mir offene Türen ein. Das ist meine wichtigste Form der Bewegung." Sie warf einen spielerischen Blick an sich hinunter.

Sie gingen einige Augenblicke in angenehmem Schweigen weiter und genossen die friedliche Umgebung. Die Sonne begann gerade unterzugehen und warf einen warmen, goldenen Glanz über die Straße. Als sie um eine weitere Ecke bogen, ergriff Sarah wieder das Wort.

„Ach, übrigens, Agatha", begann Sarah und gestikulierte beiläufig mit Josephines Leine, „ich wollte dich und Emma schon die ganze Zeit fragen. Hättet ihr zwei Lust, an einem dieser Abende zum Essen zu mir zu kommen? Ich dachte, das wäre eine schöne Gelegenheit, mal wieder alles Neue zu bequatschen."

Agathas Brauen hoben sich in angenehmer Überraschung. „Das klingt wunderbar, Sarah. Ich muss natürlich erst mit Emma Rücksprache halten, aber ich finde, das ist eine tolle Idee. Danke für die Einladung."

Sarah überlegte einen Moment. „Wie wäre es mit diesem Freitag? Ich mache meine berühmte Lasagne, und wir können ein bisschen Wein trinken und plaudern. Was meinst du?"

Agatha nickte, voller Vorfreude auf die Zeit mit ihren Freundinnen. „Das klingt perfekt. Ich rede mit Emma."

Sarah grinste. „Klasse! Ich freue mich schon drauf. Es

wird so schön, sich wiederzusehen und ein bisschen Spaß zu haben."

Agatha winkte Sarah und Josephine zum Abschied zu und machte sich dann auf den Heimweg. Der Gedanke, den Abend mit Freundinnen zu verbringen, Geschichten auszutauschen und bei Sarahs selbstgekochten Gerichten zu lachen, weckte angenehme Vorfreude. „Hoffen wir mal, dass Emma Zeit hat", murmelte Agatha vor sich hin; ein kleines, hoffnungsvolles Lächeln umspielte ihre Lippen, während sie Mike zurück zum Haus führte.

AGATHA UND EMMA kamen am Freitagabend bei Sarah an, Mike trottete an ihrer Seite. Sarah begrüßte sie mit einem breiten Lächeln und herzlichen Umarmungen. „Willkommen, meine Lieben!" Sie blickte auf Mike hinunter, der neugierig an ihren Knöcheln schnupperte. „Und ihr habt Mike mitgebracht! Perfekt – Josephine kann einen Spielgefährten gebrauchen."

„Ich hoffe, es macht dir nichts aus", sagte Agatha. „Er wird nervös, wenn ich ihn zu lange allein lasse."

„Ganz und gar nicht! Ich habe sogar die perfekte Lösung." Sarahs Augen leuchteten auf. „Ich habe im Hinterhof ein kleines Hundeparadies gebaut – eine klimatisierte Hundehütte, Agility-Geräte, das volle Programm. Josephine liebt es dort draußen. Lass mich Mike zu ihr bringen."

Agatha lächelte, fühlte sich aber verpflichtet, sie zu warnen. „Nur damit du es weißt, Mike hat die Angewohnheit zu buddeln. Wenn er deinen Rasen ruiniert, komme ich dafür auf."

Sarah lachte. „Mach dir darüber keine Sorgen. Der Spielbereich hat extra ausgewiesene Buddelzonen. Die werden einen Riesenspaß haben."

Nachdem die Hunde im Garten untergebracht waren, kehrten die drei Frauen ins Haus zurück. Der Duft eines köstlichen Abendessens zog durch das Haus, als sie es sich im Wohnzimmer gemütlich machten. Agatha nahm die behagliche Atmosphäre in sich auf und bemerkte den Duft frischer Blumen im Raum.

Emma lächelte. „Es ist so schön, dass wir uns so zusammenfinden können."

Sarah stimmte zu und setzte sich zu ihnen auf die Couch. „Nun erzählt mal, wie geht's euch beiden?", fragte sie.

Gerade als Agatha den Mund aufmachte, um zu antworten, läutete es an der Tür. Sowohl sie als auch Emma tauschten verwirrte Blicke aus. Sarah, die die unerwartete Unterbrechung spürte, erhob sich schnell mit einem fragenden Gesichtsausdruck. Als sie zur Tür ging, konnten Agatha und Emma gedämpfte Töne einer zweiten Frauenstimme aus dem Eingangsbereich hören.

Als Sarah zurückkam, wirkte sie leicht konsterniert. „Das war Lorraine Dubois", verriet sie, „und sie hat beschlossen, am Abendessen teilzunehmen." Ihr Tonfall ließ darauf schließen, dass sie über den unerwarteten Gast alles andere als begeistert war.

Agathas Augen leuchteten vor Neugier auf, als Lorraine in den Raum schwebte, wobei ihr französischer Akzent ihren Worten ein exotisches Flair verlieh. „Bonjour, mes amis!", rief sie aus, ihre Augen glänzten vor Aufregung.

Sarah verdrehte die Augen über Lorraines Theatralik. „Sprich Englisch, Lorraine. Nicht jeder von uns hatte Französisch in der Schule", tadelte sie sie mit einem Hauch von Ungeduld.

Lorraine stieß einen dramatischen Seufzer aus, aber ihre Augen funkelten amüsiert. „Na gut, Sarah. Ich habe lediglich ‚Hallo, meine Freunde' gesagt", übersetzte sie und gluckste über Sarahs missmutigen Gesichtsausdruck. Dann wandte sie ihre Aufmerksamkeit wieder der ganzen Runde zu, wobei ihre enthusiastische Energie den Raum füllte.

Agatha strahlte sofort mit einem herzlichen Lächeln. „Lorraine, was für eine wunderbare Überraschung!" Sie sprang auf, um die Frau zu umarmen.

Lorraine erwiderte das Lächeln, ihre Augen blitzten vor Schalk. „Ich habe gehört, dass Sarah heute Abend eines ihrer fantastischen Abendessen veranstaltet. Da musste ich einfach kommen und sehen, was es mit dem ganzen Trubel auf sich hat", sagte sie mit einem hintergründigen Unterton.

Agatha lachte leise und sah zu, wie Lorraine einen freien Platz am Esstisch einnahm und ihren Blick zu Sarah wandte. „Also, probieren wir mal diese berühmte Lasagne!"

Sarah schüttelte den Kopf und bedeutete Agatha und Emma, Lorraine am Tisch Gesellschaft zu leisten.

Als sie sich alle niederließen, konnte Agatha nicht anders, als sich über Lorraines Anwesenheit zu freuen. Sie wusste, dass die Frau eine berüchtigte Klatschbase war, und sie war neugierig, welche Informationshäppchen sie wohl preisgeben würde. „Und, Lorraine, was hast du in letzter Zeit so getrieben?", fragte sie in einem leichten, neckenden Ton.

Lorraine beugte sich vor, ein geheimnisvolles Lächeln umspielte ihre Lippen. „Oh, meine Liebe, was ich in letzter Zeit alles gehört habe, würdest du mir gar nicht glauben", flüsterte sie verschwörerisch.

Agatha lehnte sich näher heran, ihre Augen glänzten vor Erwartung. „Erzähl mir alles", drängte sie.

Und damit wandte sich das Gespräch dem Klatsch und

den Geheimnissen zu, während die Frauen plauderten und lachten.

Nach einer gefühlten Ewigkeit von Lorraines Unterhaltung wurde endlich das Abendessen serviert. Danach verging der Abend wie im Flug; alle genossen ihre Mahlzeiten und hielten zwischen den Bissen Smalltalk. Als sie ihre Desserts beendet hatten, meldete sich Sarah wieder zu Wort.

„So, wer ist bereit für ein paar Spiele? Ich habe Scrabble im Schrank, wenn jemand spielen möchte."

Agatha sah ihre Chance zur Flucht und ergriff sie sofort. „Oh prima! Das klingt nach Spaß. Bei einer Runde oder zwei bin ich auf jeden Fall dabei!" Emma nickte zustimmend, und bald verloren sie sich im Spiel, während Sarah ihre Weingläser auffüllte und Lorraine im Hintergrund weiterhin ihre endlosen Geschichten zum Besten gab.

Als sie ihre Scrabble-Runde beendet hatten, wandte sich Agatha neugierig an Lorraine. „Lorraine, stammst du aus Frankreich oder aus Kanada?"

Lorraine gluckste, ihre Augen funkelten amüsiert. „Aber ja, meine Liebe, ich komme aus Frankreich. Ich bin vor vielen Jahren in dieses Land gekommen", erklärte sie, ihre Stimme klang nostalgisch.

Agatha war fasziniert von der exotischen Anziehungskraft fremder Länder. „Verrate mir, Lorraine, was hat dich nach Bristol Lake verschlagen? Und wie war das Leben in Frankreich?" Sie lehnte sich begierig nach vorn.

Lorraine lächelte mit einem fernen Blick. „Ah, das ist eine Geschichte für sich. Eine lange und komplizierte Geschichte, aber ich erzähle sie dir bei einem Glas Wein." Sie deutete in Richtung Küche.

Agatha lächelte und spürte, wie die Vorfreude stieg. Mit

Lorraines Geschichten und gutem Wein wusste sie, dass der Abend jetzt erst so richtig in Schwung kommen würde.

Als Lorraine zu erzählen begann, nahm ihre Stimme einen singenden, nostalgischen Ton an. „Ah, Paris. Ich erinnere mich an die engen Kopfsteinpflastergassen, erfüllt vom Duft frischen Brotes aus den Boulangerien und dem Echo ferner Akkordeonmusik. Mein kleines Apartment blickte auf ein belebtes Café hinunter, wo sich Künstler und Schriftsteller trafen und leidenschaftlich über die Kunst und das Leben stritten."

Sarah, immer die Skeptikerin, zog eine Augenbraue hoch und unterbrach sie. „Nun ja, das entspricht nicht ganz der Wahrheit, oder, Lorraine?" Ihre Augen blitzten herausfordernd.

Der Raum schien zu erstarren, alle Augen richteten sich auf Sarah. Lorraines Augen verengten sich, als sie zu ihr hinübersah. Ihr Gesicht entgleiste für einen Moment, bevor sie wieder eine kontrollierte Miene aufsetzte.

Sarah beugte sich näher heran, ihre Stimme hatte einen neckenden, aber ernsten Unterton. „Wisst ihr, Lorraine kommt nicht wirklich aus Frankreich, wie sie behauptet." Sie kicherte, bevor sie fortfuhr. „Sie hatte eigentlich diesen seltsamen Unfall in New Orleans, wo sie aus der Saint-Charles-Straßenbahn gefallen ist und sich den Kopf gestoßen hat, und plötzlich wachte sie auf und fühlte sich ganz ... französisch."

Agathas Brauen schossen ungläubig in die Höhe, während ihr der Mund ein Stück offen stehen blieb. „Warte mal, du hast also ... einfach danach beschlossen, dass du Französin bist?", brachte sie schließlich heraus, ihr Tonfall eine Mischung aus Fassungslosigkeit und Belustigung.

„Nun, es ist ja nicht so, als hätte ich mich ganz plötzlich

dazu entschieden, Französin zu sein. Nachdem mich diese Straßenbahn auf der St. Charles Avenue ausgeknockt hatte, kam ich mit diesem überwältigenden Gefühl zu mir, französisch zu sein", erklärte Lorraine, und ihr Lachen war von Verlegenheit gefärbt. „Ich gebe zu, es klingt seltsam, und vielleicht habe ich es ein wenig zu enthusiastisch angenommen. Aber dennoch", fuhr sie fort, ihre Stimme spielerisch, aber ernsthaft, „wenn ich mich in meiner Seele französisch fühle, muss das doch etwas bedeuten, n'est-ce pas?" Sie unterstrich ihre Aussage mit einer dramatischen Geste ihrer Hand auf dem Herzen und einem übertriebenen französischen Akzent.

Ein Lachanfall entwich Agatha; die Enthüllung verlieh Lorraines Persönlichkeit eine neue, charmante Ebene. „Lorraine, ganz ehrlich, das sorgt nur dafür, dass wir dich noch mehr lieben." Sie lächelte breit und streckte die Hand aus, um Lorraines Hand beruhigend zu drücken.

Sogar Emma konnte nicht anders, als in das Lachen einzustimmen, und schüttelte über die amüsante Enthüllung liebevoll den Kopf.

„Merci, chérie!", antwortete Lorraine mit dickem französischem Akzent und zwinkerte ihnen zu, wobei das verspielte Leuchten in ihren Augen ihren Humor bewies. Sarah und Agatha brachen in leises Kichern aus und schüttelten über ihre Eskapaden den Kopf.

Agatha gab Lorraine einen spielerischen Stupser. „Du weißt wirklich, wie man hier für Unterhaltung sorgt, Lorraine."

Lorraines Lachen hallte herzlich wider. „Ach, ihr kennt mich doch. Ich kann ein bisschen Drama nicht widerstehen", gab sie mit funkelnden Augen zu.

Gerade als sie zur Ruhe kamen, machte sich Erkenntnis auf Lorraines Gesicht breit. „Oh! Apropos Drama, ratet mal, welcher Klatsch mir heute zu Ohren gekommen ist?" Sie lehnte sich lebhaft vor.

Sarah, Emma und Agatha tauschten neugierige Blicke, ihre Aufmerksamkeit galt nun ganz Lorraine. „Raus mit der Sprache, was ist es?", drängte Sarah.

Vor Aufregung sprühend, erzählte Lorraine: „Also, Olivia Salinger hat in der Kirche geplaudert, und anscheinend haben sie die Person identifiziert, der das Skelett gehört."

Alle Gesichter spiegelten Schock und Staunen wider, der Raum wurde für einen Herzschlag vollkommen still. Sarah fand als Erste ihre Stimme wieder, wenn auch leise, und fragte mit einem Hauch von Grauen: „Warte, das Skelett aus Agathas Garten?"

Lorraine nickte nachdrücklich und kostete die dramatische Spannung voll aus. „Gab es denn noch eines?" Alle schüttelten den Kopf und drängten sie, fortzufahren, wobei sie an jedem ihrer Worte hingen.

„Nun, haltet euch fest. Ihr werdet nicht glauben, wer es war ...", sie ließ den Satz unbeendet, die Augen voller Schalk, offensichtlich die Spannung genießend, die sie erzeugt hatte.

14

REBECCA BRANNIGAN

Agathas Herz raste vor Erwartung; sie wartete nur darauf, dass Lorraine den Namen „Cecilia Morgan" aussprach und damit ihren Verdacht bestätigte.

Lorraine hielt einen Moment inne und genoss die dramatische Wirkung. „Es gehört Rebecca Brannigan aus Oxford Hills. Du weißt schon, dieses junge Mädchen, das vor etlichen Jahren verschwunden ist", enthüllte sie schließlich.

Die drei Frauen sahen einander an, ihre Gesichter eine Mischung aus Schock und Ungläubigkeit. „Bist du sicher?", fragte Agatha mit einer Stimme, die kaum über ein Flüstern hinausging.

Lorraine nickte mit einem verschmitzten Lächeln auf den Lippen. „Oh ja, da bin ich mir ganz sicher. Und ich habe so das Gefühl, dass an der Geschichte mehr dran ist, als wir wissen", bekräftigte sie, während ihre Augen vor Neugier funkelten.

Agatha sah Lorraine überrascht und fassungslos an. „Aber niemand hat je eine vermisste Person aus Oxford Hills erwähnt", sagte sie und schüttelte verwirrt den Kopf.

Lorraine schenkte ihr ein ironisches Lächeln. „Nun, sie haben eben nach niemandem außerhalb von Bristol Lake gesucht", erklärte sie. „Und nach dem, was ich gehört habe, wurde der Fall längst zu den Akten gelegt."

Agatha wurde schwer ums Herz bei dem Gedanken an ein junges Mädchen, das verschwand, ohne dass es überhaupt jemandem auffiel. „Rebecca Brannigan. Das ist ja schrecklich", murmelte sie, und ihre Augen trübten sich vor Traurigkeit.

Lorraine nickte zustimmend. „Das ist es ganz sicher. Aber wenigstens wissen wir jetzt, was mit ihr passiert ist", fügte sie mit einem Hauch von Erleichterung in der Stimme hinzu. „Dieu merci", betonte sie auf Französisch und schloss kurz dankbar die Augen.

Die drei Frauen verabschiedeten sich und machten sich auf den Weg zurück in ihre jeweiligen Häuser. Agatha wurde das ungute Gefühl nicht los, das sich in ihrer Magengrube eingenistet hatte.

Später, als Agatha im Bett lag und das Haus um sie herum still war, ließ das beunruhigende Rätsel ihr keine Ruhe. Das Flüstern in ihrem Kopf wurde lauter, ein unaufhörliches Echo, das fragte: Wo war Cecilia? Und warum hatte sie sich die ganze Zeit über nicht bei ihrer Familie gemeldet?

AM NÄCHSTEN TAG kam Agatha früh am Morgen in der Buchhandlung an, bereit, den Tag zu beginnen. Sie fing an, den Boden zu fegen und die Bücher und Tische abzustauben. Punkt neun Uhr erschien Eliza mit einem Tablett frisch gebackener Backwaren und erfüllte den Laden mit ihrem süßen Aroma.

„Guten Morgen, Agatha!" Elizas Stimme war so warm wie die Scones, die sie trug. „Ich habe heute deine Lieblingssorten mitgebracht."

Agatha konnte nicht umhin, über die Auswahl an frisch gebackenen Scones im Korb zu strahlen. „Weißt du, die ganze Stadt spricht nur noch von deinen Scones, Eliza", rief sie aus, und ihre Augen leuchteten auf. „Besonders die klassisch englischen und die mit Zitrone und Blaubeeren – sie sind praktisch das Stadtgespräch geworden!"

Eliza gluckste, und eine Röte des Stolzes färbte ihre Wangen. „Nun, ich muss zugeben, diese beiden sind hier in der Gegend in der Tat die Favoriten", sagte sie, wobei ihre Augen vor Freude über das Lob funkelten.

Agatha nickte eifrig, lehnte sich näher heran und sprach mit unverfälschter Bewunderung. „Und das völlig zu Recht! Die klassisch englischen Scones sind einfach perfekt mit einem Klecks Clotted Cream und Marmelade, und die Zitrone-Blaubeer-Scones mit dieser Zitronenglasur sind schlichtweg göttlich. Du hast dich wirklich selbst übertroffen, Eliza."

Eliza lachte herzlich, ihr Gesicht strahlte vor Glück und einem Hauch von Verlegenheit ob des Komplimenteregens. „Danke, Agatha. Es wärmt mir wirklich das Herz zu wissen, dass die Leute sie so sehr genießen. Ich stecke viel Liebe in jede Fuhre."

Die beiden tauschten ein herzliches Lächeln aus, während die Luft vom süßen Duft frisch gebackener Scones erfüllt war – ein Hauch von Heimat, Geborgenheit und einer Prise Freude, welche die beliebten Backwaren den Stadtbewohnern schenkten.

„Ich sollte zurückgehen, bevor der morgendliche Ansturm kommt", sagte Eliza mit einem Blick zu ihrer

Bäckerei auf der gegenüberliegenden Straßenseite. Sie nahm ihren Korb und winkte, während sie zur Tür hinausging.

Agatha sah ihr dabei zu, wie sie die Straße überquerte und in der Bäckerei verschwand. Als die ersten Kunden in die Buchhandlung tröpfelten, verspürte sie ein Gefühl der Zufriedenheit – bis Dolores mit einem hämischen Lächeln eintrat.

„Guten Morgen, Agatha", sagte sie, und ihre Stimme troff vor Boshaftigkeit. „Sie haben noch drei Tage Zeit, bis Ihre erste Mietzahlung fällig ist. Wollte Sie nur daran erinnern."

Agatha spürte, wie Wut in ihr hochkochte. Sie sah zu, wie Dolores sich auf den Weg zu Elizas Bäckerei gegenüber machte, höchstwahrscheinlich, um sie ebenfalls zu schikanieren. „Ich muss Dolores einen Riegel vorschieben", murmelte sie vor sich hin.

Eine Kundin, die in der Nähe ein Buch durchblätterte, überhörte Agathas unbewussten Ausbruch. Sie blickte auf, ihre Augen weiteten sich, und sie unterdrückte schnell ein Keuchen hinter ihrer Hand.

Überrumpelt wandte sich Agatha ihr mit gerötetem Gesicht zu. „Oh, ich ... ich wollte das nicht laut sagen", stammelte sie und hielt sich vor Peinlichkeit die Hand vor den Mund.

Die Kundin schenkte ihr ein tröstendes Lächeln, und ihre Gesichtszüge wurden weich. „Ach, das passiert den Besten von uns. Und unter uns gesagt", sie lehnte sich ein wenig vor und senkte die Stimme zu einem verschwörerischen Flüstern, „ich verstehe Sie vollkommen. Dolores kann ... anstrengend sein."

Erleichtert, Verständnis statt Verurteilung zu finden, seufzte Agatha. Sie ließ die Schultern sinken und nickte. „Ja, das kann sie in der Tat."

Dieser Moment der Anteilnahme half ein wenig, doch während der Tag verging, blieb der Knoten der Angst in Agathas Magen fest geschnürt. Er schürte eine wachsende Entschlossenheit in ihr – sie durfte nicht zulassen, dass Dolores dem Erfolg ihrer Buchhandlung im Weg stand.

NACH DEM MITTAGESSEN ging Agatha zum Grundbuchamt, um die Unterlagen für ihre Buchhandlung zu besorgen. Die Schlange war quälend lang, und während sie wartete, nestelte sie an einem losen Faden an ihrem Hemd, ein stilles Zeugnis ihrer zunehmenden Nervosität.

Schließlich war sie an der Reihe. Sie ging den Stapel Papiere durch, der ihr ausgehändigt wurde, und da war sie ... die Abschlussrechnung mit einem Kontostand von Null. Dies bestätigte, dass Joanne alle Hypothekenzahlungen geleistet hatte. Außerdem lautete die Urkunde auf den Namen ihres Vaters, was Dolores' Behauptungen völlig haltlos machte.

Ihre Augen, die die Papiere akribisch scannten, blieben an einem unerwarteten Detail hängen, das sie zusammenfahren ließ. Ein neuer Antrag auf eine Eigentumsurkunde – aber der Name, der dort hingekritzelt stand, war weder Joannes noch der ihres Vaters. Ihre Lippen bewegten sich, als sie die Unterschrift laut vorlas: „Dolores Bishop." Der Name hallte im Raum wider, und eine Welle der Entschlossenheit durchfuhr Agatha. Die Puzzleteile fügten sich zusammen, und das Bild, das sie ergaben, war eines von Täuschung und Bosheit. Dolores ... dachte sie, während ihr Herz in raschem Rhythmus hämmerte. Hier geht es nicht mehr nur um die Buchhandlung; es geht darum, die Wahrheit ans Licht zu bringen.

AM NÄCHSTEN MORGEN machte sich Agatha in aller Frühe auf den Weg. Sie hatte vor, auf dem Weg zur Buchhandlung im Polizeirevier vorbeizuschauen, um mit Detective Dawson zu sprechen und zu bestätigen, was Lorraine ihr über Rebecca Brannigan erzählt hatte. Am Vortag war sie so sehr mit dem beschäftigt gewesen, was sie über ihren Laden erfahren hatte, dass sie ganz vergessen hatte nachzuprüfen, ob die Polizei Rebecca eindeutig als das in ihrem Hinterhof gefundene Skelett identifiziert hatte.

Agatha stieß die schwere Tür des Polizeireviers auf, ihr Magen war ein einziges Nervenbündel. Sie erblickte Dawson, dessen ernster Gesichtsausdruck sie kurz innehalten ließ. „Guten Morgen, Detective Dawson", grüßte sie und zwang sich zu einem Lächeln, das ihre Augen nicht ganz erreichte.

Dawson blickte auf und sein Mienenspiel wurde weicher, als er sie erkannte. „Guten Morgen, Agatha. Was führt Sie heute her?", fragte er in einem professionellen und doch mit echter Anteilnahme mitschwingenden Tonfall.

Agatha atmete tief durch und fing sich. „Ich habe gehört, dass es Neuigkeiten zur Identität des Skeletts geben könnte. Können Sie mir etwas dazu sagen?" Ihre Stimme zitterte leicht und verriet ihre Unruhe.

Er nickte und nahm sich einen Moment Zeit, um seine Worte sorgfältig zu wählen. „Ja, wir haben die sterblichen Überreste als Rebecca Brannigan identifiziert, teilweise basierend auf der Kleidung, die wir gefunden haben." Er holte ein Foto hervor und reichte es ihr.

Als Agatha das Foto betrachtete, stockte ihr der Atem. Es zeigte Rebecca in einem markanten Rock, der ihr unheimlich bekannt vorkam. In einem Anflug von Erkenntnis zog sie ein anderes Foto aus ihrer Handtasche. „Das hier ... sehen Sie sich das an. Es ist ein Foto von Cecilia, auf dem sie einen fast identischen Rock trägt", sagte sie, ihre Stimme schwankte zwischen Aufregung und Grauen.

Dawson nahm das angebotene Foto entgegen und prüfte es genau, wobei sich seine Brauen nachdenklich zusammenzogen. Nach einem langen Moment blickte er auf und sah Agatha in die Augen. „Das ist ein interessanter Zufall, Agatha. Aber ich muss sagen, dass dies nicht zwangsläufig auf eine Verbindung hindeutet. Cecilia wurde nie als Vermisstenfall gemeldet, und dieser Stil könnte damals einfach populär gewesen sein." Seine Stimme war sanft, aber bestimmt; die eines erfahrenen Detectives, der davor warnt, zu schnell voreilige Schlüsse zu ziehen. Er griff in seine Schreibtischschublade und holte einen Beweismittelbeutel hervor. „Wir haben außerdem dies an der Ausgrabungsstätte gefunden." In dem Klarsichtbeutel befand sich ein einzelner Perlenohrring. Er hielt den Beutel neben Rebeccas Foto. „Sehen Sie hier? Auf diesem Bild trägt sie denselben Stil. Das hat uns tatsächlich geholfen, die Identifizierung zu bestätigen."

Agatha starrte erst auf den Ohrring, dann wieder auf das Foto. Die Übereinstimmung war unbestreitbar. „Aber warum wurde sie in meinem Hinterhof begraben? Wie ist sie überhaupt dorthin gekommen? Haben Sie Verdächtige?", fragte Agatha, während ihre Stimme vor Frustration lauter wurde.

Dawson stieß einen schweren Seufzer aus. „Wir haben Zeugenaussagen, wonach sie zuletzt in Bristol Lake mit einem Touristen von außerhalb gesehen wurde. Zwei Zeugen waren sogar mit ihnen unterwegs, aber leider darf ich Ihnen keine weiteren Informationen dazu geben."

Agatha ballte die Fäuste und fühlte sich hilflos. „Aber was

ist mit Cecilia? Finden Sie es nicht seltsam, dass sie einfach spurlos verschwunden ist?"

Detective Dawson atmete aus und fixierte Agatha mit seinem Blick. „Hören Sie, ich verstehe, worauf Sie hinauswollen", begann er mit einem mitfühlenden, aber festen Ton. Er griff in eine Mappe auf seinem Schreibtisch und zog die Kopie eines Briefes heraus – desselben Briefes, den Elizabeth Morgan an Agatha geschickt hatte. „Allerdings ist Cecilia laut diesem Brief nicht im herkömmlichen Sinne ,verschwunden'."

Er hielt den Brief hin, damit Agatha ihn lesen konnte. „Sie schrieb ihren Eltern eine Nachricht darüber, dass sie wegläuft. Das rechtfertigt nicht gerade polizeiliche Ermittlungen." Seine Stimme war zwar sanft, ließ aber keinen Raum für Gegenargumente. „Was uns betrifft, gibt es hier keinen Fall."

Nach ihrem Besuch auf dem Revier hatte Agatha mehr Fragen als Antworten, doch sie war entschlossen, weiter nach Cecilia zu suchen, bis sie herausfand, was mit ihr geschehen war.

IN JENER NACHT kehrte eine entmutigte Agatha in ihr Haus zurück. Nachdem sie mit Mike eine Runde spazieren gegangen war, schnappte sie sich ihren Laptop, um über Rebecca Brannigan zu recherchieren. Sie entdeckte einen Artikel über das Verschwinden des jungen Mädchens vor fünfunddreißig Jahren, das all die Jahre ein Rätsel geblieben war. Während sie durch den Artikel scrollte, überkam sie Mitleid für das arme Mädchen, das ein so tragisches Ende gefunden hatte.

Sie fand ein Foto von Rebecca auf einer Social-Media-Seite, auf der über ihr Verschwinden diskutiert wurde – dasselbe Bild, das Detective Dawson ihr vorhin gezeigt hatte. Es erneut zu sehen, mit Rebecca, die diesen Perlenohrring trug, ließ alles realer erscheinen. Der Ohrring, den Dawson ihr im Beweismittelbeutel gezeigt hatte – derjenige, der Rebeccas Identität bestätigt hatte –, hatte einst diese lächelnde junge Frau geziert. Die ganze Tragödie lastete schwer auf ihrem Herzen.

Völlig überwältigt rief Agatha Emma an, um sie über alles zu informieren, was sie herausgefunden hatte. „Emma, ich weiß nicht, was ich tun soll. Ich fühle mich so hilflos. Das Skelett mag nicht das von Cecilia sein, aber wo ist sie dann? Was, wenn wir nie erfahren, was mit ihr passiert ist?", fragte sie, ihre Stimme zitterte vor Emotionen.

Emma versuchte, ihre Freundin zu trösten. „Agatha, wir dürfen die Hoffnung nicht aufgeben. Es muss einen Weg geben, herauszufinden, was mit ihr geschehen ist. Wir müssen einfach weiter suchen."

Agatha wusste Emmas ermutigende Worte zu schätzen und legte auf, wobei sie sich ein wenig besser fühlte. Sie beschloss dann, an ihrem Kriminalroman zu arbeiten, um sich von ihren Sorgen abzulenken. Sie setzte sich an ihre Royal-KMM-Schreibmaschine und begann wie wild zu tippen, wobei sie sich völlig in der Geschichte verlor.

Sie warf einen Blick auf die Uhr und bemerkte, dass es fast zwei Uhr morgens war; also schlurfte sie zur Hintertür des Hauses, Mike dicht auf den Fersen. Das Mondlicht warf einen unheimlichen und doch beruhigenden Glanz auf den Hinterhof und spendete genug Licht, damit sie beobachten konnte, welcher Unfug Mike diesmal im Kopf herumging. Plötzlich fing sein Schwanz an zu wedeln, und er begann hektisch in der Ecke zu graben. „Mike, dafür haben wir jetzt keine Zeit!", schimpfte sie. Er ignorierte ihr Flehen und grub weiter, bis er schließlich etwas aus dem Gras hervorhob.

Sie konnte vage eine Plastiktüte in seinem Maul erkennen, als er zu ihr herantrottete. Mit zitternden Händen nahm sie ihm die Tüte aus dem Maul und spähte hinein. Sie sah einen einzelnen Ohrring, der in zerrissenen Fetzen eines alten rosa Seidenschals verfangen war. Zunächst dachte sie sich nichts dabei, doch als sie ihn genauer untersuchte, begriff sie, was sie gefunden hatte. „Dieser Ohrring ... er passt zu dem Ohrring, den Rebecca auf dem Foto trägt", stellte sie fest.

„Das könnte ein entscheidendes Beweisstück sein", murmelte sie vor sich hin.

Mike kam auf sie zu und setzte sich mit schwerem Hecheln auf seine Hinterbeine. Es sah fast so aus, als würde er lächeln, sichtlich stolz auf seinen neuesten archäologischen Fund. Seine Zunge hing ihm aus dem Maul und vervollständigte das Bild eines zufriedenen und glücklichen Hundes.

Sie schüttelte den Kopf, während ein Lächeln ihre Mundwinkel umspielte, und beugte sich hinunter, um seinen Kopf zu kraulen. „Ich weiß echt nicht, was ich mit dir anfangen soll, Mike", sagte sie liebevoll, während ihre Finger durch sein weiches Fell glitten. Mikes Schwanz wedelte heftig, was wohl sowohl ihre Zuneigung als auch seine Vorliebe für das Ausgraben von Überraschungen bestätigen sollte.

Vorsichtig sammelte sie die Gegenstände ein und legte sie in eine andere Plastiktüte, wobei sie darauf achtete, mögliche Fingerabdrücke oder DNA-Spuren zu bewahren. Sie nahm sich vor, Detective Dawson gleich morgen früh anzurufen.

„Detective Dawson, hier ist Agatha. Ich bin gestern Abend in meinem Hinterhof über etwas ziemlich ... Interessantes gestolpert", teilte sie ihm dringlich am Telefon mit.

Es entstand eine kurze Pause, bevor Edgar Dawson antwortete, wobei ein neckischer Unterton in seine Stimme mitschwang. „Was ist es diesmal, Agatha? Sind Sie vielleicht über ein weiteres Skelett gestolpert oder gar über einen verborgenen Schatz?"

„Um Himmels willen nein, nichts so Dramatisches wie Skelette diesmal", sagte sie und stieß einen halb amüsierten, halb entnervten Seufzer aus. „Aber potenziell etwas sehr Entscheidendes. Ich habe eine unter der Erde vergrabene Tüte gefunden, die ein paar interessante Artefakte enthält – darunter Fragmente eines rosa Seidenschals und einen einzelnen Ohrring. Ich glaube, es könnte das Gegenstück zu dem sein, den Sie in der Asservatenkammer haben. Mir schien das etwas, das Sie sehen wollen, also bringe ich es direkt zu Ihnen."

Dawson schien augenblicklich in seinen ernsthaften Ermittler-Modus zu schalten, als er erwiderte: „Alles klar, kommen Sie damit aufs Revier. Wir schauen es uns an und sehen, ob es eine Verbindung zu irgendetwas gibt. Vielen Dank, Agatha."

Agatha legte auf, schnappte sich schnell die Tüte mit den Gegenständen und machte sich auf den Weg zur Tür. Sie wusste, dass dies ein entscheidender Durchbruch in dem Fall sein könnte, und sie würde ihn sich nicht entgehen lassen.

15

DER MYSTERY-BUCHCLUB

In den folgenden Tagen vertieften sich Agatha und Emma in die Vorbereitungen für das anstehende Treffen des Mystery-Buchclubs. Sie ordneten die Stühle in einem einladenden Kreis an und schufen so einen gemütlichen Rahmen, der perfekt für die lebhaften Diskussionen war, die mittlerweile zu ihrem Markenzeichen geworden waren.

Schon bald trudelten die ersten bekannten Gesichter durch die Tür ein – die treuesten Krimi-Liebhaber der Stadt. Jeder von ihnen brachte einen Schwall angeregter Gespräche mit, die den Buchladen mit Wärme und Vorfreude erfüllten. Agatha hielt einen Moment inne, um die Szenerie in sich aufzusaugen. Ein ehrliches Lächeln breitete sich auf ihrem Gesicht aus, während sie dem aufgeregten Gemurmel lauschte. Die sich überschneidenden Unterhaltungen erinnerten sie an einen Schwarm fröhlicher Vögel, die alle gleichzeitig zwitscherten und Neuigkeiten sowie köstliche Häppchen aus der Gerüchteküche austauschten. Es war ein kontrolliertes Chaos – jene Art, die für Gemeinschaft,

Freundschaft und die geteilte Leidenschaft für einen guten Krimi stand.

Octavia Butler platzte herein, ihre Frustration bereits spürbar, noch bevor sie ein Wort gesagt hatte. „Könnt ihr das fassen?", verkündete sie in den Raum hinein. „Dolores hat gerade meine Miete erhöht. Schon wieder." Sie tigerte zwischen den Bücherregalen auf und ab und gestikulierte wild mit den Händen. „Ich schwöre euch, ich weiß nicht, wie viel ich davon noch ertragen kann."

Agathas Gesichtsausdruck wandelte sich zu aufrichtigem Mitgefühl. „Das ist ja schrecklich, Octavia. Welche Begründung hat sie denn dieses Mal vorgebracht?"

Emma verschränkte die Arme, und ihre Stimme triefte vor Verachtung. „Sie ist mittlerweile eine Wegelagerin – nur eben ohne Maske und Pferd."

Octavia blieb stehen und holte tief Luft, ihr Kiefer war vor Entschlossenheit angespannt. „Tja, das letzte Wort ist da noch nicht gesprochen. Ich lasse mich weder von ihr noch von sonst wem unterkriegen." Das Feuer in ihren Augen passte zu der Überzeugung in ihrer Stimme.

In diesem Augenblick tauchte Dolores persönlich im Türrahmen auf. Sie ließ ihren Blick mit dem üblichen finsteren Gesichtsausdruck durch den Raum schweifen, doch irgendetwas wirkte heute anders an ihr. Sie trug zwar ihre gewohnte Handtasche bei sich, aber ihre Hände waren auffallend leer von der einen Sache, auf die es hier ankam – sie hatte kein Buch dabei. Sie suchte sich einen Stuhl am Rand des Kreises und setzte sich, ohne jemanden zu grüßen. Sofort holte sie ihr Handy aus der Tasche, um die Uhrzeit zu prüfen, nur um wenige Augenblicke später erneut darauf zu schauen.

Eine Welle des Flüsterns breitete sich unter den versam-

melten Frauen aus wie Wind im Weizenfeld. Die angenehme
Erwartung schlug in misstrauische Neugier um.

Marge, wie immer die Optimistin, stieß ihre Freundin
Linda an. „Vielleicht ist sie tatsächlich hier, um mitzuma-
chen? Das könnte doch ein positiver Schritt sein, meinst du
nicht?"

Linda zog skeptisch eine Augenbraue hoch. „Dolores? In
einem Buchclub? Eher fliegen Schweine über die Central
Avenue."

Am anderen Ende des Raumes fing Agatha Emmas Blick
auf. Ihr Gesichtsausdruck fragte deutlich: Was um alles in
der Welt will sie hier?

Emma antwortete mit einem subtilen Schulterzucken. Ihr
Gesicht spiegelte Agathas Ratlosigkeit wider, während beide
Dolores beobachteten und versuchten, ihre Absichten zu
entschlüsseln.

Dolores schien von dem Aufruhr, den sie verursacht
hatte, völlig ungerührt. Sie musterte den Raum weiterhin mit
derselben unbewegten Miene und verriet nichts. Die Luft
wurde dick vor unbehaglicher Erwartung, während jedes
Augenpaar auf sie gerichtet war und auf eine Erklärung
wartete, die jedoch ausblieb.

Trotz des Elefanten im Raum fand die Gruppe im
weiteren Verlauf des Treffens ihren Rhythmus. Dass Dolores
mit leeren Händen gekommen war, blieb nicht unbemerkt –
schließlich war dies ein Buchclub, und sie hatte kein Buch
mitgebracht. In gedämpftem Ton machten Spekulationen
zwischen Teeschlucken und Umblättern die Runde.

Lorraine lehnte sich zu Agatha herüber, ihre Stimme war
kaum mehr als ein Flüstern. „Hat sie vergessen, dass wir hier
über Bücher diskutieren und nicht bloß über die Nachbarn
klatschen?"

Bevor Agatha antworten konnte, stand Octavia abrupt auf, wobei ihr Stuhl laut über den Hartholzboden scharrte. Das Geräusch schnitt wie ein Messer durch das Gemurmel und zog alle Blicke im Raum auf sie. Sie ging zielstrebig zum Buffettisch, ihre Bewegungen waren gemessen und entschlossen.

Sie zögerte nur einen Herzschlag lang, bevor sie zwei Gläser Saft in die Hand nahm. Der ganze Raum sah in fasziniertem Schweigen zu, wie Octavia sich Dolores zuwandte – der letzten Person, von der man eine solche Geste erwartet hätte.

Octavia durchquerte den Raum und reichte Dolores eines der Gläser, wobei sie ein Lächeln erzwang, das ihre Augen nicht ganz erreichte. „Hier, Dolores. Ich dachte mir, Sie hätten vielleicht Durst."

Dolores blickte auf, und echte Überraschung huschte über ihre Züge, bevor sie das Glas annahm. „Danke, Liebe", brachte sie hervor. Ihr gequältes Lächeln passte farblich zu Octavias erzwungener Höflichkeit.

Katherine Alexander beobachtete den Austausch von ihrem Platz am Fenster aus und lehnte sich mit kalkulierter Beiläufigkeit in ihrem Stuhl zurück. Ein wissendes Halblächeln spielte um ihre Lippen, als sie sah, wie Octavia das Glas überreichte. Ihre scharfen Augen verfolgten jede Bewegung – vom Glas zu Octavias Gesicht und dann zu Dolores' Reaktion – als würde sie sich eine besonders interessante Passage in einem ihrer Kriminalromane einprägen.

Allmählich lebten die Gespräche wieder auf, und die Stimmen erreichten wieder ihre gewohnte Lautstärke, doch die Atmosphäre im Raum hatte sich grundlegend gewandelt.

Agatha zog die Augenbrauen in Richtung Emma hoch – ein stummer Kommentar zu dem unerwarteten Friedensangebot, dessen Zeuginnen sie gerade geworden waren. Der Raum summte vor neuer Energie, doch unter der oberflächlichen Diskussion über Plot-Twists und falsche Fährten zog eine Unterströmung aus Spekulationen die Aufmerksamkeit aller auf sich. Die Blicke flitzten zwischen Octavia und Dolores hin und her wie Kolibris zwischen Blüten. Unausgesprochene Fragen hingen in der Luft, so greifbar wie der Geruch von Büchern und frischem Kaffee.

Während sich die Diskussion vertiefte, schrumpfte Dolores' Beteiligung auf bloße Anwesenheit. Sie nickte höflich, wenn jemand ein Argument vorbrachte, doch ihre Augen waren glasig und unkonzentriert geworden. Ein Gähnen entwich ihr, obwohl sie versuchte, es hinter ihrer Hand zu ersticken, und ihre Augenlider schienen mit jeder Minute schwerer zu werden.

Sie schüttelte leicht den Kopf, als versuche sie, eine schwere Decke der Erschöpfung abzuwerfen. Sie griff in ihre Tasche, holte ihr Handy hervor, warf einen kurzen Blick darauf und verstaute es wieder. Sie blieb noch ein wenig länger sitzen, nippte gelegentlich an ihrem Saft und massierte sich mit der freien Hand die Schläfe – das Bild einer Person, die einen aussichtslosen Kampf gegen die Müdigkeit führte.

In einer natürlichen Gesprächspause – jenem Moment, in dem die Leute nach Snacks greifen oder in ihren Büchern blättern – drückte sich Dolores langsam hoch. Ihre Bewegungen wirkten ungewöhnlich unsicher, ihre Schultern hingen vor Erschöpfung herab. Sie presste ihre Handtasche an den Körper, während ihre Finger nervös mit den Riemen spielten, und machte sich auf den Weg zum hinteren Teil des Ladens, wo sich die Toilette befand.

Die Diskussion der Gruppe ging weiter und floss ganz natürlich von einem Thema zum nächsten. Einige Minuten vergingen, bevor auch Octavia wieder aufstand und der Runde ein entschuldigendes Lächeln schenkte. „Entschuldigt mich einen kurzen Moment", murmelte sie, kaum laut genug, um gehört zu werden.

Die anderen nickten geistesabwesend, viel zu vertieft in ihre Debatte darüber, ob Miss Marple oder Hercule Poirot Christies besserer Detektiv war, um groß Notiz davon zu nehmen. Octavia folgte demselben Pfad wie Dolores und verschwand im hinteren Bereich des Ladens.

Sie kehrte kurz darauf zurück. Ihr Gesichtsausdruck war sorgfältig neutral, vielleicht wirkte sie sogar etwas erfrischt, als sie sich wieder auf ihren Stuhl setzte. Die Gruppe nahm ihre Rückkehr kaum wahr, so versunken waren sie in ihre leidenschaftliche literarische Analyse – eine Symphonie engagierter Leser, die die Techniken ihrer Lieblingsautorin sezierten, völlig ahnungslos über das reale Rätsel, das sich in ihrer Mitte zu entfalten begann.

Die Diskussion war nun bei „Mord im Pfarrhaus" angelangt, und die Energie im Raum knisterte vor Begeisterung, als die Mitglieder ihre Theorien und Reaktionen zu Christies klassischem Rätsel teilten.

Mrs. Beasley lehnte sich eifrig vor, ihre Augen leuchteten vor Enthusiasmus. „Dieses Ende habe ich nie kommen sehen! Ich war mir die ganze Zeit absolut sicher, dass es der andere Verdächtige war."

Mrs. Haversham nickte heftig. „Oh, ich weiß genau, was du meinst. Christie hat uns mit dieser Enthüllung wirklich den Boden unter den Füßen weggezogen."

Die Gruppe lachte gemeinsam auf, bevor Octavia mit

trockenem Humor einwarf: „Wo wir gerade von unerwarteten Wendungen sprechen: Dolores' Mieterhöhungen entwickeln sich zur fortlaufenden Krimiserie meines Lebens. In diesem Tempo werde ich diese Bücher bald in einem Pappkarton lesen."

Ein Lachen ging durch die Runde, auch wenn ein Hauch von Mitgefühl mitschwang. Inmitten ihrer Belustigung bemerkte jedoch jemand das Offensichtliche.

Mrs. Beasley blickte sich um, leise Sorge legte ihre Stirn in Falten. „Wo wir gerade von Dolores sprechen, wo ist sie denn abgeblieben?"

Ein wissendes Grinsen stahl sich auf Octavias Lippen. „Wahrscheinlich sitzt sie da hinten und berechnet die nächste Mieterhöhung für irgendjemanden. Man kennt das ja – keine Ruhe für die Gottlosen."

Die Gruppe kicherte erneut und tauschte kameradschaftliche Blicke aus, obwohl sich wegen Dolores' langem Fernbleiben ein ungutes Gefühl einschlich.

Agatha genoss gerade die herzliche Atmosphäre der literarischen Gemeinschaft, als die Türglocke einen neuen Gast ankündigte. Arnold Jasper stand im Eingang; seine hochgewachsene Gestalt und sein bestimmtes Auftreten forderten sofortige Aufmerksamkeit. Er musterte den Kreis der Frauen prüfend, bevor er das Wort ergriff.

„Guten Tag, die Damen." Seine Stimme klang förmlich, mit einem etwas raueren Unterton. „Ich bin Arnold Jasper und würde gerne Ihrem Buchclub beitreten."

Im Raum trat verblüfftes Schweigen ein, das nur von leisem Geflüster unterbrochen wurde. „Wann ist der denn hereingekommen?", wisperte eine Frau ihrer Nachbarin zu. „Keine Ahnung – ich war völlig in unsere Diskussion vertieft", lautete die leise Antwort.

Agatha fing sich als Erste wieder, ihre natürliche Gastfreundschaft siegte über die Überraschung. Sie räusperte
sich sanft und schenkte ihm ein einladendes Lächeln, das ihr
ganzes Gesicht erstrahlen ließ.

„Willkommen, Herr Jasper", sagte sie herzlich und
deutete auf einen freien Stuhl in ihrer Runde. „Es freut uns
sehr, dass Sie zu uns stoßen. Bitte, nehmen Sie Platz und
beteiligen Sie sich gern sofort an unserer Diskussion."

Arnold dankte ihr mit einem Nicken und ließ sich auf
dem angebotenen Stuhl nieder, wobei er beim Hinsetzen ein
zerlesenes Exemplar ihrer aktuellen Lektüre hervorholte. Die
Frauen um ihn herum rückten ein wenig beiseite; ihre
Körpersprache verriet eine Mischung aus Neugier und Unbehagen angesichts dieser unerwarteten männlichen Präsenz in
ihrem traditionell weiblichen Bereich.

Agatha spürte die Spannung und schlüpfte in ihre Rolle
als Gastgeberin. „Arnold, was führt Sie in unseren kleinen
Mystery-Buchclub?"

Er zuckte beiläufig die Schultern und hielt den neugierigen Blicken um sich herum stand, ohne mit der Wimper zu
zucken. „Es spricht sich eben herum, wenn es einen guten
Buchclub gibt. Außerdem bin ich selbst so etwas wie ein
Krimi-Liebhaber." Sein selbstironischer Tonfall und seine
lockere Art ließen das Eis allmählich schmelzen.

Edith lehnte sich vor, ihr Tonfall schwankte zwischen
Neugier und Herausforderung. „Ein Krimi-Liebhaber?
Tatsächlich?"

Arnolds Grinsen wurde breiter. „Absolut. Nichts bringt
die grauen Zellen so sehr in Schwung wie ein gutes Rätsel,
finden Sie nicht auch?" Sein aufrichtiger Enthusiasmus war
ansteckend und entlockte der Gruppe anerkennendes
Lachen.

Als die Diskussion weiterging, erwies sich Arnold als aufmerksamer Teilnehmer, der Erkenntnisse beisteuerte, die zeigten, dass er das Buch tatsächlich gelesen und darüber nachgedacht hatte. Nach einer Weile erhob er sich geschmeidig mit einer entschuldigenden Geste von seinem Stuhl. „Wenn Sie mich kurz entschuldigen – die Natur ruft", verkündete er mit einem scherzhaften Augenzwinkern und steuerte mit derselben gelassenen Zuversicht auf den hinteren Teil des Ladens zu, die er die ganze Zeit über an den Tag gelegt hatte.

Schließlich neigte sich das Treffen dem Ende zu. Die Damen packten ihre Sachen zusammen, ihre Unterhaltungen waren leicht und fröhlich, während sie zum Ausgang gingen. Agatha sah ihnen mit tiefer Zufriedenheit nach; ihre Gemeinschaft zu sehen, die ihr Buchladen hervorgebracht hatte, erfüllte sie mit Stolz.

Als sie durch den Laden ging, um die Lichter auszuschalten, stach ihr ein Detail ins Auge – die Badezimmertür war immer noch geschlossen. Als sie nachsehen wollte, entdeckte sie Dolores' Handtasche, die verlassen auf dem kleinen Tisch neben dem Waschbecken lag.

Agatha schüttelte den Kopf, ihr Gesichtsausdruck wechselte zu ironischem Amüsement. „Tja, es scheint, als hätte unsere geheimnisvolle Dolores ein Stück von sich selbst zurückgelassen", sagte sie in den leeren Raum hinein, ihre Stimme klang voller Ironie, als sie die vergessene Tasche aufhob.

Dann kam ihr ein anderer Gedanke, und ihre Belustigung verflog. Sie wandte sich an Mike, der geduldig zu ihren Füßen gewartet hatte. „Weißt du, Arnold wollte auch auf die Toilette gehen, und er ist ebenfalls nie zurückgekommen." Sie hielt ihren Tonfall leicht, fast scherzhaft, doch darunter schwang eine echte Spur Besorgnis mit. „Vielleicht haben sie sich für irgendein geheimes Abenteuer zusammengetan. Obwohl ich mir bei den beiden, abgesehen von einem Talent für dramatische Abgänge, beim besten Willen nicht vorstellen kann, was sie gemeinsam haben könnten."

16

UNANGENEHME ÜBERRASCHUNG

Als die Sonne den Bristol Lake in sanfte Morgenfarben tauchte, kam Agatha mit federndem Schritt in ihrer Buchhandlung an. Sie atmete die frische Morgenluft ein, genoss die ruhigen Momente, bevor der Tag so richtig begann, und steuerte direkt auf die Besenkammer zu, um mit ihrer täglichen Routine zu beginnen. Selbst nach all diesen Wochen wunderte sie sich immer noch über ihr Glück, ein so charmantes Geschäft zu besitzen, und sie war fest entschlossen, es perfekt in Schuss zu halten.

Sie vollzog ihr morgendliches Ritual mit geübter Leichtigkeit – sie fegte die Hartholzböden, bis sie glänzten, und staubte die endlosen Reihen von Büchern ab, die in den Regalen standen wie alte Freunde, die darauf warteten, ihre Geschichten zu teilen. Die vertraute Routine gab ihr Halt; jede Aufgabe war eine kleine Meditation über das Leben, das sie sich hier aufbaute.

Eliza traf pünktlich auf die Minute ein und trug ein Tablett mit Gebäck bei sich, das den Laden mit dem himmlischen Aroma von frischem Backwerk erfüllte. Agatha konnte nicht widerstehen und probierte ein Croissant. Sie schloss die Augen und genoss die butterartigen, blättrigen Schichten, die förmlich auf ihrer Zunge zerschmolzen.

„Du bringst mich noch um mein Geschäft, wenn du weiterhin so was mitbringst", neckte Agatha sie und bürstete sich die Krümel von den Fingern. „Die Leute werden wegen des Gebäcks kommen und die Bücher ganz vergessen."

Eliza lachte. „Dann verstecken wir sie hinter dem Tresen und zwingen sie dazu, erst ein Buch zu kaufen."

Nachdem sie ihre morgendlichen Vorbereitungen abgeschlossen hatte, schloss Agatha die Eingangstür auf und drehte das Schild auf „Geöffnet", womit offiziell ein weiterer Tag im One Deadly Chapter begann. Mike hatte bereits seinen Lieblingsplatz hinter dem Tresen beansprucht und sich in seinem Bettchen zwischen den Stapeln von Rückläufern und Neuzugängen zusammengerollt. Sein sanftes Schnarchen trug zum gemütlichen Ambiente der Buchhandlung bei.

Der Vormittag brachte eine angenehme Überraschung – mehrere Damen vom Buchclub trafen gemeinsam ein, und ihr lebhaftes Geplapper erfüllte den Laden mit Leben. Octavia war unter ihnen; ihre Stimme übertönte die anderen, während sie die Diskussion des Vorabends über den Agatha-Christie-Roman analysierten.

„Ich kann es immer noch nicht fassen, dass ich diese Wendung nicht habe kommen sehen", sagte Mrs. Beasley und schüttelte staunend den Kopf.

„Das ist das Genie von Christie", erwiderte eine andere Frau. „Sie verbirgt die Wahrheit direkt vor aller Augen."

Agatha lächelte, während sie ihrer enthusiastischen Analyse zuhörte. Sie spürte jene vertraute Wärme, die daher rührte, dass ihre Buchhandlung ihren wahren Zweck erfüllte

– Menschen durch ihre gemeinsame Liebe zu Geschichten zusammenzubringen.

Nachdem sie einige Minuten gestöbert hatte, trat Octavia an den Tresen. Sie hielt ein Buch fest an ihre Brust gepresst, und ihr Ausdruck wechselte zu etwas Zögerlicherem. Sie räusperte sich dezent. „Agatha, es ist mir unangenehm zu fragen, aber wäre es möglich, deine Toilette zu benutzen, bevor ich gehe? Der Kaffee von heute Morgen meldet sich."

„Natürlich", antwortete Agatha herzlich und deutete zum hinteren Teil des Ladens. „Geh einfach den Flur runter und dann rechts. Das kannst du nicht verfehlen."

Als Octavia im Flur verschwand, kehrte Agatha zu ihrer Arbeit zurück und alphabetisierte einen Stapel Rückgaben, der sich über Nacht angesammelt hatte. Das rhythmische Gleiten der Bücher, die ihren richtigen Platz in den Regalen fanden, bildete eine beruhigende Geräuschkulisse für das morgendliche Treiben.

Doch dann kam er – ein Schrei, der die friedliche Atmosphäre zerriss wie ein Messer durch Seide. Roh, animalisch, erfüllt von absolutem Entsetzen.

Agathas Blut in den Adern gefror. Das Buch in ihren Händen krachte zu Boden, während ihr Körper bereits losstürmte, noch bevor ihr Verstand verarbeiten konnte, was geschah. Ihre Füße hämmerten gegen die Holzdielen, als sie auf das Geräusch zulief, während ihr Herz gegen ihre Rippen pochte. Tausend schreckliche Szenarien schossen ihr durch den Kopf, eines furchteinflößender als das andere.

Sie stieß die Tür zum Lagerraum auf und erstarrte; die Szene vor ihr war so schockierend, dass ihr Gehirn Mühe hatte, sie zu begreifen.

Octavia war auf die Knie gesunken, ihr Gesicht so blass, dass sie fast wie ein Geist wirkte. Ihr ganzer Körper zitterte heftig, und in ihrer bebenden Hand blitzte im Neonlicht ein Messer. Ihre Augen, weit aufgerissen vor einem Entsetzen, das über Worte hinausging, waren auf etwas neben ihr fixiert.

Agatha folgte diesem schrecklichen Blick, und ihr drehte sich der Magen um. Dolores lag ausgestreckt auf dem Boden des Lagerraums, völlig starr, unverkennbar leblos. Die brutale Realität des Todes – des echten Todes, nicht der geschönten Version aus Krimis – traf Agatha wie ein körperlicher Schlag. Sie stolperte zurück, die Hand an den Mund gepresst, während ihr Verstand taumelte und vergeblich versuchte, diesen Albtraum mit dem gewöhnlichen Morgen in Einklang zu bringen, den sie vor wenigen Augenblicken noch erlebt hatte.

Die Zeit schien zu zerbrechen. Der Lagerraum, ihr Zufluchtsort für zusätzliche Vorräte und Versandkartons, hatte sich in etwas aus einem jener düsteren Kriminalromane verwandelt, die sie am Abend zuvor noch so zwanglos besprochen hatten. Die Leuchtstoffröhren summten über ihnen und warfen harte Schatten, die alles surreal erscheinen ließen, wie eine Szene aus einem Albtraum, aus dem sie nicht aufwachen konnte.

„Octavia", Agathas Stimme war anfangs nur ein Flüstern, wurde dann aber fester, als der Schock der Dringlichkeit wich. „Octavia, was ist passiert? Was hast du getan?"

Octavias Kopf ruckte hoch, ihre Augen trafen die von Agatha mit verzweifelter Intensität. „Ich habe nicht ... ich schwöre, ich habe nichts getan!" Ihre Stimme brach und wurde panisch. „Ich kam hierher, um die Toilette zu suchen, und fand die Tür angelehnt. Als ich sie aufstieß, lag sie einfach ... da. Ich sah das Messer neben ihr auf dem Boden liegen und habe es ohne nachzudenken aufgehoben. Oh Gott, ich hätte es nicht berühren dürfen, oder?"

Agathas Gedanken rasten und zerstreuten sich in ein Dutzend Richtungen gleichzeitig. Dies war ihre erste Begegnung mit einem gewaltsamen Tod – einem echten Tod, nicht den gemütlichen fiktiven Morden, die sie bei Tee und Scones besprachen. Der Lagerraum, der erst gestern noch mit nichts Bedrohlicherem als Überbeständen und Versandmaterialien gefüllt war, war zu einem Tatort geworden. Das Ausmaß der Sache ließ ihr schwindelig werden.

Gegen ihren Schock ankämpfend, nestelte Agatha nach ihrem Telefon. Ihre Finger zitterten so stark, dass sie zweimal ansetzen musste, bevor sie erfolgreich den Notruf wählen konnte. Während es klingelte, ließ sie sich neben Dolores auf die Knie sinken und drückte zwei Finger an den Hals der Frau, obwohl sie wusste, dass es vergeblich war. Die Haut fühlte sich kühl an, was bestätigte, was sie bereits wussten.

„Notruf, was ist Ihr Notfall?" Die ruhige Stimme der Leitstelle schien aus einer anderen Welt zu kommen.

„Es gab einen Todesfall – eine Frau – in der Buchhandlung One Deadly Chapter in der Central Avenue. Bitte schicken Sie sofort Hilfe."

Die Mitglieder des Buchclubs, angelockt von Octavias Schrei, eilten zum hinteren Raum. Ihr fröhliches Geplapper verstummte augenblicklich, als sie die grauenhafte Szene erblickten. Keuchen und Entsetzensrufe erfüllten die Luft.

Genau in diesem Moment kam Emma durch die Vordertür, perfekt getimt, um Agatha bei der Bewältigung der Krise zu helfen. Sie erfasste die Situation mit einem schnellen Blick und schaltete sofort auf Handeln um. „Alle raus! Zurück in den vorderen Teil des Ladens, sofort!" Sie trieb die schockierten Frauen weg wie eine Hirtin eine traumatisierte Herde. „Das hier ist ein Tatort. Wir müssen ihn für die Polizei sichern."

Während sie auf das Eintreffen der Behörden warteten, wirbelten in Agathas Kopf Fragen umher. Warum war Dolores in ihrem Lagerraum gewesen? Sie hatte das Buchclub-Treffen am Vorabend früher verlassen und war scheinbar nach Hause gegangen. Ihre Handtasche war zurückgeblieben – Agatha erinnerte sich, dass sie sie gefunden hatte und sie heute zurückgeben wollte. Wie war sie hier gelandet, im Hinterzimmer der Buchhandlung, tot?

Sie musterte Octavia, die kauernd an der Wand saß, das Messer nun vorsichtig neben sich auf den Boden gelegt. Die Frau wirkte aufrichtig am Boden zerstört, aber Agatha hatte genug Krimis gelesen, um zu wissen, dass der Schein trügen konnte. Dennoch sagte ihr Instinkt, dass Octavias Schock echt war. Aber wenn sie es nicht getan hatte, wer dann?

Die Polizei traf mit einem Wirbel aus Sirenen und Geschäftigkeit ein. Innerhalb von Minuten verwandelte sich die Buchhandlung von einem gemütlichen literarischen Zufluchtsort in einen geschäftigen Tatort. Beamte sperrten Bereiche mit gelbem Band ab, während Detektive den Lagerraum aus jedem Winkel fotografierten. Agatha beobachtete aus der Ferne, wie sie sorgfältig Beweismittel eintüteten; ihr methodisches Vorgehen war sowohl faszinierend als auch zutiefst beunruhigend.

Detective Dawson traf innerhalb weniger Minuten ein; seine vertraute Gestalt durchschnitt das Chaos mit geübter Autorität. Er fing Agathas Blick auf und trat mit bereits gezücktem Notizblock und ernstem Gesichtsausdruck auf sie zu.

„Agatha", sagte er und verzichtete angesichts ihrer früheren Begegnungen auf Förmlichkeiten. „Ich kann nicht glauben, dass es Dolores ist. Sie war doch gerade noch ..." Er schüttelte den Kopf und konzentrierte sich dann wieder mit professioneller Entschlossenheit. „Erzähl mir von gestern Abend. Ich habe gehört, sie war bei deinem Buchclub-Treffen?"

„Ja, was an sich schon seltsam war", antwortete Agatha. „Sie tauchte unerwartet ohne Buch auf, beteiligte sich nicht wirklich und ging dann früher, weil sie müde wirkte. Sie hat sogar ihre Tasche vergessen – ich hatte vor, sie ihr heute zurückzugeben." Sie hielt inne und fügte dann hinzu: „Arnold Jasper tauchte ebenfalls unerwartet auf, und seltsamerweise ging er auf die Toilette und kam auch nie wieder zurück."

Dawsons Stirnrunzeln vertiefte sich, während er sich Notizen machte. „Arnold Jasper? Das ist ... interessant. Und du sagst, Dolores wirkte müde?"

„Sehr müde", bestätigte Agatha. „Sie gähnte, rieb sich die Schläfen und wirkte fast unsicher auf den Beinen, als sie auf die Toilette ging. Octavia hatte ihr etwas Saft gegeben, und sie nippte daran, aber sie schien darum zu kämpfen, wach zu bleiben."

Dawsons Stift hielt über seinem Notizblock inne, und ein Flackern huschte über sein Gesicht – vielleicht wurde ihm eine Verbindung klar –, aber er nickte bloß und schrieb weiter.

„Wir werden formelle Aussagen von allen Anwesenden benötigen", sagte er und hielt dann inne, wobei sich sein Gesichtsausdruck leicht milderte. „Es tut mir leid, dass das in deinem Laden passiert ist. Es muss ein ziemlicher Schock sein."

Agatha nickte, unfähig, Worte zu finden, die sich angemessen anfühlten. Schock schien ein zu schwacher Begriff dafür zu sein, eine Leiche im eigenen Lagerraum zu finden.

Die Stunden schlichen dahin, während die Ermittlungen

weitergingen. Schließlich, nach einer gefühlten Ewigkeit, schloss die Polizei ihre erste Arbeit ab. Der Wagen des Gerichtsmediziners war gekommen und gegangen und hatte Dolores mitgenommen. Der Lagerraum blieb mit Band versiegelt, aber der Rest des Ladens wurde wieder an Agatha freigegeben.

Sie stand allein in der plötzlichen Stille, umgeben von Büchern, die Zeugen von etwas geworden waren, das ihre fiktiven Seiten nie ganz eingefangen hatten – die rohe, hässliche Realität des Mordes. Der fröhliche Morgen fühlte sich an, als läge er ein Leben zurück.

Die Glocke über der Tür bimmelte leise; ihr gewöhnlich heiterer Klang wirkte nun fast trauernd. Bürgermeister Digby Alexander trat ein. Seine übliche Selbstsicherheit als Politiker war durch etwas Menschlicheres ersetzt worden – aufrichtige Trauer. Seine Schultern sackten unter einer unsichtbaren Last nach unten, und sein Gesicht wirkte Jahre älter als noch am Vortag.

Agatha ging auf ihn zu, ihre Stimme war sanft. „Bürgermeister Alexander, Ihr Verlust tut mir so leid. Das muss unglaublich schwer für Sie sein."

Er nickte langsam und rang um Worte. „Dolores und ich ... wir sind zusammen aufgewachsen. Wir sind zusammen in die Bristol Lake Elementary gegangen, dann auf die Highschool. Wir waren Freunde, bevor das Leben kompliziert wurde, bevor ..." Seine Stimme verstarb, er verlor sich in Erinnerungen. „Es ist unmöglich zu glauben, dass sie wirklich weg ist. Erst gestern war sie ihr übliches Naturgewalt-Selbst, und jetzt ..."

Agatha berührte leicht seinen Arm, eine Geste des Trostes, die über ihre üblichen förmlichen Interaktionen hinausging. „Trauer hat eine Art, alles surreal erscheinen zu lassen.

Wenn Sie über sie sprechen möchten, Erinnerungen teilen wollen oder einfach nur schweigend bei jemandem sitzen möchten, der Sie versteht, bin ich da."

„Danke", brachte er hervor, seine Stimme war dick vor Emotionen. „Ich weiß, es war nicht immer leicht, sie zu mögen. Aber unter all dieser Härte war sie immer noch das Mädchen, das früher sein Mittagessen mit mir geteilt hat, wenn meine Mutter vergessen hatte, mir eins einzupacken."

Während sie sprachen, öffnete sich die Tür erneut und ein Strom von Stadtbewohnern trat ein. Die Nachricht hatte sich mit einer Geschwindigkeit verbreitet, die nur in einer Kleinstadt möglich war, und bald summte die Buchhandlung von gedämpften Gesprächen und wilden Spekulationen. Fragmente von Theorien wehten wie Blätter im Wind durch die Luft.

„Ich habe gehört, ihr Ex-Mann war wieder in der Stadt ..."

„Da war doch dieses neue Paar, das letzten Monat hergezogen ist. Sehr verdächtiger Zeitpunkt ..."

„Dolores hatte mit diesen Mieterhöhungen jede Menge Feinde ..."

Die Buchhandlung war zum inoffiziellen Hauptquartier der Stadt für Klatsch und Spekulationen geworden – eine Rolle, die Agatha für sie nie vorgesehen hatte.

Sie versuchte gerade, wieder etwas Ordnung in die durcheinandergebrachten Bücherregale zu bringen, als Lorraine Dubois durch die Tür rauschte. Ihr Gesichtsausdruck verriet jene besondere Mischung aus geheuchelter Sorge und kaum verhohlener Aufregung, die jene begleitete, die von Dramen lebten.

„Oh, Agatha", gurrte Lorraine und trat mit der raubtierhaften Anmut einer Katze, die ein unbewachtes Goldfischglas entdeckt hatte, an den Tresen. „Hast du gehört, was die Leute erzählen?"

Agatha blickte von ihrer Arbeit auf und hielt ihren Ausdruck sorgfältig neutral. Sie zog eine Augenbraue als stumme Frage hoch und weigerte sich, Lorraine die Genugtuung zu geben, begierig auf Klatsch zu wirken.

Lorraine beugte sich verschwörerisch vor, obwohl ihre Stimme so laut war, dass sie jeder hören konnte. „Mehrere Leute – und ich sage nicht, dass ich zustimme, wohlgemerkt –, aber mehrere Leute deuten an, dass du etwas mit dem Tod der armen Dolores zu tun haben könntest." Sie machte eine Kunstpause und beobachtete Agathas Gesicht genau. „Obwohl ich unter uns gesagt eher auf diese bittere alte Octavia tippen würde. Jeder weiß, dass sie und Dolores sich wegen dieser Mieterhöhungen bis aufs Blut bekämpft haben."

Agatha klappte der Unterkiefer herunter, trotz ihres größten Bemühens, die Fassung zu bewahren. „Das ist absolut hanebüchen, Lorraine. Ich kannte Dolores kaum, und ich hatte gewiss keinen Grund, ihr etwas anzutun."

„Oh, da bin ich mir sicher, meine Liebe", erwiderte Lorraine, und ihr Lächeln war so scharf wie Glasscherben. „Aber du weißt ja, wie die Leute reden. Eine neue Frau in der Stadt, ein mysteriöser Todesfall in ihrer Buchhandlung ... Solche Geschichten schreiben sich doch von selbst, nicht wahr?" Sie hielt an der Tür inne und drehte sich dann mit gespielter Unschuld um, wobei ein perfekt manikürter Finger nachdenklich auf ihre Lippen tippte. „Oh, mon Dieu, das hätte ich fast vergessen – stimmt es nicht, dass du Dolores auch Mietgeld schuldest? Der Mietvertrag der Buchhandlung, nicht wahr? Was für ein unglückliches Timing, wirklich." Ihre Augen glitzerten vor boshaftem Vergnügen.

„Natürlich ist das alles nur Geschwätz, aber du weißt ja, wie Kleinstädte sind – absolut unausstehlich, wenn es darum geht, sich in fremde Angelegenheiten einzumischen. Jeder wird zum Detektiv, wenn es einen Skandal gibt."

Mit diesem Abschiedsschuss segelte Lorraine aus dem Laden und hinterließ das Chaos, das sie so sorgfältig kultiviert hatte.

Agatha stand einen Moment lang wie erstarrt da; Wut und Unglaube rangen in ihrer Brust. Die Dreistigkeit mancher Leute – eine Tragödie in Unterhaltung zu verwandeln und einen echten Tod zu behandeln, als wäre er nur ein weiterer Handlungsstrang, den man sezieren konnte. Doch unter ihrer Empörung begann sich eine kalte Entschlossenheit zu formen. Wenn die Leute Gerüchte verbreiten und mit dem Finger auf sie zeigen wollten, dann musste sie die Sache selbst in die Hand nehmen.

Sie würde herausfinden, wer Dolores getötet hatte. Nicht nur, um ihren eigenen Namen reinzuwaschen oder den Ruf ihrer Buchhandlung zu retten, sondern weil es das Richtige war. Dolores mochte nicht beliebt gewesen sein, aber sie verdiente Gerechtigkeit. Und wenn Agatha aus all den Krimis, die sie gelesen hatte, eines gelernt hatte, dann, dass die Wahrheit eine Art hatte, sich denen zu offenbaren, die beharrlich genug nach ihr suchten.

Das Spiel, wie ihre fiktive Namensvetterin sagen würde, hatte begonnen.

17

DER ANONYME HINWEIS

Agathas Schlüssel drehte sich mit dem gewohnten Klicken im Schloss – ein Geräusch, das ihr normalerweise Trost spendete, sich heute jedoch schwer von der Tragödie des gestrigen Tages anfühlte. Sie stieß die Tür auf und fand ihre Buchhandlung im Morgenlicht verwandelt vor; der Duft von Papier vermischte sich mit den verbliebenen Kaffeearomen vom Vortag. Das Absperrband der Polizei war aus dem Lagerraum verschwunden, aber sein Geist schien noch immer in ihrem Augenwinkel zu schweben.

Anstatt wie üblich direkt zum Cafétresen zu gehen, fühlte sie sich zu einer vernachlässigten Ecke hingezogen, in der während des gestrigen Chaos Bücher durcheinandergeraten waren. Die abgenutzten Buchrücken schienen ihre Aufmerksamkeit zu brauchen, ihre Unordnung war ein Spiegelbild ihres eigenen aufgewühlten Geistes. Sie verbrachte die frühen Morgenstunden damit, sie methodisch zu ordnen, und fand Trost im einfachen Akt der Alphabetisierung, als ob das Ordnen dieser Geschichten irgendwie wieder

Ordnung in ihr Leben bringen könnte. Das vertraute Ritual des Aufräumens – das Begradigen der Regale, das Fegen der abgenutzten Holzböden, bis sie im weichen Licht glänzten – half ihr, ihre Nerven für alles zu beruhigen, was dieser Tag bringen mochte.

Das Läuten der Türglocke unterbrach ihre Meditation. Detective Dawson stand im Eingang, seine professionelle Haltung war selbst in Zivil unverkennbar. Seine Anwesenheit war eine deutliche Erinnerung daran, dass der Albtraum von gestern kein bloßer Traum gewesen war – Dolores war wirklich tot, und ihre Buchhandlung war nun Teil einer Mordermittlung.

Trotz der Angst, die in ihrer Brust wie ein eingesperrter Vogel flatterte, brachte Agatha ein einladendes Lächeln zustande. „Guten Morgen, Detective Dawson", sagte sie mit einer Stimme, die ruhiger klang, als sie sich fühlte. „Darf ich Ihnen einen Kaffee anbieten? Ich wollte gerade eine frische Kanne aufsetzen."

„Das wäre sehr freundlich", antwortete er und folgte ihr zum Cafétresen.

Sie ging der vertrauten Routine der Kaffeezubereitung nach, dankbar dafür, etwas mit ihren Händen tun zu können. Das reiche Aroma füllte den Raum zwischen ihnen und bot einen Puffer gegen das Gespräch, von dem sie wusste, dass es kommen würde. Als sie die dunkle Flüssigkeit in einen Keramikbecher goss – einen ihrer Favoriten, auf dem ein Zitat von Sherlock Holmes stand –, bemerkte sie, wie die Augen des Detectives ständig in Bewegung waren und jedes Detail ihres Ladens aufnahmen, als sähe er ihn zum ersten Mal.

Er nahm den Becher mit einem dankenden Nicken entgegen, nahm einen vorsichtigen Schluck und stellte ihn dann mit wohlüberlegter Präzision ab. Als er zu ihr aufblickte, war sein Ausdruck von zwanglos zu offiziell gewechselt.

„Ms. Royale", begann er, und sie bemerkte, dass er zu ihrem formellen Namen gewechselt hatte – nie ein gutes Zeichen. „Ich muss Ihnen einige Fragen zu Ihrem Verhältnis zu Dolores stellen."

Agathas Hände klammerten sich fester um ihren eigenen Becher. „Natürlich. Was möchten Sie wissen?"

Detective Dawson holte seinen Notizblock heraus, eine Geste, die alles irgendwie ernster erscheinen ließ. „Wir haben heute Morgen einen anonymen Hinweis erhalten. Der Anrufer deutete an, dass Sie einen Streit mit Dolores über die Eigentumsverhältnisse dieses Ladens hatten."

Die Worte hingen wie eine Anschuldigung in der Luft. Agatha spürte, wie ihr die Hitze in die Wangen stieg – nicht aus Schuld, sondern aus Empörung.

„Der Anrufer", fuhr Dawson fort, sein Tonfall betont neutral, „behauptete, Sie seien, Zitat, ‚offen entschlossen gewesen, sie aufzuhalten', und dass dieser Streit ein Motiv für die Tat geliefert haben könnte." Er hielt inne, hob seinen Kaffee für einen weiteren Schluck und ließ sie dabei nicht aus den Augen. „Die Person schien ziemlich überzeugt davon zu sein, dass Sie einen Grund hatten, Dolores aus dem Weg räumen zu wollen."

Agatha setzte ihren Becher mit mehr Kraft ab als beabsichtigt, sodass der Kaffee gefährlich nah am Rand schwappte. „Das ist eine grobe Fehldarstellung der Situation. Ja, Dolores hat Ansprüche auf den Laden erhoben, aber ..."

„Was für Ansprüche?", unterbrach Dawson sie, den Stift über seinem Block gezückt.

Agatha holte tief Luft, um sich zu beruhigen, und erklärte: „Sie behauptete, sie hätte ein gewisses Recht an der

Immobilie, und gab an, dass Joanne nach dem Tod meines Vaters die letzten beiden Hypothekenzahlungen nicht geleistet hätte, als sie in finanziellen Schwierigkeiten war. Die Wahrheit war, dass Dolores' Vater ihr diese Zahlungen aus Güte erlassen hatte, aber Dolores versuchte trotzdem, das gegen mich zu verwenden. Es war völlig haltlos, aber ja, es hat mir erheblichen Stress bereitet."

„Und als Sie sagten, Sie wollten sie ‚aufhalten'?"

„Damit meinte ich, sie davon abzuhalten, Lügen zu verbreiten, sie davon abzuhalten, mich deswegen zu schikanieren. Nicht ..." Agathas Stimme brach leicht. „Nichts Gewalttätiges. Ich meinte rechtliche Schritte, Detective. Ich wollte einen Anwalt einschalten."

Dawson machte sich Notizen, seine Handschrift war ein unleserliches Gekritzel. „Können Sie mir sagen, was Sie am fraglichen Abend getan haben? Insbesondere nach dem Treffen des Buchclubs?"

Agatha spürte, wie sich ihre Schultern leicht entspannten – hier befand sie sich zumindest auf sicherem Boden. „Ich war den ganzen Abend hier und habe die Diskussion unseres Krimi-Buchclubs moderiert. Wir haben über ‚Mord im Pfarrhaus' gesprochen – ziemlich ironisch jetzt, nicht wahr?" Sie wartete keine Antwort ab. „Octavia, Emma, Lorraine, Arnold und einige andere waren anwesend. Das Treffen ging bis etwa 21:30 Uhr, obwohl einige Leute früher gingen."

„Einschließlich Dolores?"

„Ja, sie ging ... ich würde sagen, gegen 20:45 Uhr? Sie wirkte müde, sogar etwas unsicher auf den Beinen. Octavia hatte ihr vorhin etwas Saft gegeben, und sie hatte davon getrunken, aber sie schien gegen die Erschöpfung anzu-kämpfen."

Dawsons Stift hielt inne. „Octavia hat ihr den Saft gegeben?"

„Ja, was ehrlich gesagt alle überrascht hat." Agatha hielt inne. „Habe ich das schon erwähnt? Das mit dem Saft?" Sie schüttelte leicht den Kopf. „Die beiden waren nicht gerade befreundet. Octavia hat sich ständig darüber beschwert, dass Dolores die Miete immer weiter erhöht hat."

„Und nachdem Dolores gegangen war?"

„Der Rest von uns hat weiter über das Buch diskutiert. Emma und ich sind als Letzte gegangen. Wir haben den Laden gegen 22:00 Uhr gemeinsam abgeschlossen. Das kann sie bestätigen."

Der Detective machte weitere Notizen und blickte dann mit jenem bohrenden Blick auf, der in Verhörräumen wahrscheinlich Wunder wirkte. „Zu diesen Anschuldigungen von Dolores – Sie sagten, Sie hätten herausgefunden, dass sie haltlos waren?"

Agatha nickte bestimmt. „Ich war vor drei Tagen beim Grundbuchamt und habe alle Unterlagen selbst eingesehen. Alles war in Ordnung. Dolores' Behauptungen waren reine Erfindung, was ich vor Gericht hätte beweisen können, wenn es hart auf hart gekommen wäre." Sie sah ihm direkt in die Augen. „Was bedeutet, dass ich kein Motiv hatte, ihr etwas anzutun, Detective. Die Wahrheit war auf meiner Seite."

„Die Wahrheit hält Menschen nicht immer davon ab, die Dinge selbst in die Hand zu nehmen", bemerkte Dawson gelassen.

„Mich schon", schoss Agatha zurück. „Ich bin Buchhändlerin, keine Selbstjustizlerin. Ich glaube an Gerechtigkeit auf dem offiziellen Weg."

Dawson musterte sie einen langen Moment lang, dann milderte sich sein Ausdruck geringfügig. „Ich kann mir vorstellen, dass die gesamte Situation unglaublich stressig für Sie war, Ms. Royale. Erst das Einleben in einer neuen Stadt, dann Dolores' Ansprüche auf die Immobilie und nun diese Tragödie in Ihrem Laden."

Ein Seufzer entwich Agatha, bevor sie ihn unterdrücken konnte. „Diese Buchhandlung ist mein Traum, Detective. Seit ich zwölf Jahre alt war, wollte ich so einen Ort besitzen, umgeben von Geheimnissen und Geschichten. Der Gedanke, ihn durch Dolores' Lügen zu verlieren, war ... niederschmetternd. Aber das ist weit davon entfernt, zu einem Mord fähig zu sein."

„Ich verstehe", sagte Dawson, obwohl sein Tonfall andeutete, dass er sich ein endgültiges Urteil noch vorbehielt. „Wir gehen lediglich allen Hinweisen nach. Ihre Kooperation wird geschätzt."

Er nahm noch einen Schluck Kaffee und stellte den Becher dann mit nachdenklicher Miene ab. „Dieses Buchclub-Treffen – ich nehme an, die Leute haben sich frei bewegt? Sind zur Toilette gegangen, haben sich Erfrischungen geholt?"

Agatha spürte ein Ziehen im Magen, als ihr klar wurde, worauf er hinauswollte. „Ja, natürlich. Das ist eine zwanglose Zusammenkunft, kein Klassenzimmer."

„Es hätte sich also jeder in den Lagerraum schleichen können, ohne dass es sofort bemerkt worden wäre?"

Sie wollte es leugnen, aber ihre Ehrlichkeit zwang sie zum Nicken. „Ich nehme an, ja. Wir waren alle in die Diskussion vertieft. Die Leute kamen und gingen."

Dawson lehnte sich leicht vor. „Unser Forensik-Team schätzt den Todeszeitpunkt auf 20:30 bis 21:00 Uhr. Mitten in Ihrer Sitzung. Was bedeutet –"

„Was bedeutet, dass es jeder von uns gewesen sein könnte", beendete Agatha leise den Satz. Der Gedanke ließ sie erschauern. Eines ihrer Buchclub-Mitglieder – jemand, dem sie Kaffee serviert und mit dem sie über Handlungswendungen diskutiert hatte – war wahrscheinlich ein Mörder.

Ein plötzlicher Gedanke schoss ihr durch den Kopf, und bevor sie ihn hinterfragen konnte, sagte sie: „Detective, kommt Ihnen das nicht seltsam vor? Erst taucht ein Skelett in meinem Garten auf, und jetzt ein Mord in meiner Buchhandlung? In einer Stadt, in der nie etwas passiert, haben wir plötzlich zwei schwere Verbrechen?"

Dawsons Miene wurde sichtlich interessierter. „Warum erwähnen Sie das Skelett gerade jetzt?"

Agatha zuckte mit den Schultern und versuchte trotz ihres rasenden Pulses, gelassen zu wirken. „Ich beobachte nur den ungewöhnlichen Zufall. Zwei völlig verschiedene Vorfälle – oder etwa nicht? Da fragt man sich doch, was noch alles in unserer scheinbar so ruhigen Stadt verborgen liegt."

Der Detective musterte sie eine lange Weile, sein Gesicht war unlesbar. „Sie sind ja selbst eine kleine Hobbydetektivin, nicht wahr, Ms. Royale?"

„Ich lese viele Krimis", antwortete sie mit einem schwachen Lächeln. „Mustererkennung wird einem da zur zweiten Natur."

„In der Tat." Dawson klappte seinen Notizblock mit einem Schnappen zu. „Nun, ich weiß Ihre Einschätzungen zu schätzen, aber Sie verstehen sicher, dass ich laufende Ermittlungen nicht kommentieren kann. Es gibt Protokolle, Schweigepflicht."

Agatha nickte, obwohl sie eine Enttäuschung verspürte. „Natürlich. Ich wollte nicht zu weit gehen."

Sein Ausdruck wurde etwas weicher. „Ihr Interesse ist angesichts der Umstände verständlich. Aber ich muss Sie bitten, das Ermitteln uns zu überlassen. Sollten Sie sich an irgendetwas anderes erinnern, das relevant sein könnte – egal was –, kontaktieren Sie mich bitte umgehend."

Als er aufstand, um zu gehen, hielt Dawson inne, die Hand an der Stuhllehne. „Eines finde ich allerdings merkwürdig, Ms. Royale." Sein Tonfall hatte sich geändert, er hatte eine Schärfe angenommen, die ihren Puls beschleunigte. „Sie scheinen im Mittelpunkt beider Vorfälle zu stehen. Erst das Skelett in Ihrem Garten, jetzt ein Mord in Ihrem Laden. Das ist ein ziemlicher Zufall."

Die Worte hingen wie eine Anklage zwischen ihnen. Agatha spürte, wie ihr Hals trocken wurde. War es ein Fehler gewesen, das Skelett zu erwähnen? Sie zwang sich zu einem Lachen, das selbst in ihren eigenen Ohren brüchig klang. „In diesem Tempo habe ich bald genug Stoff für einen eigenen Krimi. Obwohl ich meine Handlungsideen lieber aus Büchern beziehe als aus dem echten Leben."

Dawsons Lippen zuckten kurz, was ein Anflug von Belustigung hätte sein können. „Vielleicht sollten Sie einen schreiben. Sie scheinen jedenfalls ein Talent dafür zu haben, sich mitten in Intrigen wiederzufinden." Er ging zur Tür, hielt dann aber noch einmal inne. „Vielen Dank für Ihre Zeit, Ms. Royale. Wir bleiben in Kontakt."

Gerade als seine Hand den Türknauf berührte, klingelte sein Telefon. Er meldete sich mit einem knappen „Dawson", woraufhin sich sein ganzes Auftreten änderte. Sein Gesicht wurde ernst, während er zuhörte und ab und zu „Ich verstehe" und „Verstanden" murmelte.

Als er das Gespräch beendete, wandte er sich wieder Agatha zu, sein Gesichtsausdruck war nun undurchdringlich. „Das war das Labor. Wir haben bedeutende Entwicklungen."

Agathas Herz hämmerte gegen ihre Rippen. „Was für Entwicklungen?"

„Wir haben eindeutige Fingerabdrücke auf der Tatwaffe, dem Türknauf des Lagerraums und Dolores' Glas gefunden. Der Toxikologiebericht ist ebenfalls da – Dolores hatte Benzodiazepine im Blut, was mit dem übereinstimmt, was in ihrem Saftglas gefunden wurde."

„Um Himmels willen", hauchte Agatha, während ihre Hand an den Mund flog. „Jemand hat sie unter Drogen gesetzt?"

„Es sieht ganz danach aus. Wahrscheinlich, um sie handlungsunfähig zu machen, sie schläfrig und fügsam zu machen, damit sie während des Angriffs nicht schreien konnte." Seine Stimme war sachlich, aber Agatha konnte den Zorn in seinen Augen sehen – die beherrschte Wut eines guten Polizisten, der mit kalkulierter Grausamkeit konfrontiert wird.

„Wer …", begann Agatha und hielt dann inne, wohl wissend, dass er nicht antworten würde.

„Diese Informationen können wir noch nicht freigeben", bestätigte Dawson. „Aber wir werden formelle Befragungen mit jedem durchführen, der am Buchclub-Treffen teilgenommen hat. Das beinhaltet auch die Abnahme von Fingerabdrücken zu Vergleichszwecken." Er fixierte sie mit einem festen Blick. „Das schließt Sie mit ein, Ms. Royale."

„Natürlich", brachte sie hervor, obwohl ihre Stimme in ihren eigenen Ohren fern klang. „Was auch immer hilft, um herauszufinden, wer das getan hat."

Dawson nickte und ging schließlich, wobei er Agatha allein in ihrer Buchhandlung zurückließ. Das Morgenlicht, das zuvor noch so einladend gewirkt hatte, fühlte sich nun grell an und beleuchtete zu viel. Jemand, den sie kannte –

jemand, mit dem sie erst vor zwei Abenden gelacht hatte –, hatte Dolores kaltblütig unter Drogen gesetzt und dann ermordet.

Sie sank auf einen Hocker hinter dem Tresen, ihre Beine waren plötzlich weich. Die Worte des Detectives hallten in ihrem Kopf nach: Sie scheinen im Mittelpunkt beider Vorfälle zu stehen.

War es wirklich nur Zufall? Oder zog sie jemand absichtlich in diese Kriminalfälle hinein? Und was noch wichtiger war – warum?

Die Buchhandlung, die ihr sonst als Zufluchtsort diente, fühlte sich plötzlich weniger sicher an. Hinter jedem Schatten konnte ein Geheimnis lauern, jeder Kunde ein Mörder sein. Doch so wie sich die Angst in ihr breitmachte, wuchs auch ihre Entschlossenheit. Jemand hatte ihren Traum in einen Tatort verwandelt. Jemand hatte den heiligen Raum ihrer Buchhandlung mit Gewalt besudelt.

Sie würde nicht eher ruhen, bis sie wusste, wer es war.

18

DIE VERDÄCHTIGE

Agatha stürzte sich in den vertrauten Rhythmus des Buchladenlebens – katalogisierte Neuzugänge, empfahl Stammkunden Kriminalromane und nahm telefonische Bestellungen von Kunden entgegen, die sich nicht aus dem Haus trauten. Doch trotz ihrer Bemühungen, die Normalität aufrechtzuerhalten, kreisten ihre Gedanken immer wieder um den Mord an Dolores wie eine Motte ums Licht.

Während einer Flaute am Nachmittag, als der Laden leer und still war, siegte schließlich die Neugier. Sie klappte ihren Laptop auf und tippte „Mord Dolores Bristol Lake" in die Suchleiste. Die lokale Nachrichtenseite lud sofort, und die Schlagzeile hob sich grell vom weißen Hintergrund ab: „Polizei identifiziert Verdächtige im Todesfall lokaler Vermieterin – Name wird wegen laufender Ermittlungen zurückgehalten."

Agatha lehnte sich in ihrem Stuhl zurück und tippte sich gedankenverloren mit dem Finger auf die Lippen, während sie über die Auswirkungen nachdachte. Ist es

Octavia? Die Indizien wirkten sicherlich belastend ... beim
Opfer gefunden, die Tatwaffe in der Hand, Fingerabdrücke
überall. Aber genau das ist das Problem, dachte sie. Es ist zu
glatt, zu offensichtlich. Echte Morde sind selten so
ordentlich.

Der Nachmittag zog sich leer und öde vor ihr hin. Ohne
Kunden, die es zu bedienen, oder Bestellungen, die es zu
bearbeiten gab, wirkte die Buchhandlung bedrückend ruhig.
Selbst das Neuordnen der Abteilung für klassische Krimis
hatte seinen üblichen Reiz verloren. Mit einem resignierten
Seufzer griff sie nach ihrem Telefon. Vielleicht hatte Emma
über das beeindruckende Klatsch-Netzwerk der Stadt etwas
gehört.

„Emma", sagte Agatha, sobald ihre Freundin abhob, ohne
sich mit Höflichkeitsfloskeln aufzuhalten. „Hast du
irgendwas über Dolores' Fall gehört? Du weißt ja, wie schnell
sich Neuigkeiten in dieser Stadt verbreiten."

Es entstand eine Pause, bevor Emma antwortete; ihre
Stimme senkte sich zu einem vertraulichen Ton. „Nun, es
wird definitiv geredet. Alle konzentrieren sich natürlich auf
Octavia. Offenbar hatte sie am Tag zuvor ein Riesengeschreie
mit Dolores ... naja, bevor es passierte. Es ging wohl darum,
dass die Mieterhöhung völlig aus dem Ruder gelaufen war."

Agatha ertappte sich dabei, wie sie mit einem Kugel-
schreiber herumspielte und ihn rhythmisch klicken ließ,
während sie diese Information verarbeitete. „Ich weiß, wie es
aussieht – sie bei der Leiche zu finden, das Messer in der
Hand. Aber Emma, selbst bei all diesen Beweisen gegen sie
kann ich mir Octavia einfach nicht als Mörderin vorstellen."
Ihre Stimme sank zu einem Flüstern herab, als würde es
weniger wahr sein, wenn sie es zu laut aussprach. „Ja, sie war
wütend wegen der Mietsituation. Wer wäre das nicht? Aber

zwischen Wut und Mord liegt ein gewaltiger Sprung. Es fühlt sich nicht richtig an."

„Ich möchte dir ja zustimmen", erwiderte Emma, und ein Hauch von Zögern schlich sich in ihre Stimme. „Aber du weißt ja, was man über verzweifelte Menschen und Geldnot sagt. Das ist eine Kombination, die schon viele gewöhnliche Leute dazu getrieben hat, außergewöhnliche Dinge zu tun – und das nicht im guten Sinne."

Nachdem sie das Gespräch beendet hatte, starrte Agatha auf ihren Computerbildschirm. Fast ohne bewusstes Nachdenken glitten ihre Finger über die Tastatur, riefen verschiedene soziale Medien auf und suchten nach Octavia Butler. Sie scrollte durch Posts, die Jahre zurückreichten – Fotos von Buchclub-Treffen, Schimpftiraden über steigende Kosten, Bilder ihrer Katze. Nichts, was laut „potenzielle Mörderin" schrie.

Das plötzliche Klingeln ihres Telefons ließ sie zusammenfahren. Lorraine Dubois' Name leuchtete auf dem Display auf.

„Bonjour, Agatha!", rief Lorraine, und ihre Stimme vibrierte förmlich vor Aufregung. „Hast du schon von der neuesten Entwicklung gehört?"

„Nein, was denn jetzt?", fragte Agatha, obwohl sie ahnte, was es war.

„Ich weiß aus einer sehr verlässlichen Quelle", sagte Lorraine mit einem theatralischen Flüstern, „dass die Polizei ihre Verdächtige offiziell identifiziert hat. Es ist Octavia Butler. Sie ist diejenige, die Dolores umgebracht hat."

Agatha zwang Überraschung in ihre Stimme, auch wenn sich ihr Puls beschleunigte. „Das sind schreckliche Neuigkeiten. Aber Lorraine, wir müssen bedenken, dass eine Verdächtige noch lange nicht schuldig ist. Bis es einen Prozess und ein Urteil gibt, verdient Octavia die Unschuldsvermutung. Wir sollten nicht so voreilig sein, sie vor dem Gericht der öffentlichen Meinung zu verurteilen."

„Oh, aber das ist noch nicht einmal der belastendste Teil", fuhr Lorraine fort, die ihre Rolle als Überbringerin von Neuigkeiten sichtlich genoss. „Es gab Zeugen, die Octavia genau um die Tatzeit aus dem Hinterzimmer haben kommen sehen. Der Zeitpunkt ist unglaublich verdächtig."

Agathas Gedanken rasten, während sie versuchte, dieses neue Teil in das Puzzle einzufügen. „Das scheint mir ein ziemlicher voreiliger Schluss zu sein, Lorraine. Das Buchclub-Treffen war an dem Abend rappelvoll. Die Leute sind ständig hin und her gelaufen, um die Toilette zu benutzen. Wahrscheinlich ist die Hälfte der Anwesenden irgendwann durch diesen Bereich gegangen."

„Vielleicht", räumte Lorraine ein, klang jedoch nicht überzeugt. „Aber wie viele von ihnen wurden dabei gesehen, wie sie genau den Raum verließen, in dem Dolores' Leiche gefunden wurde? Das ist schon etwas spezifischer, meinst du nicht auch?"

Das Argument traf härter, als Agatha zugeben wollte. „Du hast mir viel zum Nachdenken gegeben, Lorraine. Danke für den Anruf", sagte sie, begierig darauf, das Gespräch zu beenden, bevor Lorraine noch mehr Spekulationen verbreiten konnte, die als Fakten getarnt waren.

Nachdem sie aufgelegt hatte, saß Agatha da und starrte ihr Telefon an, während das nagende Gefühl in ihrer Magengegend stärker wurde. „Irgendetwas stimmt hier nicht", murmelte sie in den leeren Laden. „Die Teile passen zu perfekt zusammen. Das echte Leben ist nie so praktisch."

～

DER ABEND HATTE sich wie eine gemütliche Decke über die Buchhandlung gelegt. Mike hatte seinen Lieblingsplatz in der Nähe der klassischen Krimiabteilung eingenommen und schnarchte leise; sein kleiner Körper hob und senkte sich mit jedem Atemzug. Agatha legte das Buch beiseite, in dem sie zu lesen vorgab – sie hing seit zwanzig Minuten auf derselben Seite fest – und griff erneut nach ihrem Telefon.

Die Enthüllungen des Tages wirbelten in ihrem Kopf wie Puzzleteile, die nicht recht zusammenpassen wollten. Vielleicht hatten ihre Krimi-begeisterten Mitstreiter etwas bemerkt, das sie übersehen hatte. Schließlich waren sie alle durch jahrelange Lektüre von Kriminalromanen darauf getrimmt, auf Details zu achten.

Sie begann mit Arnold Jasper, dem neuesten Mitglied ihrer Gruppe.

„Hallo, Arnold", begann sie, als er nach mehrmaligem Klingeln abhob. „Ich hoffe, ich erwische dich nicht zu einem ungünstigen Zeitpunkt. Ich habe mich gefragt, ob du mir bei etwas helfen kannst – ist dir während unseres Treffens in der Nacht, als Dolores starb, irgendetwas Ungewöhnliches oder Verdächtiges aufgefallen?"

Das Schweigen, das folgte, dauerte viel zu lange, um angenehm zu sein. Als Arnold schließlich sprach, schwang in seiner Stimme eine Nervosität mit, die sie zuvor noch nie bei ihm gehört hatte. „Agatha ... mir ist nichts Außergewöhnliches aufgefallen. Aber hör zu, ich bin gerade mitten in einer wichtigen Angelegenheit. Können wir ein andermal reden?"

Die Leitung war tot, bevor sie antworten konnte. Agatha starrte ihr Telefon an, die Augenbrauen verwirrt zusammengezogen. Arnolds schroffe Abfuhr fühlte sich falsch an, aber andererseits kannte sie den Mann kaum. Vielleicht mochte er

einfach keine Telefonate. Dennoch vermerkte sie seine seltsame Reaktion in ihrer geistigen Notizliste.

Sie arbeitete sich durch ihre Kontaktliste und rief
verschiedene Buchclub-Mitglieder an. Die meisten
Gespräche verliefen nach einem ähnlichen Muster – Schock
über den Mord, Klatsch über Octavia, aber keine nützlichen
Beobachtungen. Die Leute waren zu sehr damit beschäftigt
gewesen, Christies Handlungswendungen zu diskutieren, um
das echte Drama zu bemerken, das sich um sie herum
abspielte.

Erst als Mrs. Donovan mit einem vorsichtigen Flüstern
antwortete, wurde Agathas Interesse wirklich geweckt.

„Oh, Agatha, ich bin froh, dass du anrufst, obwohl ich mir
nicht sicher bin, ob ich darüber sprechen sollte", begann
Mrs. Donovan mit fast unhörbarer Stimme.

„Was meinst du damit?", fragte Agatha und presste das
Telefon enger an ihr Ohr.

„Nun ja, Liebes, ich habe in jener Nacht tatsächlich etwas
gesehen. Ein Mann, den ich nicht kannte, trieb sich bei der
Buchhandlung herum."

Agatha setzte sich kerzengerade hin. „Wo genau haben
Sie ihn gesehen? Können Sie ihn beschreiben?"

Mrs. Donovans Stimme zitterte leicht, als sie fortfuhr. „Er
ging von der hinteren Gasse hinter Ihrem Laden weg – Sie
wissen schon, dort, wo die Müllcontainer stehen. Aber ich
fürchte, ich kann Ihnen nicht sagen, wie er aussah. Ohne
meine Brille bin ich praktisch blind wie ein Maulwurf. Ich
konnte an seinem Körperbau und seinem Gang erkennen,
dass es ein Mann war, aber sein Gesicht?" Sie stieß einen
kleinen Laut der Frustration aus. „Nur ein verschwommener
Fleck, fürchte ich."

„Mrs. Donovan, das könnte wichtig sein. Haben Sie es der Polizei gesagt?"

„Oh nein!" Die Stimme der Frau wurde vor Schreck lauter. „Und ich möchte, dass das auch so bleibt. Ich will nicht in diese ganze schmutzige Angelegenheit hineingezogen werden. Ich erzähle es nur Ihnen, weil ... nun ja, Sie im Buchclub immer so freundlich zu mir waren. Aber bitte, Agatha, behalten Sie das unter uns. Ich will keinen Ärger."

„Natürlich", versicherte ihr Agatha, obwohl ihre Gedanken bereits alle Möglichkeiten durchspielten. „Ihr Geheimnis ist bei mir sicher."

Nachdem sie aufgelegt hatte, starrte Agatha auf die Ecke, in der einst die Überwachungskamera montiert gewesen war. Die Polizei hatte sie als Beweismittel mitgenommen, aber hatten sie etwas Brauchbares darauf gefunden? Ein unbekannter Mann, der in der Nähe des Tatorts herumlungerte – das war eine Spur, die man nicht ignorieren konnte.

„Was jetzt?", fragte sie in den leeren Laden. Die einzige Antwort kam von Mike, der den Kopf hob und sie mit diesen treuen braunen Augen ansah, die immer mehr zu verstehen schienen, als ein Hund eigentlich sollte.

„Du hast wohl Mitleid mit mir, was?", fragte Agatha und brachte ein kleines Lächeln zustande. Sie bückte sich, um sein weiches Fell zu kraulen, und sein Schwanz klopfte als Antwort gegen den Boden. Seine Anwesenheit hatte etwas zutiefst Tröstliches, eine Erinnerung daran, dass nicht alles auf der Welt kompliziert und düster war.

„Danke fürs Zuhören, Mike", sagte sie leise und kraulte ihn genauso hinter den Ohren, wie er es mochte. „Morgen werden wir Octavia einen Besuch abstatten. Was hältst du davon?"

Mikes Schwanz wedelte mit gesteigerter Begeisterung, als hätte er den Plan perfekt verstanden und hieße ihn gut.

ALS AGATHA ihre Anrufe beendet und für die Nacht abgeschlossen hatte, zerrte die Müdigkeit an ihr, doch ihr Geist weigerte sich, zur Ruhe zu kommen. Zu Hause, während ihr treuer Begleiter Wache hielt, räumte sie einen Platz auf ihrem Küchentisch frei und begann, alles zu ordnen, was sie über den Fall wusste. Sie erstellte einen Zeitplan auf einem großen Blatt Papier und markierte, wann jede Person beim Buchclub-Treffen angekommen war und wann sie es verlassen hatte. Sie notierte, wer wann in den hinteren Teil des Ladens gegangen war. Sie listete jeden auf, der einen bekannten Konflikt mit Dolores hatte – was leider eine ziemlich lange Liste war.

Die Stunden verstrichen unbemerkt, während sie arbeitete, Details abglich, nach Mustern suchte und nach der einen Unstimmigkeit Ausschau hielt, die den Fall aufklären würde. Mike beobachtete sie von seinem Körbchen aus und seufzte gelegentlich, als wollte er sie daran erinnern, dass manche Geheimnisse besser den Profis überlassen bleiben sollten.

Ein sanftes Klopfen unterbrach ihre Konzentration. „Komm rein", rief sie, ohne von ihrer behelfsmäßigen Ermittlungstafel aufzublicken.

Emma trat ein und trug eine dampfende Tasse, die den Raum mit dem beruhigenden Duft von Kamille erfüllte. „Ich habe gesehen, dass bei dir noch Licht brennt, und dachte, du könntest das hier gebrauchen", sagte sie und stellte den Tee neben Agathas Chaos aus Papieren und Notizen ab. „Gütiger

Himmel, es sieht aus, als würdest du versuchen, hier drin die Rätsel des Universums zu lösen."

Agatha nahm den Tee dankbar an und schlang ihre Hände um die warme Keramik. „Nur die Rätsel von Bristol Lake, die sich im Moment ähnlich komplex anfühlen." Sie deutete auf ihren Zeitplan. „Ich habe immerzu das Gefühl, dass ich etwas Offensichtliches übersehe."

Emma zog sich einen Stuhl heran und studierte Agathas Arbeit mit einer Mischung aus Bewunderung und Sorge. „Du versuchst doch nicht ernsthaft, das selbst zu lösen, oder? Das ist keiner deiner Romane, Agatha. Da draußen läuft ein echter Mörder frei herum."

„Das weiß ich doch", sagte Agatha, vielleicht ein bisschen zu defensiv. „Ich spiele nicht Detektiv. Ich ... ich muss einfach verstehen, was in meinem Laden passiert ist. Und ich glaube nicht, dass Octavia es war."

Emmas Gesichtsausdruck wurde weicher. „Du planst also, mit ihr zu reden? Darum geht es hier bei all dem?"

„Morgen, ja. Nur ein freundliches Plaudern bei einer Tasse Tee. Nichts, was als Einmischung in die Ermittlungen ausgelegt werden könnte."

Emma zog eine Augenbraue hoch. „Ein freundliches Verhör meinst du wohl. Agatha, du hast zu viele Krimis gelesen. Echte Morde werden nicht von Buchladenbesitzerinnen gelöst, die sich als Amateurschnüffler versuchen."

„Ich verkaufe Krimis, das ist ein Berufsrisiko", erwiderte Agatha mit einem wehmütigen Lächeln. „Aber ich verspreche dir, dass ich nichts Gefährliches oder Dummes tun werde. Ich möchte nur Octavias Seite der Geschichte hören."

Emma langte über den Tisch und legte ihre Hand auf Agathas. „Ich weiß, dass du es gut meinst und dass dir

Octavia am Herzen liegt. Nur ... bitte sei vorsichtig. Wenn sie es nicht war, dann ist der wahre Mörder noch da draußen. Und diese Person hat bereits einmal getötet."

„Ich werde vorsichtig sein", versprach Agatha und drückte Emmas Hand. „Außerdem habe ich Mike dabei. Er ist ein exzellenter Kenner der menschlichen Natur."

Beide Frauen blickten zu Mike, der wieder eingeschlafen war und so laut schnarchte, dass ein nahegelegener Stapel Lesezeichen wackelte.

„Oh ja, ein richtiger Wachhund", sagte Emma trocken, und beide lachten, wodurch sich die Spannung für einen Moment löste.

„Ich sollte gehen und dich etwas zur Ruhe kommen lassen", sagte Emma und stand auf. „Aber Agatha? Versprich mir, dass du anrufst, wenn sich morgen irgendetwas falsch anfühlt. Versuche nicht, die Heldin zu spielen."

„Ich verspreche es", sagte Agatha. „Ich werde einfach nur eine besorgte Freundin sein, die nach einer anderen Freundin sieht. Mehr nicht."

Nachdem Emma gegangen war, kehrte Agatha zu ihrem Zeitplan zurück, doch die Worte ihrer Freundin hallten in ihrem Kopf nach. Dies war kein Cozy-Krimi, in dem die Amateurdetektivin immer überlebt und den Fall löst. Das hier war das echte Leben, in dem das Stellen der falschen Fragen tödliche Folgen haben konnten.

DER NÄCHSTE MORGEN brach frisch und klar an. Agatha nahm ihr Telefon und ging im Geiste durch, was sie sagen wollte, bevor sie Octavias Nummer wählte.

„Hallo Octavia, hier ist Agatha", begann sie, als die andere

Frau abhob, und hielt ihren Tonfall leicht und freundlich. „Ich habe an dich gedacht – das muss eine so schwere Zeit für dich sein. Ich habe mich gefragt, ob du Lust hättest, dich mit mir auf einen Tee zu treffen? Manchmal kann ein nettes Gespräch eine willkommene Ablenkung von Sorgen sein."

Es entstand eine Pause, bevor Octavia antwortete; ihre Stimme klang angespannt vor Stress. „Oh, Agatha. Das ist sehr lieb von dir, aber ich bin nicht sicher, ob das eine gute Idee ist. Die Polizei sitzt mir im Nacken. Jeder in der Stadt sieht mich an, als wäre ich eine Mörderin. Vielleicht ist es besser, wenn ich mich erst mal verkrieche."

„Ich verstehe das vollkommen", sagte Agatha mit herzlicher Stimme. „Aber genau deshalb brauchst du jetzt vielleicht eine Freundin. Wir müssen über diese Unannehmlichkeiten gar nicht reden. Wir können einfach über Bücher plaudern, wie wir es immer tun. Manchmal ist Normalität die beste Medizin."

Sie konnte Octavias inneren Zwiespalt fast durch das Telefon hindurch spüren. Schließlich ein Seufzer. „Weißt du was? Du hast recht. Ich kriege hier im Haus langsam einen Lagerkoller und schrecke jedes Mal zusammen, wenn es an der Tür klopft. Eine ganz normale Unterhaltung klingt wundervoll."

„Perfekt!", erwiderte Agatha, wobei sich echte Freude unter ihre Absicht zu ermitteln mischte. „Wir machen es ganz zwanglos, wie bei einem Buchclub-Plausch. Wie wäre es morgen Nachmittag bei dir? Ich bringe diese Zitronen-Scones mit, die du so gern magst." Sie hielt inne und lachte dann. „Ach, wen mache ich hier eigentlich was vor? Ich werde die Zitronen-Scones in Elizas Bäckerei kaufen. Du weißt ja, dass ich kaum Wasser kochen kann, ohne es anbrennen zu lassen."

„Das klingt herrlich, Agatha. Danke. Ich meine es ernst –
danke, dass du mich nicht wie eine Aussätzige behandelst."

Nachdem sie das Gespräch beendet hatte, lehnte sich
Agatha nachdenklich in ihrem Stuhl zurück. In einer Kleinstadt wie Bristol Lake verbreitete sich Klatsch schneller als
ein Lauffeuer im August. Selbst ohne formelle Anklage war
Octavia vor dem Gericht der öffentlichen Meinung wahrscheinlich schon verurteilt.

Der Tee morgen würde in der Tat interessant werden.
Agatha hoffte nur, dass sie bereit war für das, was bei Zitro-
nen-Scones und Earl Grey an Wahrheiten – oder Lügen – ans
Licht kommen mochte.

19

OCTAVIAS SCHICKSAL

Agatha nahm Mikes Leine vom Haken neben der Tür. Das vertraute Klimpern ließ seine Ohren sofort aufhorchen. „Wie wäre es mit dem Spaziergang, über den wir gesprochen haben?", fragte sie, obwohl beide genau wussten, wohin der Weg sie führen würde. Mikes Rute begann in einem enthusiastischen Rhythmus zu wedeln, als sie die Leine an seinem Halsband befestigte. „Zeit, Octavia zu besuchen und diesen Tee zu trinken."

Sie spazierten die von Bäumen gesäumte Straße in Mikes bevorzugtem Tempo entlang – langsam genug, um interessante Gerüche zu untersuchen, aber schnell genug, um Zielstrebigkeit zu zeigen. Die Morgenluft trug einen Hauch von Herbst in sich, und Agatha ertappte sich dabei, wie sie Gesprächseinstiege für ihr Treffen mit Octavia probte. Wie verhörte man jemanden beiläufig bei einer Tasse Earl Grey wegen eines Mordverdachts?

Als sie um die Ecke in Octavias Straße bogen, hielt Agatha so abrupt inne, dass Mike sie verwirrt ansah. Zwei Streifenwagen standen vor Octavias bescheidenem viktorianischen Haus; ihr Blaulicht war zwar aus, aber ihre Präsenz unübersehbar. Durch die sich ansammelnde Menge von Nachbarn konnte sie sehen, wie Sheriff Salinger Octavia die Eingangsstufen hinunterführte, ihre Hände waren hinter dem Rücken in Handschellen.

„Ich habe nichts getan!", Octavias Stimme brach vor Verzweiflung und war über die Distanz deutlich zu hören. „Das ist ein Irrtum! Ich habe sie nicht getötet!"

Agathas Herz hämmerte gegen ihre Rippen. Sie trat vor, wollte eingreifen, dem Sheriff sagen, dass er einen schrecklichen Fehler beging, aber der Streifenwagen fuhr bereits davon. Octavia war durch das Rückfenster zu sehen, ihr Gesicht bleich vor Schock.

Detective Dawson blieb am Tatort zurück und wies die verbliebenen Beamten an. Agatha eilte hinüber, Mike trottete neben ihr her, da er ihre Dringlichkeit spürte.

„Edgar!", rief sie, in ihrer Bestürzung die Förmlichkeit vergessend. „Was ist hier los? Warum verhaftest du Octavia?"

Dawson wandte sich ihr zu, sein Gesichtsausdruck war eine vorsichtige Mischung aus professioneller Distanz und persönlichem Mitgefühl. „Agatha, ich weiß, dass es schwer ist, das mitanzusehen, aber wir hatten keine Wahl. Die Beweise sind erdrückend."

„Welche Beweise?", verlangte Agatha zu wissen und umklammerte Mikes Leine so fest, dass ihre Knöchel weiß anliefen. „Gestern hast du noch gesagt, dass ihr noch ermittelt."

„Gestern haben wir das auch noch getan. Heute haben wir schlüssige Beweise." Er senkte seine Stimme und warf einen Blick auf die Menge der Schaulustigen. „Ihre Fingerabdrücke sind überall auf der Mordwaffe und dem Türknauf des Lagerraums. Nicht nur alte Abdrücke – frische, die mit jener Nacht übereinstimmen."

Agathas Gedanken rasten auf der Suche nach Erklärungen. „Aber Octavia war dutzende Male in diesem Lagerraum. Sie hat mir beim Inventar geholfen, mir geholfen, Kisten zu schleppen. Natürlich wären ihre Abdrücke dort. Und das Messer – es stammte aus der Küche meines Ladens. Jeder, der bei der Verpflegung geholfen hat, hätte diese Messer in der Hand gehabt."

Dawsons Miene wurde ernster. „Es sind nicht nur die physischen Beweise, Agatha. Wir haben drohende Textnachrichten auf Dolores' Telefon gefunden, die alle von Octavias Nummer gesendet wurden. Einige davon waren ziemlich explizit darüber, was sie Dolores antun wollte, wenn die Mieterhöhungen nicht aufhörten."

„Textnachrichten können vorgetäuscht sein, Telefone können gestohlen werden …"

„Agatha." Sein Tonfall war sanft, aber bestimmt. „Ich verstehe, dass du deine Freundin verteidigen willst. Aber wir haben auch den andauernden Streit um die Miete als klares Motiv. Mehrere Zeugen haben sie nur Tage vor dem Mord streiten hören. Octavia selbst hat uns gegenüber zugegeben, dass ihr die Räumung drohte, weil sie Dolores' Forderungen nicht erfüllen konnte."

Agatha spürte, wie der Kampfgeist aus ihr wich und durch tiefes Unbehagen ersetzt wurde. „Ich weiß einfach … ich kenne Octavia. Sie beschwert sich, sie lässt Dampf ab, sie schickt vielleicht sogar wütende SMS, aber Mord? Das steckt nicht in ihr."

„Manchmal kennen wir Menschen nicht so gut, wie wir glauben", sagte Dawson leise. „Verzweiflung kann selbst gute Menschen dazu treiben, schreckliche Dinge zu tun."

„Oder jemand will, dass es so aussieht", hielt Agatha dagegen, ihr Kinn reckte sich mit neuer Entschlossenheit. „All diese Beweise – erscheint das nicht zu passend? Zu perfekt? Echte Morde sind chaotisch, kompliziert. Das hier ist wie aus einem ..."

„Wie aus einem Kriminalroman?", beendete Dawson den Satz mit einem leichten Lächeln. „Agatha, ich schätze deine Sichtweise, wirklich. Aber wir müssen den Beweisen folgen, nicht unserem Bauchgefühl oder dem, was wir in Büchern gelesen haben."

Agatha musterte sein Gesicht und suchte nach Anzeichen von Zweifel. „Versprich mir wenigstens, weiter zu ermitteln? Offen für andere Möglichkeiten zu bleiben?"

Dawsons Gesichtsausdruck wurde weicher. „Wir ermitteln immer weiter, bis der Fall abgeschlossen ist. Wenn es Beweise gibt, die auf jemand anderen hindeuten, werden wir sie finden. Darauf hast du mein Wort."

„Danke", sagte Agatha und meinte es auch so. „Ich weiß, dass du nur deinen Job machst."

Er blickte sich um, um sicherzugehen, dass sie nicht belauscht wurden, dann lehnte er sich näher zu ihr. „Ganz unter uns? Ich werde wegen Dolores keine Träne vergießen. Diese Frau hatte ein Talent dafür, sich Feinde zu machen."

Agathas Augen weiteten sich über diese unerwartete Offenheit. „Was meinst du damit?"

„Sagen wir einfach, Dolores hat in Bristol Lake keine Beliebtheitswettbewerbe gewonnen. Sie besaß die Gabe, die Schwachstellen der Leute zu finden und sie auszunutzen. Die Mieterhöhungen waren nur die Spitze des Eisbergs." Seine Stimme hatte einen bitteren Unterton. „Sie hat vielen Leuten das Leben zur Hölle gemacht, auch einigen, die mir am Herzen liegen."

„Ich hatte keine Ahnung, dass es so schlimm war", sagte Agatha leise.

„Kleinstädte sind gut darin, Geheimnisse zu bewahren", antwortete Dawson. „Aber in einer Mordermittlung kommen sie am Ende alle ans Licht." Er richtete sich auf und nahm wieder seine professionelle Haltung ein. „Ich muss zurück zum Revier. Aber Agatha? Überlass das Ermitteln uns. Bitte."

Als er wegging, blieb Agatha stehen und verarbeitete alles, was sie erfahren hatte. Mike jaulte leise und drückte sich tröstend gegen ihr Bein.

„Ich weiß, Junge", murmelte sie. „Das ist noch nicht vorbei. Noch lange nicht."

AN JENEM NACHMITTAG stürmte Emma wie eine Frau auf einer Mission in die Buchhandlung und fand Agatha vor, wie sie geistesabwesend auf ihren Computerbildschirm starrte, auf dieselbe Seite, die sie schon seit einer Stunde vor sich hatte.

„Ich habe es gerade erst gehört", sagte Emma ohne Umschweife und lehnte sich über den Tresen. „Sie haben Octavia verhaftet? Sag mir, dass das ein schrecklicher Irrtum ist."

Agatha sah auf, ihr Gesicht war gezeichnet von Sorge. „Ich wünschte, es wäre einer. Ich habe heute Morgen zugesehen, wie sie sie weggebracht haben. Sie behaupten, die Beweislage sei wasserdicht."

Emmas Kinnlade klappte herunter. „Das ist absoluter Wahnsinn! Octavia würde keiner Fliege was zuleide tun, geschweige denn einen Mord begehen. Was für Beweise könnten sie bitteschön haben?"

„Fingerabdrücke, drohende SMS, ein Motiv – das volle Programm." Agatha rieb sich die Schläfen. „Es ist alles zu ordentlich, zu perfekt. Als hätte jemand den Fall für die Polizei auf dem Silbertablett präsentiert."

Emmas Augen leuchteten vor Entschlossenheit auf. „Dann müssen wir es auspacken. Den wahren Mörder finden."

„Mit was? Wir sind keine Detektive, Emma. Wir haben keinen Zugang zu Beweisen oder Zeugen oder ..."

„Wir haben etwas Besseres", unterbrach Emma sie. „Wir kennen diese Stadt. Wir kennen diese Leute. Und wir wissen, dass Octavia unschuldig ist." Sie lehnte sich verschwörerisch vor. „Apropos Leute kennen, Gladys hat mir heute auf dem Markt etwas Interessantes erzählt."

Agatha horchte auf. „Was hat sie gesagt?"

„Sie hat gesehen, wie Arnold Jasper und Dolores sich nur wenige Tage vor dem Mord heftig gestritten haben. Direkt vor der Bank, am helllichten Tag. Gladys meinte, Arnold sah aus, als wäre er bereit, sie sofort dort auf der Central Avenue zu erwürgen."

Agatha griff nach ihrem Notizbuch, ihre vorangegangene Trägheit war vergessen. „Arnold Jasper ... Er hat sich seltsam verhalten, als ich ihn angerufen habe. Er hat einfach aufgelegt, als ich nach jener Nacht fragte." Sie begann, sich Notizen zu machen. „Hat Gladys gesagt, worüber sie gestritten haben?"

„Sie konnte keine Einzelheiten hören, aber sie sagte, Dolores habe ihm irgendwelche Papiere vors Gesicht gehalten, und Arnold habe wiederholt versucht, sie ihr zu entreißen."

„Papiere?", Agathas Gedanken rasten. „Erpressung? Ein Vertrag? Beweise für irgendetwas?" Sie sah zu Emma auf.

„Das ist die erste echte Spur, die wir haben, die nicht auf Octavia hindeutet."

„Genau. Was werden wir also dagegen unternehmen?"

Agatha blickte auf ihren Computer. „Zuerst werde ich ein wenig über Herrn Arnold Jasper recherchieren. Dann … dann werde ich Octavia besuchen. Sie muss wissen, dass jemand an ihre Unschuld glaubt."

NACHDEM EMMA GEGANGEN WAR, stürzte sich Agatha mit neuer Zielstrebigkeit in ihre Online-Recherche. Es dauerte nicht lange, bis sie fand, wonach sie suchte. Im Gemeinde-forum von Bristol Lake gab es mehrere Threads über Arnolds schlecht laufenden Eisenwarenladen, seine wachsenden Schulden und Gerüchte über eine drohende Insolvenz. Jemand postete, dass Arnold händeringend nach Investoren gesucht und sogar Dolores um einen Kredit gebeten habe.

„Dolores hielt Arnolds finanzielle Zukunft in ihren Händen", murmelte Agatha gegenüber Mike, der seinen Platz neben ihrem Stuhl eingenommen hatte. „Das nenne ich mal ein Motiv."

Sie erinnerte sich an Arnolds panische Stimme am Tele-fon, seine Weigerung, über jene Nacht zu sprechen. Die Teile fügten sich allmählich zu einem Bild zusammen, auch wenn sie das vollständige Gemälde noch nicht ganz erkennen konnte.

Sie schnappte sich ihre Handtasche und ihre Schlüssel und machte sich auf den Weg zur Polizeistation. Sie musste Octavia sehen, um ihr zu versichern, dass jemand für sie kämpfte.

Auf der Wache herrschte mehr Betrieb, als sie erwartet

hatte; Beamte eilten geschäftig durch die Flure. Sie fand Octavia in einem kleinen Vernehmungsraum. Sie wirkte kleiner und zerbrechlicher, als Agatha sie je gesehen hatte. Ihr sonst so perfektes Haar war zerzaust, ihre Augen rot vom Weinen.

„Agatha!", Octavias Gesicht leuchtete vor Überraschung und Hoffnung auf. „Was tust du hier?"

„Ich wollte nach dir sehen, damit du weißt, dass du damit nicht allein bist." Agatha setzte sich ihr gegenüber und griff über den Tisch, um Octavias gefesselte Hände zu halten. „Ich weiß, dass du das nicht getan hast."

Tränen traten in Octavias Augen. „Du glaubst mir? Wirklich?"

„Ohne Frage", sagte Agatha bestimmt. „Und ich werde helfen, es zu beweisen. Erzähl mir alles, woran du dich aus jener Nacht erinnerst. Jedes Detail, egal wie klein es erscheint."

Octavia holte zittrig Atem. „Ich habe Dolores den Saft gegeben – das haben alle gesehen. Aber es war nur Saft, ich schwöre es. Ich habe versucht, höflich zu sein, vielleicht sogar das Kriegsbeil ein wenig zu begraben. Die Sache mit der Miete hat mich fertiggemacht, aber ich dachte, wenn ich mich erkenntlich zeige, vielleicht ..."

„Was ist danach passiert?"

„Ich bin etwa fünfzehn Minuten später auf die Toilette gegangen. Als ich wiederkam, waren alle in eine Diskussion über das Buch vertieft. Ich habe nicht einmal bemerkt, dass Dolores gegangen war, bis es jemand erwähnte."

Agatha machte sich Notizen. „Hast du sonst jemanden gesehen, der in Richtung der hinteren Räume gegangen ist?"

Octavia runzelte die Stirn und überlegte. „Arnold ist irgendwann nach hinten gegangen. Und diese Katherine

Alexander – sie ist ständig aufgestanden und herumgelaufen, hat sich am Buffet zu schaffen gemacht. Oh, und da war noch jemand, aber ich kann mich nicht erinnern, wer. In meinem Kopf geht gerade alles drunter und drüber."

„Das ist schon okay. Du machst das toll." Agatha drückte ihre Hände. „Hör zu, Emma hat gehört, dass Arnold und Dolores sich vor Kurzem gestritten haben. Weißt du irgendetwas darüber?"

Octavias Augen weiteten sich. „Eigentlich ja! Ich habe sie einmal belauscht, vor etwa einer Woche. Dolores sagte irgendetwas über eine ‚fällige Zahlung' und Arnold flehte um mehr Zeit. Ich habe mir damals nicht viel dabei gedacht – die halbe Stadt schuldete Dolores wegen irgendetwas Geld."

„Interessant." Agatha machte sich weitere Notizen. „Ich werde der Sache nachgehen, okay? Wir werden herausfinden, wer das wirklich getan hat."

„Sei vorsichtig", warnte Octavia, „wenn jemand bereit war, Dolores umzubringen, schreckt er vielleicht auch nicht davor zurück, dir wehzutun."

Als Agatha den Vernehmungsraum verließ, stieß sie fast mit Lorraine Dubois zusammen, die gerade mit zerknirschtem Gesicht aus dem Büro des Sheriffs kam.

„Lorraine!", sagte Agatha und bemerkte den schuldbewussten Ausdruck der Frau. „Was führt Sie hierher?"

Lorraine fing sich schnell wieder und umklammerte ihre übergroße Handtasche wie einen Schutzschild. „Oh, ich wollte nur ein paar Informationen über die arme Dolores bekommen. So eine Tragödie. Der Sheriff war nicht da, also wollte ich nur ... eine Notiz hinterlassen."

Agatha bezweifelte sehr, dass Lorraine eine Notiz hatte hinterlassen wollen, aber sie ließ es auf sich beruhen. „Eigentlich bin ich froh, dass ich dich treffe. Ich habe mir

Gedanken über Arnold Jasper gemacht. Hast du etwas über seine Verbindung zu Dolores gehört?"

Lorraines Augen leuchteten auf, so wie bei jemandem, der gerade erstklassigen Klatsch teilen will. Sie blickte sich dramatisch um und lehnte sich dann eng zu ihr. „Oh, Kleines, Arnold und Dolores standen definitiv auf Kriegsfuß. Sie hat seinen Laden für fast gar nichts gekauft, als er in Not war, und ihn ihm dann für die dreifache Miete zurückvermietet."

„Sie hat seinen Laden gekauft?", Agatha konnte ihre Überraschung nicht verbergen.

„Vor etwa sechs Monaten. Ihm drohte die Zwangsversteigerung, und Dolores stürzte sich wie ein Geier darauf. Sie zahlte gerade genug, um seine Bankverbindung zu tilgen, keinen Cent mehr." Lorraines Stimme wurde noch leiser. „Und ich habe Gerüchte gehört, dass sie ihn vielleicht auch erpresst hat. Obwohl mir schleierhaft ist, was sie gegen den ach so korrekten Arnold Jasper in der Hand gehabt haben könnte."

„Erpressung?", Agathas Puls beschleunigte sich. „Das ist ein schwerer Vorwurf."

„Nun, sicher wissen tue ich es nicht", ruderte Lorraine ein wenig zurück. „Aber ich habe sie zusammen gesehen, und die Art, wie Arnold sie angesehen hat ... wenn Blicke töten könnten, wäre Dolores schon vor Monaten tot gewesen."

„Das ist sehr interessant, Lorraine. Vielen Dank." Agatha wollte gerade gehen, drehte sich dann aber noch einmal um. „Sie scheinen immer alles zu wissen, was in dieser Stadt vor sich geht. Das ist wirklich bemerkenswert."

Lorraine sonnte sich in dem Kompliment. „Ich halte einfach meine Augen und Ohren offen, meine Liebe. Wo wir gerade dabei sind ..." Sie hielt Agatha am Arm fest, als diese gehen wollte. „Ich hätte es fast vergessen! Katherine Alexander hat etwas Eigenartiges erwähnt. Anscheinend wurde eine Seite aus Dolores' Terminplaner herausgerissen – die Seite für den Tag vor ihrem Tod."

Agathas Augenbrauen schossen nach oben. „Verschwunden? Woher weiß Katherine das?"

„Oh, Sie wissen ja, wie sich Informationen verbreiten. Ihr Sohn hat es von seinem Golfpartner gehört, dessen Frau eng mit Dolores befreundet war. Sie haben sich jede Woche zum Kaffee getroffen, und Dolores hatte diesen Planer immer dabei. Sie ist nirgendwo ohne ihn hingegangen."

„Eine fehlende Seite in ihrem Planer", wiederholte Agatha nachdenklich. „Dem sollte man definitiv nachgehen. Danke, Lorraine."

„Immer gerne, meine Liebe. Aber sei vorsichtig, wenn du in all dem herumstocherst. Mord ist eine schmutzige Angelegenheit, und man weiß nie, welche anderen Geheimnisse dabei ans Licht kommen könnten."

Als Lorraine davonstolzierte, blieb Agatha im Flur stehen und verarbeitete all die neuen Informationen. Arnolds finanzielle Verzweiflung, mögliche Erpressung, eine fehlende Seite im Planer – das wahre Bild wurde weitaus komplexer als der glatte Fall gegen Octavia.

Sie blickte auf ihre Uhr und seufzte. So sehr sie Arnold auch sofort aufspüren wollte, sie war schon zu lange nicht mehr im Buchladen gewesen. Das Leben einer Hobbydetektivin musste, wie es schien, mit der profanen Realität eines Geschäftsbetriebs in Einklang gebracht werden.

Kaum war sie zurück im Laden und hatte sich hinter dem Tresen niedergelassen, erklang die Türglocke. Sarah Appleton trat ein; sie hielt ein Buch in der Hand und trug einen Ausdruck kaum unterdrückter Neugier im Gesicht.

„Agatha, meine Liebe", begann Sarah ohne Umschweife, „ist es wahr, was man sich über Octavia erzählt?"

Agatha wappnete sich für eine weitere Tratschrunde, aber etwas in Sarahs Tonfall ließ sie innehalten. Da schwang echte Besorgnis mit, nicht nur pure Neugier.

„Sie haben sie verhaftet", bestätigte Agatha vorsichtig. „Aber ich glaube, sie haben einen Fehler gemacht."

Sarah nickte langsam. „Ich dachte mir schon, dass du das sagen würdest. Und ich glaube, du könntest recht haben. Siehst du, ich habe in jener Nacht etwas beobachtet, das ich damals nicht für wichtig hielt, aber jetzt ..."

Agatha lehnte sich begierig vor. „Was hast du gesehen, Sarah?"

Sarah blickte sich nervös um, als hätte sie Angst, in der leeren Buchhandlung belauscht zu werden. „Es war spät, nachdem das Treffen beendet war. Ich hatte meine Lesebrille vergessen und kam zurück, um sie zu holen. Ich sah jemanden durch deine Hintertür gehen – jemanden, der definitiv nicht Octavia war."

„Wer war es?", fragte Agatha mit klopfendem Herzen.

Sarah biss sich auf die Lippe. „Das ist es ja – ich konnte es nicht mit Sicherheit sagen. Es war dunkel, und die Person trug einen Mantel mit hochgezogener Kapuze. Aber Agatha ... sie trug etwas bei sich, das in etwas eingewickelt war, was wie eine Tischdecke aus deinem Café aussah. Etwas in der Größe von ... nun ja, in der Größe des Messers, mit dem Dolores getötet wurde."

Agatha stockte der Atem. Endlich ein Beweis, dass noch jemand anderes dort gewesen war, jemand, der versuchte, seine Beteiligung zu verbergen. „Sarah, du musst das der Polizei erzählen."

„Ich weiß, ich weiß. Ich gehe als Nächstes dorthin. Ich

wollte es dir nur zuerst sagen, da es ja dein Laden ist und so." Sarah hielt an der Tür inne. „Agatha? Wer auch immer das getan hat ... die Person ist noch da draußen. Bitte sei vorsichtig."

Nachdem Sarah gegangen war, stand Agatha allein in ihrer Buchhandlung, Mike zu ihren Füßen, umgeben von fiktiven Rätseln, während sie in einem echten gefangen war. Jemand in ihrer ruhigen Stadt war ein Mörder, jemand, der verzweifelt genug war, um Octavia das Verbrechen anzuhängen.

Sie blickte hinunter zu Mike, der sie mit treuen Augen ansah. „Worauf haben wir uns da nur eingelassen, Junge?", fragte sie leise.

Mikes Rute wedelte einmal, als wollte er sagen, dass sie das gemeinsam durchstehen würden, was auch immer es war. Und irgendwie fühlte sich Agatha dadurch ein wenig mutiger für das, was sie als Nächstes tun musste.

20

DIE SEITE

gatha!" Sarah stürmte durch die Buchladen-Tür und drückte ein Buch an ihre Brust, als enthalte es Staatsgeheimnisse. „Du wirst nicht glauben, was gerade passiert ist."

Agatha blickte von ihrer Inventurliste auf, sofort faszi-niert von Sarahs gerötetem Gesicht und ihrer kaum gezü-gelten Aufregung. „Sarah, was ist los? Du siehst aus, als hättest du ein Gespenst gesehen."

Sarah legte das Buch mit zitternden Händen auf den Tresen. „Es geht um Arnold Jasper. Er hat das hier heute Morgen in der Bibliothek zurückgegeben – ein Pharmakolo-gielehrbuch. Als ich es wiedereinscannte, fiel das hier heraus." Sie holte ein gefaltetes Stück Papier aus ihrer Tasche und ging damit um, als könnte es explodieren.

„Ein Pharmakologie-Buch?" Agathas Puls beschleunigte sich. Dawsons Worte über ein Benzodiazepin in Dolores' Körper hallten in ihrem Kopf wider, aber sie bewahrte eine neutrale Miene. „Was für eine Notiz ist es?"

Sarahs Augen weiteten sich, während sie das Papier

vorsichtig entfaltete. „Das ist es ja gerade – es ist keine Notiz. Es ist eine Seite aus Dolores' Terminkalender. Schau dir das Datum an." Ihre Stimme sank zu einem Flüstern. „Sie ist vom Tag vor ihrem Tod."

Agatha stockte der Atem. Sie lehnte sich vor und studierte die Seite, ohne sie zu berühren. Der dekorative Rand entsprach unverkennbar Dolores' Stil – sie hatte ihn oft genug gesehen, wenn Dolores während ihrer Streitigkeiten ostentativ ihren Zeitplan überprüfte. „Sarah, bist du dir absolut sicher, dass das ihre ist?"

„Ich würde meine Bibliothekspension darauf verwetten", sagte Sarah bestimmt. „Ich habe sie hunderte Male in diesen Kalender schreiben sehen. Sie hat ihn überallhin mitgenommen und ihn wie die Bibel behandelt. Und schau –", sie deutete auf die markante violette Tinte, „– sie hat immer genau diesen Farbton benutzt. Sie sagte, es wirke professioneller als Blau, aber weniger hart als Schwarz."

Agatha ging im Geist die Auswirkungen durch. Eine verschwundene Kalenderseite, versteckt in einem Pharmakologie-Buch, zurückgegeben von Arnold Jasper. Die Verbindungen waren fast zu offensichtlich, doch genau diese Offensichtlichkeit machte sie misstrauisch. „Sarah, das ist ein entscheidendes Beweismittel. Die Polizei muss das sofort sehen."

„Ich weiß. Deshalb bin ich zuerst zu dir gekommen." Sarah biss sich nervös auf die Lippe. „Ich dachte ... nun ja, du untersuchst das doch, oder? Jeder weiß, dass du nicht glaubst, dass Octavia es getan hat."

„Sarah, ich bin nur eine besorgte Freundin, die versucht ..."

„Agatha, bitte. Wir alle wissen, dass du der Sache nachgehst. Und ehrlich gesagt bin ich froh, dass es jemand tut."

Sarah schob die Seite ein Stück näher zu ihr. „Wäre es schrecklich, wenn du eine Kopie machst, bevor ich sie zum Revier bringe? Nur für den Fall, dass sie im ... Trubel verloren geht?"

Agatha zögerte genau eine Sekunde, bevor sie nach ihrem Handy griff. „Ich mache ein Foto. Das geht schneller und wir riskieren nicht, das Original zu beschädigen." Sie machte schnell mehrere Aufnahmen aus verschiedenen Winkeln und achtete darauf, dass der Text deutlich lesbar war. „So. Jetzt musst du das sofort zu Detective Dawson bringen."

Sarah nickte und faltete die Seite vorsichtig wieder zusammen. „Das werde ich. Aber Agatha ... sei vorsichtig. Wenn Arnold das getan hat und er merkt, dass man ihm auf der Spur ist ..."

„Mir wird nichts passieren", versicherte Agatha ihr, obwohl sich ihr Magen vor Unbehagen zusammenzog. „Bring das einfach zur Polizei. Und Sarah? Danke, dass du mir das anvertraut hast."

Nachdem Sarah gegangen war, rief Agatha sofort die Fotos auf ihrem Handy auf und zoomte auf das entscheidende Detail, das ihr Herz hatte aussetzen lassen. Dort stand in Dolores' präziser Handschrift: „9:30 Uhr – Arnold Jasper. Betr.: Besprechung der Abschlusszahlung. Vertragskopien mitbringen."

AGATHA STARRTE AUF DAS BILD, ihr Finger schwebte über einer bestimmten Notiz. Unter dem Termin mit Arnold hatte Dolores in kleinerer Schrift geschrieben: „Wechselwirkungen der Medikamente prüfen?" Das Fragezeichen schien sie vom Bildschirm herab zu verspotten.

Warum sollte Dolores am Tag vor ihrem Treffen mit Arnold Medikamenten-Wechselwirkungen prüfen? Es sei denn ...

„Es sei denn, sie hatte vor, selbst jemanden unter Drogen zu setzen", murmelte Agatha und schüttelte dann sofort den Kopf. „Nein, das ergibt keinen Sinn. Aber was, wenn sie vermutete, dass jemand versuchen könnte, sie unter Drogen zu setzen?"

Mike hob den Kopf von seinem Hundebett, als würde er ihre Unruhe spüren.

„Oder", fuhr Agatha fort und sprach zu Mike, als könnte er eine Lösung anbieten, „was, wenn Arnold während ihres Treffens etwas über Medikamente erwähnt hat, das sie misstrauisch gemacht hat?"

Die Puzzleteile waren verlockend nah daran, ein Bild zu ergeben, aber sie konnte es noch nicht ganz erkennen. Sie brauchte mehr Informationen, und sie wusste genau, wen sie anrufen musste.

EMMA NAHM nach dem ersten Klingeln ab. „Bitte sag mir, dass du gute Neuigkeiten wegen Octavia hast."

„Besser als gute Neuigkeiten – ich habe vielleicht unseren wahren Mörder gefunden", sagte Agatha und konnte ihre Erregung nicht verbergen. „Kannst du in den Laden kommen? Das ist kein Gespräch für das Telefon."

„Gib mir zehn Minuten", sagte Emma und legte auf.

Sie kam nach acht Minuten an, leicht außer Atem. „Spuck's aus. Alles."

Agatha schloss die Vordertür ab, drehte das Schild auf

„Mittagspause" um und führte Emma dann ins hintere Büro, wo sie nicht belauscht werden konnten.

„Arnold Jasper hat heute Morgen ein Pharmakologie-Lehrbuch in der Bibliothek zurückgegeben", begann Agatha. „Darin versteckt war eine Seite, die aus Dolores' Kalender gerissen wurde – die vermisste Seite vom Tag vor ihrem Tod."

Emma klappte der Unterkiefer herunter. „Er hatte sie? Warum sollte er ... oh mein Gott, hängt er sich das etwa selbst an?"

„Oder er wusste nicht, dass sie darin war", entgegnete Agatha. „Aber hör dir an, was auf dieser Seite stand. Dolores hatte an diesem Morgen um 9:30 Uhr einen Termin mit Arnold. Irgendetwas über eine ‚Besprechung der Abschlusszahlung' und Vertragskopien."

„Die Erpressung, die Lorraine erwähnt hat", hauchte Emma. „Das beweist, dass sie sich getroffen haben."

„Es gibt noch mehr." Agatha zeigte ihr das Foto auf ihrem Handy. „Schau dir diese Notiz über das Prüfen von Medikamenten-Wechselwirkungen an. Was, wenn Dolores vermutete, dass Arnold etwas versuchen könnte? Was, wenn sie deshalb nachgeforscht hat?"

Emma studierte das Bild. „Oder was, wenn sie vorhatte, ihn unter Drogen zu setzen? Dolores war nicht gerade dafür bekannt, fair zu spielen."

„Das habe ich auch zuerst gedacht, aber es passt nicht zusammen. Sie ist diejenige, die am Ende betäubt wurde." Agatha begann auf und ab zu gehen, ihre Gedanken überschlugen sich. „Emma, wir wissen, dass Arnold Zugang zu pharmazeutischem Wissen hatte. Wir wissen, dass er ein Motiv hatte – Lorraine hat die Sache mit seinem Laden und der möglichen Erpressung bestätigt. Und jetzt wissen wir, dass er sich am Tag vor ihrem Tod mit Dolores getroffen hat."

„Das ist alles nur Indizienbeweis", gab Emma zu bedenken, obwohl sie überzeugt wirkte. „Die Polizei wird sagen, dass jeder dieses Buch aus der Bibliothek hätte nehmen können."

„Stimmt, aber in Kombination mit allem anderen ..." Agatha hielt mitten im Schritt inne. „Warte. Das Buchclub-Treffen. Arnold kam zu spät, erinnerst du dich? Er kam erst rein, als Dolores schon da war und bereits den Saft trank, den Octavia ihr gegeben hatte."

Emmas Augen weiteten sich. „Aber er hätte den Saft vor dem Treffen mit Drogen versetzen können. Wenn er Octavias Routine kannte und wusste, dass sie immer Erfrischungen serviert ..."

„Oder", sagte Agatha langsam, während ihr ein neuer Gedanke kam, „was, wenn er gar nicht den Saft verunreinigt hat? Was, wenn er etwas anderes unter Drogen gesetzt hat, etwas, das nur Dolores zu sich nehmen würde?"

Sie sahen einander an und kamen beide zum selben Schluss.

„Ihre Medikamente", sagten sie wie aus einem Mund.

„Dolores nahm Blutdrucktabletten", sagte Emma aufgeregt. „Sie hat es einmal erwähnt, als sie der armen Mrs. Bower einen Vortrag über die Vorzüge der modernen Medizin hielt. Wenn Arnold irgendwie Zugang zu ihren Pillen hatte ..."

„Könnte er sie ausgetauscht oder mit Benzodiazepin kontaminiert haben", beendete Agatha den Satz. „Sie würde sie selbst einnehmen, niemand würde etwas vermuten, und wenn sie zum Buchclub käme, wäre sie bereits schläfrig."

„Was sie zu einem leichten Ziel macht", sagte Emma grimmig. „Agatha, wir müssen Detective Dawson davon berichten."

„Das werden wir, aber zuerst möchte ich mit Arnold spre-chen." Bei Emmas alarmiertem Blick fügte sie schnell hinzu: „Nicht allein! Und nicht direkt über den Mord. Ich habe eine Idee."

Emma verschränkte die Arme. „Das ist hoffentlich nicht einer deiner ‚Ich werde den Mörder einfach mal ganz beiläufig befragen'-Pläne."

„Nein, nein. Hör zu. Der Wohltätigkeitsbasar der Frauen-gilde steht an. Wir brauchen Sponsoren und Teilnehmer. Es ist völlig legitim, wenn wir Arnold wegen eines Beitrags ansprechen, besonders angesichts seines Engagements für die Gemeinde."

„Und während wir da sind, erwähnen wir rein zufällig Dolores?", war Emmas Skepsis nicht zu überhören.

„Genau. Wir können seine Reaktion beobachten und sehen, ob er nervös oder schuldbewusst wirkt. Wenn ja, gehen wir mit allem direkt zu Dawson."

Emma dachte darüber nach. „Es ist nicht der schlechteste Plan, den du je hattest. Aber wir gehen zusammen hin, an einen öffentlichen Ort, und beim ersten Anzeichen von Gefahr gehen wir. Einverstanden?"

„Einverstanden." Agathas Handy summte. Sie warf einen Blick darauf und fühlte, wie ihr das Blut in den Adern fror. „Es ist von Detective Dawson. Er will mich sofort auf dem Revier sehen."

„Das ging schnell. Sarah muss die Kalenderseite bereits abgegeben haben."

„Oder", sagte Agatha leise, „es ist noch etwas anderes passiert. In der SMS steht, dass es dringend ist."

Emma schnappte sich ihre Handtasche. „Ich komme mit dir."

„Emma ..."

„Keine Widerrede. Wenn Arnold der Mörder ist und er weiß, dass wir ihm auf die Schliche kommen, gehst du nirgendwo allein hin."

Als sie sich zum Aufbruch bereit machten, konnte Agatha das Gefühl nicht abschütteln, dass sie etwas Wesentliches übersahen. Die Teile passten fast schon zu gut zusammen – Arnolds Motiv, das Pharmakologie-Buch, das Treffen mit Dolores, die verschwundene Kalenderseite. Ihrer Erfahrung mit Krimis nach bedeutete es meistens, dass die wahre Lösung noch im Verborgenen lag, wenn alles zu reibungslos wirkte.

„Emma", sagte sie, als sie die Tür erreichten, „was, wenn wir falschliegen? Was, wenn Arnold genau wie Octavia in eine Falle gelockt wird?"

Emma hielt inne. „Dann sollten wir hoffen, dass Detective Dawson besser in seinem Job ist als wir. Denn im Moment sieht Arnold verdammt schuldig aus."

Agatha nickte, aber dieser nagende Zweifel blieb. In all den Krimis, die sie gelesen hatte, war der offensichtlichste Verdächtige nach der ersten falschen Anschuldigung selten der wahre Mörder. Es gab immer noch eine Wendung, noch eine verborgene Schicht.

Während sie sich auf den Weg zum Polizeirevier machten, konnte sie nicht umhin, sich zu fragen: Waren sie dabei, den Fall zu lösen, oder liefen sie direkt in die sorgfältig ausgelegte Falle eines Mörders?

Mike sah ihnen von seinem Lager aus nach, und Agatha hätte schwören können, Besorgnis in seinen braunen Augen zu sehen. Sogar ihr Hund schien zu spüren, dass sie gefährliches Terrain betraten, auf dem eine falsche Bewegung sie zu den nächsten Opfern des Mörders machen konnte.

21

DIE BOTSCHAFT

Agatha starrte zum dritten Mal auf die Textnachricht von Detective Dawson: Dringend. Muss Sie sofort sprechen. Können wir uns treffen? Die Eile in seinen Worten, so kurz nachdem Sarah die Kalenderseite geliefert hatte, jagte ihr einen Schauer über den Rücken. Sie tippte schnell zurück: Natürlich. Wo?

Zwanzig Minuten später saß sie ihm im The Daily Grind gegenüber, während das nachmittägliche Treiben im Café Deckung für das bot, was sich wie ein heimliches Treffen anfühlte. Dawson hatte eine Eckbank fernab der Fenster gewählt, und Agatha bemerkte, dass sein professionelles Auftreten von etwas anderem überschattet wurde – Besorgnis? Warnung?

Er verschwendete keine Zeit mit Höflichkeiten. „Sarah hat uns die Kalenderseite gebracht", sagte er und rührte mit bedächtiger Langsamkeit Zucker in seinen Kaffee. „Sie erwähnte, dass sie sie zuerst Ihnen gezeigt hat."

Agatha bewahrte eine neutrale Miene. „Sie war aufgeregt,

sie gefunden zu haben. Sie dachte, ich sollte es wissen, da es in meiner Buchhandlung passiert ist."

Dawson lehnte sich vor, seine Stimme wurde leiser. „Agatha, ich verstehe Ihr Interesse an diesem Fall. Ihre Freundin ist in Untersuchungshaft, und ein Mord ist in Ihrem Laden geschehen – jeder würde Antworten wollen. Aber ich muss Ihnen etwas klarmachen." Sein Blick hielt dem ihren stand. „Das hier ist keiner Ihrer Kriminalromane. Die Person, die Dolores getötet hat, ist echt, gefährlich und immer noch da draußen."

„Das ist mir bewusst", sagte Agatha und kreuzte diskret die Finger unter dem Tisch – eine kindische Geste, aber sie gab ihr ein besseres Gefühl bei dem, was sie gleich sagen würde. „Ich habe nicht die Absicht, Ihre Ermittlungen zu behindern."

Dawson musterte ihr Gesicht, offensichtlich nicht ganz überzeugt. „Ich hoffe, das stimmt. Denn wenn der Mörder glaubt, dass Sie ihm zu nahe kommen ..." Er ließ die Andeutung im Raum stehen.

„Ich verstehe", sagte Agatha und hielt den Blickkontakt, selbst als sich ihre gekreuzten Finger gegen ihr Bein pressten. „Ich werde es den Profis überlassen."

Er stand abrupt auf, anscheinend zufrieden. „Gut. Wir gehen dem Hinweis auf Arnold Jasper nach. Überlassen Sie uns ab hier das Feld."

„Natürlich", stimmte Agatha zu und erhob sich ebenfalls. „Ich bin nur eine Buchhändlerin. Was verstehe ich schon davon, Morde aufzuklären?"

Dawson hielt inne, noch halb im Aufstehen begriffen, dann richtete er sich langsam auf, wobei er ihr ständig in die Augen sah. „Richtig. Nur eine Buchhändlerin." Er knöpfte sein Jackett mit bedächtiger Präzision zu. „Seien Sie vorsichtig, Agatha. Manchmal ist die gefährlichste Person diejenige, die glaubt, nichts mehr zu verlieren zu haben."

Nachdem er gegangen war, löste Agatha ihre gekreuzten Finger und murmelte: „Es den Experten überlassen. Genau." Sie hatte jede Absicht, vorsichtig zu sein, aber sie dachte nicht im Traum daran, aufzuhören. Nicht, wenn Octavias Freiheit auf dem Spiel stand.

AN DIESEM ABEND zog sich Agatha in das Heiligtum ihrer Küche zurück, wo ihre treue Royal-Schreibmaschine den Tisch wie eine alte Freundin beherrschte. Sie konnte beim Schreiben schon immer am besten nachdenken, und heute Abend kanalisierte sie den Frust über ihre Ermittlungen in ihren Krimi. Das vertraute Klackern der Tasten beruhigte ihre Nerven, während ihre fiktive Detektivin Spuren verfolgte, die klarer schienen als ihr echtes Rätsel.

Sie hielt inne, um an ihrem Kamillentee zu nippen, und las ihren letzten Absatz durch. Ihre Protagonistin hatte gerade einen entscheidenden Hinweis entdeckt, versteckt in ...

Das Bersten von Glas zerbrach ihre Konzentration. Das Geräusch hallte wie ein Schuss durch das Haus und ließ ihr das Herz bis zum Hals schlagen. Sie sprang so schnell auf, dass ihr Stuhl nach hinten kippte und scheppernd auf den Boden krachte.

Sie rannte ins Wohnzimmer und kam gerade rechtzeitig an, um zu sehen, wie Rücklichter um die Ecke verschwanden – ein avocadogrüner Kleinwagen mit Fließheck, dessen Reifen auf dem Asphalt quietschten. Ihr Wohnzimmerfenster klaffte wie eine Wunde, Glassplitter glitzerten auf dem Hartholzboden und verstreuten sich über den antiken Teppich, den sie von ihrer Mutter geerbt hatte.

Inmitten der Zerstörung lag ein faustgroßer Stein, um den mit einem Gummiband ein Stück Papier gewickelt war.

Ihre Hände zitterten, als sie sich vorsichtig ihren Weg durch das Glas bahnte, um ihn aufzuheben. Die Notiz war in wütenden, hingekritzelten Buchstaben verfasst: „HÖREN SIE AUF ZU SCHNÜFFELN, WO SIE NICHTS ZU SUCHEN HABEN."

Agathas erster Instinkt war, die Polizei zu rufen, aber etwas hielt sie zurück. Stattdessen wählte sie mit zitternden Fingern Emmas Nummer.

„Jemand hat gerade einen Stein durch mein Fenster geworfen", sagte sie ohne Umschweife, als Emma abnahm. „Sie haben eine Drohnotiz hinterlassen."

„Was? Bist du verletzt? Ich komme sofort vorbei!"

„Mir geht es gut, ich stehe nur unter Schock." Agatha starrte auf den Schaden. „Emma, ich habe das Auto gesehen. Es war avocadogrün."

Es entstand eine Pause. „Arnold fährt einen avocadogrünen Kleinwagen."

„Ich weiß."

Emma traf in Rekordzeit ein und betrachtete die Zerstörung mit weit aufgerissenen Augen. „Das ist ernst, Agatha. Wir müssen die Polizei rufen."

„Und ihnen was sagen? Dass ich in dem Mordfall ermittle, bei dem sie mir ausdrücklich gesagt haben, ich solle es lassen?" Agatha schüttelte den Kopf. „Sie würden mich wahrscheinlich wegen Behinderung festnehmen."

Emma hob die Notiz auf und studierte sie aufmerksam. „Das ist der Beweis, dass du an etwas dran bist. Der Mörder wird nervös."

„Oder jemand will, dass ich das glaube", sagte Agatha und überraschte sich selbst mit dem Gedanken. „Was, wenn das ein Ablenkungsmanöver ist? Es so aussehen lassen, als ob Arnold mich bedroht, um uns von der Fährte des wahren Mörders abzubringen?"

„Du zerdenkst das Ganze wieder", sagte Emma bestimmt. „Arnold hat das Motiv, die Mittel, das verdächtige Verhalten und jetzt bedroht er dich. Wir müssen handeln."

Agathas Kiefer spannte sich an. „Du hast recht. Der Stein durch mein Fenster ändert alles. Vorher haben wir nur im Trüben gefischt – jetzt wissen wir, dass er verunsichert ist."

Emma schritt im Zimmer auf und ab. „Also bleiben wir beim Plan? Die Masche mit dem Wohltätigkeitsbasar der Ladies' Guild?"

„Ja, aber jetzt ist es noch wichtiger, dass wir zusammen gehen." Agathas Stimme war fester, als ihr zumute war. „Er weiß, dass wir an etwas dran sind, was ihn gefährlicher macht – aber auch wahrscheinlicher, dass er einen Fehler begeht."

„Und wenn er es war, der den Stein geworfen hat?"

„Dann wird er wissen, dass wir nicht klein beigeben", sagte Agatha mit mehr Zuversicht, als sie tatsächlich empfand. „Manchmal ist die beste Verteidigung zu zeigen, dass man keine Angst hat."

Emma seufzte. „Das ist eine furchtbare Idee, aber ich kenne diesen Blick. Du gehst so oder so, ob mit mir oder ohne mich."

„Mir wäre es mit dir viel lieber", gab Agatha zu.

Sie verbrachten die nächste Stunde damit, ihr Vorgehen zu planen, Glas aufzukehren und Pappe über das zerbrochene Fenster zu kleben. Als sie sich auf den Weg zu Arnolds

Haus machten, warf die Nachmittagssonne bereits lange Schatten über die ruhigen Straßen von Bristol Lake.

ARNOLDS HAUS STAND auf einem Eckgrundstück, gepflegt, aber bescheiden. Sein avocadogrüner Wagen stand wie eine Anschuldigung in der Einfahrt. Agatha spürte, wie sich ihr Puls bei seinem Anblick beschleunigte.

Arnold öffnete beim dritten Klingeln. Die Tür knarrte auf und gab den Blick auf seine hagere, drahtige Gestalt frei; seine stechenden Augen wanderten mit offensichtlichem Misstrauen zwischen ihnen hin und her. Sein Tonfall war kühl und abweisend. „Ms. Royale. Ms. Fletcher. Das kommt unerwartet."

Agatha zwang sich zu ihrem strahlendsten Lächeln. „Arnold! Wir hatten gehofft, Sie zu Hause anzutreffen. Wir machen unsere Runde für den Meadowbrook Community Charity Bazaar. Die Ladies' Guild sucht nach Spenden und Unterstützung von lokalen Geschäftsleuten und Gemeinde-mitgliedern."

Seine Körperhaltung entspannte sich ein klein wenig. „Der Wohltätigkeitsbasar. Ja, ich erinnere mich." Er trat einen Schritt zurück, lud sie jedoch nicht direkt ein. „Die Guild leistet wichtige Arbeit. Ich würde gerne etwas beisteuern."

„Wunderbar!", schaltete sich Emma mit vielleicht etwas zu viel Enthusiasmus ein. „Wir wussten, dass wir auf Sie zählen können."

Arnold nickte langsam. „Ich habe einige Schnitzarbeiten – Buchstützen, Schmuckdosen –, die gute Preise erzielen könnten. Ich werde sie bis Ende der Woche fertig haben."

„Das ist sehr großzügig", sagte Agatha und fügte dann beiläufig hinzu: „Wir haben Sie in letzter Zeit nicht mehr in der Buchhandlung gesehen. Der Krimiclub vermisst Sie."

Etwas huschte über Arnolds Gesicht. „Die Arbeit war ... fordernd. Ich hatte keine Zeit für Freizeitliteratur."

„Wie schade", sagte Emma. „Besonders nach dem, was beim letzten Treffen, an dem Sie teilgenommen haben, passiert ist. Die arme Dolores."

Arnolds Kiefer spannte sich an. „Ja. Tragisch."

Agatha entschied, noch ein wenig mehr Druck auszuüben. „Wo wir gerade davon sprechen, es ist etwas höchst Merkwürdiges passiert. Die Bibliothek hat eine Seite aus Dolores' Terminkalender gefunden, die in einem Pharmakologie-Lehrbuch steckte. Können Sie sich das vorstellen? Die Polizei glaubt, dass es mit ihrem Mord in Verbindung stehen könnte."

Arnold wurde ganz starr. „Ach ja?"

„Mmm-hmm", fügte Emma hinzu und beobachtete ihn genau. „Anscheinend hat derjenige, der das Buch zurückgegeben hat, recherchiert, wie man jemanden unter Drogen setzt. Sie haben Benzodiazepine in Dolores' Blut gefunden, wissen Sie. Jemand wollte sie bewusstlos haben, bevor er ... nun ja."

Alle Farbe wich aus Arnolds Gesicht. „Das ist ... davon hatte ich nichts gehört."

„Oh doch", sagte Agatha gesprächig. „Die Polizei interessiert sich brennend für jeden, der dieses Buch ausgeliehen hat. Bibliotheken führen heutzutage so detaillierte Aufzeichnungen."

Arnolds Hand klammerte sich an den Türrahmen. „Ich sollte ... ich habe einen Termin. Wenn Sie mich entschuldigen würden."

„Natürlich", sagte Agatha zuckersüß. „Oh, eine Sache noch. Es ist wahrscheinlich nichts, aber heute hat jemand einen Stein durch mein Fenster geworfen. Es war eine Notiz dabei, die mich warnte, die Ermittlungen zu Dolores' Tod einzustellen."

Arnolds Augen weiteten sich. „Das ist ja schrecklich."

„Das Merkwürdige ist", fügte Emma hinzu, „das Auto, das wegfuhr, war ein avocadogrüner Kleinwagen. Genau wie Ihrer. So eine ungewöhnliche Farbe, finden Sie nicht auch?"

„Es muss ... andere geben", stammelte Arnold. „Es ist nicht so selten."

„Nein, vermutlich nicht", stimmte Agatha zu. „Nun, wir wollen Sie nicht aufhalten. Vielen Dank für die Spendenzusage."

Sie waren auf halbem Weg den Gartenpfad hinunter, als Katherine Alexander aus dem Nachbarhaus auftauchte, eine Gartenschere in der einen Hand und einen Strauß Rosen in der anderen. Ihr Timing wirkte zu passend, um ein Zufall zu sein.

„Na sieh mal einer an", sagte Katherine in einem täuschend freundlichen Ton. „Was führt Sie beide denn in unsere Nachbarschaft?"

„Spenden für den Wohltätigkeitsbasar", erwiderte Agatha glatt. „Arnold war sehr großzügig."

Katherines Augen verengten sich. „Wie bürgerschaftlich engagiert von Ihnen beiden. Obwohl ich mich nicht erinnern kann, Sie beide bei den Sitzungen der Guild gesehen zu haben, bei denen wir den Basar tatsächlich geplant haben."

Agatha spürte, wie ihr die Röte ins Gesicht stieg. „Wir helfen bei den Sammelaktionen."

„Ich verstehe." Katherine trat näher und senkte die Stimme. „Wissen Sie, mein Sohn Digby nimmt sich Dolores'

Tod sehr zu Herzen. Sie sind zusammen aufgewachsen. Er hat klargestellt, dass jeder, der die polizeilichen Ermittlungen behindert, mit Konsequenzen rechnen muss."

„Wir behindern gar nichts", sagte Emma schnell.

„Nicht?" Katherines Lächeln war so scharf wie ihre Schere. „Ein kleiner Rat – manche Steine lässt man besser unumgedreht. Besonders, wenn man nicht weiß, was darunter hervorkriechen könnte."

Sie schickte sich an, wegzugehen, hielt dann aber inne, die Hand am Gartentor. „Obwohl ..." Sie blickte zurück zu ihnen, offensichtlich mit sich selbst ringend. „Da ist etwas, das Sie interessieren könnte. Etwas, das ich heute in der Bibliothek entdeckt habe."

Sie machte einen Schritt auf ihr Haus zu, hielt dann wieder an und schüttelte den Kopf. „Nein, vergessen Sie es. Es ist wahrscheinlich nicht wichtig."

Doch als Agatha und Emma weitergehen wollten, rief Katherine ihnen hinterher. „Ach, um Himmels willen – warten Sie."

Sie drehten sich um und sahen sie an, wie sie hin- und hergerissen zwischen ihnen und ihren Rosen hin- und herblickte, als würde sie ihre Möglichkeiten abwägen.

„Ich schätze, Sie erfahren es ohnehin noch", sagte sie schließlich und trat näher. Die Schatten des Abends waren länger geworden, was ihren Gesichtsausdruck schwer lesbar machte. „Es betrifft Dolores' Tod."

Agatha und Emma tauschten einen kurzen Blick. „Was ist damit?", fragte Emma vorsichtig.

Katherine sah sich um, um sicherzugehen, dass sie allein waren, dann lehnte sie sich vor, während ihre Stimme zu einem kaum hörbaren Flüstern sank, als sie begann, ihr Wissen zu teilen.

22

KATHERINE ALEXANDER

Katherines Gesichtsausdruck wandelte sich zu einem Ausdruck berechnenden Interesses, ihre Gartenschere hielt sie noch immer in der Hand. „Ich habe heute in der Bibliothek etwas Faszinierendes gehört", begann sie und kostete den Moment sichtlich aus. „Sarah hat eine Seite aus Dolores' Terminkalender gefunden, die in einem Pharmakologiebuch steckte. Eine ziemliche Entdeckung, würden Sie nicht auch sagen?"

Agatha und Emma tauschten einen kurzen Blick und schafften es, angemessen überrascht dreinzublicken. „Wie merkwürdig", sagte Emma vorsichtig. „Obwohl das natürlich alles Mögliche bedeuten könnte, nicht wahr?"

„Vielleicht", sagte Katherine mit glänzenden Augen. „Aber hier kommt der interessante Teil – die Seite war auf den Tag vor Dolores' Tod datiert und verzeichnete ein Treffen mit Arnold Jasper."

„Das alles hat Sarah Ihnen erzählt?", fragte Agatha und versuchte einzuschätzen, wie viel Katherine tatsächlich wusste.

„Sie hat es erwähnt, als ich vorhin in der Bibliothek vorbeigeschaut habe." Katherines Blick glitt bedeutungsvoll in Richtung Arnolds Haus. „Wissen Sie, ich erinnere mich ganz deutlich daran, dass Arnold vor ein paar Wochen ein Pharmakologiebuch ausgeliehen hat. Damals habe ich mir nichts dabei gedacht – die Leute leihen alle möglichen Bücher aus. Aber jetzt ..." Sie ließ die Andeutung im Raum stehen.

Emma lehnte sich ein Stück vor. „Das erscheint in der Tat als ein ziemlicher Zufall."

Katherine musterte die beiden einen Moment lang, dann wechselte sie abrupt das Thema. „Wo wir gerade von der Bibliothek sprechen, ich habe über unsere nächste Auswahl für den Buchclub nachgedacht. In Anbetracht der jüngsten Ereignisse sollten wir vielleicht ‚Und dann gab's keinen mehr' lesen. Das erscheint ... passend, finden Sie nicht? All diese Geheimnisse, all diese Schuldigen, die zusammen festsitzen."

Der Vergleich entging Agatha nicht. „Das ist sicherlich eine Sichtweise. Christie hatte zweifellos ein Talent dafür aufzuzeigen, wozu jeder unter den richtigen Umständen fähig sein kann – sogar zum Mord."

„Exakt." Katherines Lächeln war scharf. „In ihren Büchern entpuppt sich oft die unwahrscheinlichste Person als Mörder. Die süße alte Dame, der tollpatschige Narr, der hilfsbereite Freund ..." Ihr Blick ruhte nacheinander auf jeder von ihnen. „Da fragt man sich doch, wer in unserem kleinen Drama welche Rolle spielt, nicht wahr?"

Sie diskutierten noch ein paar Minuten über das Buch, aber Agatha bemerkte, wie Katherines Aufmerksamkeit immer wieder zu Arnolds Haus abschweifte, während ihre Finger gedankenverloren die Gartenschere öffneten und schlossen. Die Geste mochte unbewusst sein, doch sie jagte Agatha dennoch einen Schauer über den Rücken.

Schließlich richtete sich Katherine auf. „Nun, ich sollte mich wieder meinen Rosen widmen, bevor es zu dunkel wird. Sie brauchen so viel Pflege – ein falscher Schnitt und man kann alles ruinieren." Sie sah Agatha direkt an. „Ähnlich wie bei Ermittlungen, würden Sie nicht sagen? Ein falscher Schritt und jemand Unschuldiges kommt zu Schaden."

Mit dieser kryptischen Warnung drehte sie sich um und ging zurück zu ihrem Haus, wobei sie Agatha und Emma in der dämmernden Abendstille stehen ließ.

„Hat sie uns gedroht oder uns gewarnt?", flüsterte Emma, sobald Katherines Tür ins Schloss gefallen war.

„Vielleicht beides", antwortete Agatha und beobachtete, wie in Katherines Fenstern das Licht anging. „Oder vielleicht ist sie in diesem Spiel einfach besser, als wir dachten."

IN NACHDENKLICHEM SCHWEIGEN gingen sie zurück zur Buchhandlung, während die vertrauten Straßen von Bristol Lake mit der einbrechenden Dunkelheit einen anderen Charakter annahmen. Die fröhlichen Ladenfronten, die tagsüber Kunden willkommen hießen, wirkten nun verschlossen und geheimnisvoll. Selbst die Straßenlaternen schienen mehr Schatten als Licht zu werfen.

Die Bäckerei war schon lange geschlossen, aber der anhaltende Duft von Brot hing noch in der Luft – eine Erinnerung an die Normalität in einer Stadt, die sich plötzlich alles andere als normal anfühlte. Ein Paar mit einem Hund ging an ihnen vorbei und wünschte einen angenehmen

Abend, was jedoch gezwungen wirkte, als würden alle krampfhaft so zu tun versuchen, als hätte sich nichts verändert.

„Diese ganze Stadt fühlt sich jetzt anders an", sagte Emma leise. „Als würde jeder jeden beobachten und darauf warten, dass jemand einen Fehler macht."

„Oder darauf warten, dass die nächste Leiche auftaucht", fügte Agatha grimmig hinzu.

Als sie die Buchhandlung erreichten, kramte Agatha nach ihren Schlüsseln, während ihre Gedanken noch immer um Katherines Worte kreisten. Die Schaufensterdekoration, die sie erst heute Morgen so sorgfältig arrangiert hatte – eine Auswahl klassischer Krimis –, wirkte in ihrer Passgenauigkeit nun fast wie Hohn.

„Weißt du", sagte Emma, während Agatha die Tür aufschloss, „du solltest wirklich darüber nachdenken, eine Hilfe einzustellen. Du kannst nicht jedes Mal schließen, wenn du ermitteln musst – ich meine, Besorgungen zu erledigen hast."

Agatha stieß die Tür auf, und der vertraute Geruch von Büchern beruhigte sofort ihre strapazierten Nerven. „Du hast wahrscheinlich recht. Obwohl ich bei dem Tempo die Bewerber wohl auf mörderische Tendenzen prüfen muss."

Die nächste Stunde verbrachten sie damit, ein Stück Normalität wiederherzustellen, indem sie Regale durchstöberten und über Bücher sprachen, als sei ihre größte Sorge, was sie als Nächstes lesen sollten. Emma zog einen Roman von Dorothy Sayers heraus, stellte ihn dann aber wieder zurück. „Ich kann momentan nichts über fiktive Morde lesen. Es fühlt sich zu ... nah an."

„Ich weiß, was du meinst." Agatha rückte eine Auslage besonders heiterer Kriminalromane zurecht – jene mit Wortspielen im Titel und Comic-Katzen auf den Covern, in denen das größte Drama aus Backwettbewerben oder Rivalitäten im Gartenbauverein besteht. „Obwohl in Büchern die Amateurdetektivin wenigstens meistens nicht als nächstes Opfer endet."

„Das ist nicht gerade beruhigend", meinte Emma trocken.

Als Agatha ein paar Rückläufer einsortierte, kam ihr plötzlich ein Gedanke. „Emma, bei all dem, was mit Dolores passiert ist, habe ich das Skelett in meinem Garten völlig vergessen. Ich war so auf den aktuellen Mord fixiert, dass ich meinen Verdacht gegen Raymond Aguilar gar nicht weiter verfolgt habe."

Emmas Augen weiteten sich. „Glaubst du etwa ... Agatha, was ist, wenn das zusammenhängt? Ein Skelett taucht in deinem Garten auf, und dann gibt es einen Mord in deiner Buchhandlung? Das ist entweder ein unglaublicher Zufall oder –"

„Oder jemand versucht, dir eine Nachricht zu schicken", beendete Agatha den Satz. „Aber welche Nachricht? Und warum gerade mir?"

Die gemütliche Buchhandlung fühlte sich plötzlich weniger wie ein Zufluchtsort an, sondern eher wie eine Bühne, auf der jemand anderes die Regie führte. Das vertraute Knarren im Gebälk des alten Gebäudes, das sonst so beruhigend wirkte, klang jetzt unheilvoll. Als ein Windstoß gegen die Tür rüttelte, zuckten beide Frauen zusammen.

„Ich sollte gehen", sagte Emma mit einem Blick auf ihre Uhr. „Kommst du allein zurecht, wenn du abschließt?"

„Ich komme zurecht", versicherte Agatha ihr, obwohl sie selbst nicht ganz davon überzeugt war.

～

EMMA WAR KAUM fünf Minuten weg, als die Tür erneut aufgestoßen wurde. Lorraine stürzte herein, leicht zerzaust und außer Atem.

„Oh, Gott sei Dank bist du noch hier!", keuchte sie und presste eine Hand auf die Brust. „Ich bin gerade mit meinem Buch fertig geworden und habe gemerkt, dass ich für heute Abend nichts mehr habe. Du weißt, ich kann ohne etwas zu lesen nicht schlafen, und der Gedanke, bei all dem, was passiert ist, wach zu liegen ..."

Agatha wurde sofort weich. Einem befreundeten Bücher-Junkie in Not zu helfen, war etwas, dem sie gewachsen war. „Natürlich. Lass mich dir helfen, etwas Perfektes für heute Abend zu finden. Vielleicht etwas Sanftes – diesmal ohne Morde?"

„Gott, ja", pflichtete Lorraine ihr inbrünstig bei. „Obwohl in dieser Stadt wohl sogar Liebesromane tödlich enden könnten."

Während sie die Abteilung für leichte Cozy-Krimis durchstöberten – denn trotz des Wunsches nach etwas Seichterem steuerte Lorraine automatisch dorthin –, plauderte sie über ihren Tag. „Ach, ich hatte einen höchst interessanten Anruf von meiner Freundin Velma drüben in Oxford Hills. Wir haben in alten Erinnerungen geschwelgt, und sie hat etwas erwähnt, das ich völlig vergessen hatte."

Agatha hielt ihren Gesichtsausdruck neutral, während sie ein Buch herauszog. „Ach ja?"

„Es geht um dieses Skelett in deinem Garten – alle reden doch davon, dass es Cecilia Morgan sein könnte, oder? Nun, Velma hat mich daran erinnert, dass Raymond und Cecilia damals ein echtes Paar waren. Unzertrennlich, um genau zu sein. Die vier – Raymond, Cecilia, Dolores und Digby – waren ständig zusammen."

Agathas Hand erstarrte am Buchrücken. Raymond hatte ihr ausdrücklich gesagt, er habe Cecilia kaum gekannt. „Das ist interessant. Ich hatte den Eindruck, sie seien nur flüchtige Bekannte gewesen."

„O nein, die beiden waren definitiv fest zusammen. Es war sogar von einer Verlobung die Rede, bevor sie verschwand." Lorraine senkte verschwörerisch die Stimme. „Hinterher gab es natürlich Gerüchte, sie sei mit einem anderen Mann durchgebrannt, aber Velma hat das nie geglaubt. Sie sagte, Raymond sei am Boden zerstört gewesen, als Cecilia verschwand."

„Wie tragisch", murmelte Agatha, während ihre Gedanken rasten. Warum sollte Raymond über etwas lügen, das so leicht nachzuprüfen war? Es sei denn, er hätte nie damit gerechnet, dass jemand in der Vergangenheit graben würde.

Sie half Lorraine, einen beschaulichen englischen Dorfkrimi auszuwählen – einen, bei dem der Mord nicht unmittelbar vorkam und das größte Drama eine umstrittene Blumenschau war – und kassierte ab. Als Lorraine sich mit tausend Dank verabschiedete, warf Agatha einen Blick auf die Uhr und erschrak.

„Mike!" Sie war so in die Ermittlungen vertieft gewesen, dass sie ihn den ganzen Tag allein gelassen hatte. Schuldgefühle überkamen sie, während sie schnell abschloss und durch die nun menschenleeren Straßen eilte.

Die Stadt fühlte sich nachts anders an, verwandelt von malerisch zu unterschwellig bedrohlich. Jeder Schatten konnte einen Beobachter verbergen, jedes dunkle Fenster Geheimnisse hüten. Ihre Schritte hallten von den Gebäuden wider und verkündeten jedem, der vielleicht zuhörte, ihre Anwesenheit.

Als sie in ihre Straße einbog, blieb ihr fast das Herz stehen. Ihre Haustür stand einen Spaltbreit offen, und in der Lücke war nur Dunkelheit zu sehen.

Sie wusste mit absoluter Sicherheit, dass sie heute Morgen abgeschlossen hatte. Sie kontrollierte es immer zweimal, eine Angewohnheit aus ihrer Zeit in der Großstadt, die sie nie abgelegt hatte.

Agatha stand wie angewurzelt auf ihrem Gartenweg und starrte auf die offene Tür. Mike war da drinnen. Wenn ihm jemand etwas angetan hatte ...

Aber sie konnte nicht einfach nur dastehen. Mit einem tiefen Atemzug holte sie ihr Handy heraus, bereit, die Polizei zu rufen, und stieß die Tür weiter auf.

Im Haus war es dunkel. Sie tastete nach dem Lichtschalter direkt neben der Tür und versuchte, ihren Atem zu beruhigen.

„Mike?", rief sie leise. „Mike, mein Großer, ist alles gut?"

Kein antwortendes Bellen, kein Geräusch von Pfoten auf dem Holzboden. Das sah ihm gar nicht ähnlich – er begrüßte sie sonst immer an der Tür.

23

DIE ENTDECKUNG

Agatha nahm all ihren Mut zusammen, stieß die Tür auf und trat ein. Ihr stockte der Atem, als sie das Chaos vor sich sah.

„Mike?", rief sie vorsichtig. „Mike, wo bist du, mein Kleiner?"

Ihre Augen huschten durch das durchwühlte Wohnzimmer, und ihr sank das Herz in die Schuhe, während sie begutachtete, was aus ihrem einst so ordentlichen Zuhause geworden war. Schubladen hingen offen, ihr Inhalt lag auf dem Boden verstreut. Die Teppiche waren beiseite gerissen und in Ecken geworfen worden. Jemand hatte nach etwas gesucht – und nach dem Aussehen der Dinge zu urteilen, ziemlich verzweifelt.

„Mike?", ihre Stimme wurde dringlicher.

Leise Pfotenschritte näherten sich aus dem Flur, und sie atmete erleichtert auf, als Mike aus dem Schlafzimmer trottete. Sein Schwanz wedelte vorsichtig, sein ganzer Körper war tief am Boden – nicht seine übliche enthusiastische Begrüßung. Was auch immer hier geschehen war, hatte ihm Angst eingejagt.

Sie kniete sich nieder, um ihn zu trösten, und fuhr mit den Händen über seinen zitternden Körper, um ihn nach Verletzungen abzusuchen. Als sie keine fand, stand sie auf und musterte weiter den Schaden. Die Hintertür stand sperrangelweit offen und schwang leicht in der Abendbrise – das Anzeichen für einen hastigen Aufbruch.

Ihre Finger zitterten, als sie die Polizei rief, und sie versuchte, ihre Stimme ruhig zu halten, während sie den Einbruch meldete.

Detective Dawson traf innerhalb von zwanzig Minuten ein, seine Miene war grimmig, als er die Zerstörung sah. Er zog seinen Notizblock heraus, den Stift gezückt. „Können Sie sagen, ob etwas fehlt?"

Agatha blickte sich hilflos um. „Es ist schwer zu sagen, da alles so verstreut ist, aber offensichtlich fehlt nichts. Mein Laptop ist noch da, der Fernseher ..." Sie brach verwirrt ab.

Dawson untersuchte sorgfältig den Rahmen der Vordertür. „Keine Einbruchspuren", stellte er fest und fuhr mit dem Finger am unversehrten Holz entlang. „Entweder haben Sie nicht abgeschlossen, oder ..."

„Ich lasse niemals unverschlossen", sagte Agatha bestimmt. „Jemand hatte einen Schlüssel. Ich muss diese Schlösser sofort austauschen lassen." Sie sah ihn an. „Sie kennen nicht zufällig einen zuverlässigen Schlüsseldienst?"

Dawson ging ins Wohnzimmer und betrachtete die systematische Zerstörung. „Nichts mitgenommen, sagten Sie? Und die Hintertür?"

„Die stand sperrangelweit offen, als ich ankam."

Er rieb sich nachdenklich das Kinn. „Es könnte ein abgebrochener Einbruch sein. Jemand hat sie gestört, und sie sind

geflohen, bevor sie etwas Wertvolles mitnehmen konnten."
Er holte sein Handy heraus. „Hier, ich gebe Ihnen die
Nummer vom Schlüsseldienst. Tom ist zuverlässig und
schnell."

Während er durch seine Kontakte scrollte, schweifte sein
Blick erneut über das Chaos. „Das ist ziemlich gründlich für
einen einfachen Einbruch." Er steckte sein Handy weg,
nachdem sie sich die Nummer notiert hatte. „Soll ich Ihnen
helfen, alles wieder in Ordnung zu bringen? Ich könnte
morgen vorbeikommen und mit anpacken."

„Das ist sehr freundlich von Ihnen, Detective, aber ich
werde schon klarkommen." Agatha hielt inne und tippte sich
nachdenklich an die Lippen. „Finden Sie es nicht seltsam,
dass jemand einen Schlüssel hatte? Dieses Haus ist seit
Jahren in Familienbesitz, aber ich lebe erst seit kurzer Zeit
wieder hier."

Edgars Gesichtszüge spannten sich an. „Lassen Sie
morgen als Erstes die Schlösser austauschen. Und Agatha?
Seien Sie vorsichtig. Wer auch immer das getan hat, könnte
zurückkommen, besonders wenn er nicht gefunden hat,
wonach er gesucht hat."

Nachdem Dawson gegangen war, stand Agatha allein in
den Trümmern ihres Wohnzimmers. Nichts Wertvolles war
gestohlen worden, und doch hatte jemand gründlich und
systematisch gesucht. Das war nicht wahllos gewesen – es
war gezielt. Die Frage, die sie quälte, war einfach, aber beunruhigend: Wonach hatten sie gesucht?

Ihre Gedanken wanderten zu dem Skelett in ihrem
Garten. Erst eine Leiche, die in ihrem Garten vergraben war,
dann Dolores, die in ihrer Buchhandlung ermordet wurde,
und nun das hier. Zu viele Zufälle. Jemand suchte nach
etwas, das mit der Vergangenheit zusammenhing – nach

etwas, von dem sie glaubten, es sei in diesem Haus versteckt.

AGATHA VERBRACHTE die nächste Stunde damit, methodisch wieder Ordnung zu schaffen und zu versuchen, die Verletzung ihrer Privatsphäre durch den Einbruch zu tilgen. Sie war gerade dabei, das Wohnzimmer aufzuräumen, als Mike anfing, beharrlich an einer Stelle neben dem Kamin zu scharren, wo der Teppich beiseite geworfen worden war.

„Mike, was ist denn?" Sie trat näher und bemerkte, was seine Aufmerksamkeit erregt hatte: Eine Dielenplatte saß ein wenig höher als die anderen, als wäre sie aufgehebelt und hastig wieder eingesetzt worden.

Ihr Puls beschleunigte sich. Die Eindringlinge hatten den Teppich bewegt, aber das hier in ihrer Eile wohl übersehen. Sie kniete sich hin und schob ihre Finger unter den Rand der Diele. Sie ließ sich leicht anheben und gab einen verborgenen Hohlraum darunter frei.

Darin lag eine schwarze Plastiktüte, die oben verknotet war – unheimlich ähnlich wie diejenige, die bei dem Skelett gefunden worden war. Sie griff hinunter, um sie anzuheben, und war überrascht von ihrem Gewicht. Was auch immer darin war, es war massiv und schwer. Mit Mühe hievte sie die Tüte aus ihrem Versteck und stellte sie neben sich auf den Boden.

Mit zitternden Fingern löste sie den Knoten. Die Tüte knisterte laut in dem stillen Raum, als sie sie öffnete. Darin befand sich etwas Unerwartetes – eine meergrüne Hermes 3000 Schreibmaschine, deren nostalgische Schönheit in krassem Gegensatz zu ihrem Versteck stand. Kein Wunder, dass die Tüte so schwer gewesen war; diese alten Maschinen waren wie Panzer gebaut.

Als sie die Schreibmaschine aus der Tüte hob, bemerkte sie, dass die Abdeckung des Farbbandes etwas wulstig wirkte. Sie öffnete sie vorsichtig und entdeckte den Grund – darunter waren Fragmente aus rosa Seide verstaut worden. Ihr stockte der Atem, als es ihr dämmerte.

„Cecilias Schal", flüsterte sie. Dieselbe markante rosa Seide, die sie bei dem Skelett gefunden hatten.

Ihr Handy summte und ließ sie zusammenfahren. Emmas Name leuchtete auf dem Display auf.

„Emma", antwortete sie außer Atem, „es ist etwas passiert. In mein Haus wurde eingebrochen und ich habe etwas gefunden. Kannst du sofort vorbeikommen?"

Emma traf in Rekordzeit ein, ihr Gesicht war vor Sorge zerfurcht, als sie die immer noch sichtbaren Zeichen des Chaos sah. „Agatha, ist alles in Ordnung mit dir? Wurde etwas gestohlen?"

„Mir geht es gut, und es fehlt nichts. Aber schau dir das hier an." Agatha zeigte ihr die Schreibmaschine und die Schaltuchfetzen. „Es war unter den Dielen versteckt. Die Einbrecher haben zwar den Teppich bewegt, es aber nicht gefunden."

Emmas Augen weiteten sich vor Überraschung. „Dieser Schal ... ich kenne das Muster." Sie stand abrupt auf. „Warte hier. Ich habe etwas, das helfen könnte." Sie stürmte hinaus und kehrte Minuten später mit einem alten Fotoalbum zurück, das sie an ihre Brust klammerte.

Sie blätterte mit geübter Vertrautheit durch die Seiten und hielt bei einer bestimmten Fotografie inne. „Hier. Schau dir das an."

Agatha betrachtete das Schwarz-Weiß-Bild. Drei junge

Leute standen zusammen – Katherine Alexander, trotz ihrer Jugend deutlich erkennbar, Cecilia Morgan mit ihrem markanten Lächeln und ein dunkelhaariger Junge in ihrem Alter.

„Ist das Digby?", fragte Agatha und kniff die Augen zusammen, um das unbekannte Gesicht besser zu erkennen.

Emma schüttelte den Kopf. „Kann nicht sein. Digby ist blond, und schau dir die Nase an – ganz andere Form. Digby hat diese perfekte, gerade Nase. Die von diesem Jungen hier ist an der Spitze viel runder."

Sie drehten das Foto um, in der Hoffnung auf Namen oder Daten, fanden aber nur leere Pappe.

„Warum sollten sie leugnen, Cecilia gekannt zu haben, wenn das hier der Beweis ist, dass sie befreundet waren?", fragte sich Agatha laut. „Und wer ist dieser Junge?"

„Das ist nicht das einzige Rätsel", sagte Emma und deutete auf die Schreibmaschine. „Schau mal an die Seite der Farbbandabdeckung."

Agatha lugte genauer hin und bemerkte eine Folge von neun Zahlen, die in das Metall eingeritzt waren. „Eine Sozial-versicherungsnummer, vielleicht? Früher haben die Leute sie zur Identifizierung in Wertsachen eingraviert."

Sie wandten sich Agathas Laptop zu und tippten die Nummern in eine Suchmaschine ein. Das Ergebnis, das erschien, ließ beide nach Luft schnappen: Yekaterina Niko-layevna Petrova.

„Yekaterina?", Agathas Stimme schwankte. „Könnte das Katherines Schreibmaschine sein?"

Emma sah skeptisch aus. „Katherine Alexanders Name ist Katherine, nicht Yekaterina – sie ist keine Russin. Und warum sollte ihre Schreibmaschine in deinem Haus versteckt sein? Wann hätte sie überhaupt hier gewohnt?"

Agatha schritt im Zimmer auf und ab, ihre Schritte hallten auf dem Hartholz wider. „Gar nicht, soweit ich weiß. Mein Vater hat dieses Haus 1987 von Eugene Bishop gekauft, und die Alexanders wohnen schon seit Jahrzehnten in ihrem Haus." Sie blieb stehen und starrte die Schreibmaschine an. „Was hat das alles mit Cecilias Tod zu tun?"

Sie standen in nachdenklichem Schweigen da, beide im Wissen, dass sie etwas Bedeutendes entdeckt hatten, aber unfähig, zusammenzufügen, was es bedeutete.

„Sollten wir das zur Polizei bringen?", fragte Emma schließlich, Unsicherheit schwang in ihrer Stimme mit.

Agatha zögerte. „Ich bin mir nicht sicher. Es hat vielleicht gar nichts mit den Morden zu tun. Es könnte einfach eine alte Schreibmaschine sein, die jemand zur sicheren Aufbewahrung versteckt hat."

„Eine wertvolle", pflichtete Emma ihr widerwillig bei. „Hermes 3000 sind unter Sammlern eine ganze Menge wert. Aber sie zusammen mit Stücken vom Schal eines Mordopfers zu verstecken?" Sie schüttelte den Kopf. „Das ist keine sichere Aufbewahrung. Das ist das Verbergen von Beweismitteln."

„Du hast recht", gab Agatha zu. „Aber Beweise wofür? Und von wem versteckt?" Sie hob die Schreibmaschine hoch und untersuchte sie genauer. „Wir müssen mehr über diese Yekaterina Petrova herausfinden, bevor wir irgendetwas anderes unternehmen."

Emma nickte langsam. „Und wir müssen vorsichtig sein. Jemand war verzweifelt genug, in dein Haus einzubrechen und nach etwas zu suchen. Was, wenn es genau das hier war, was sie wollten?"

Agatha stellte die Schreibmaschine vorsichtig ab, während sich die Schwere von Emmas Worten auf sie legte. Wenn die Eindringlinge nach dieser Schreibmaschine

gesucht hatten, würden sie zurückkommen, sobald sie merk-
ten, dass sie sie übersehen hatten. Und beim nächsten Mal
könnte sie zu Hause sein, wenn sie auftauchten.

Die Abendschatten waren lang geworden, während sie
nachgeforscht hatten, und Mike drückte sich an Agathas
Bein, immer noch nervös wegen des vorangegangenen
Eindringens. Sie griff hinunter, um ihn zu trösten, doch ihre
Augen blieben auf die meergrüne Schreibmaschine fixiert –
wunderschön, altmodisch und irgendwie das Herzstück
eines Rätsels, das mit jeder Enthüllung gefährlicher zu
werden schien.

24

DIE KONFRONTATION

Agatha war tief in einen klassischen Kriminalroman von Dorothy Sayers versunken, als eine Reihe entschlossener Klopfzeichen sie in die Realität zurückholte. Durch die Glastür der Buchhandlung konnte sie die vertraute Silhouette von Detective Dawson erkennen; sein Gesichtsausdruck wirkte schon aus der Ferne ernst.

„Detective", sagte sie, während sie die Tür öffnete und seine finstere Miene bemerkte. „Das sieht nicht nach einem rein gesellschaftlichen Besuch aus."

„Ich fürchte, nein." Er trat ein und blickte sich im leeren Laden um, bevor er in seine Jackentasche griff. „Ich habe etwas, das Sie sehen müssen. Es geht um die Nacht, in der Dolores getötet wurde."

Die Schwere in seiner Stimme ließ Agathas Puls schneller schlagen. Sie schloss ihr Buch und legte sorgfältig ein Lesezeichen ein – eine lebenslange Gewohnheit, selbst in Momenten der Anspannung. „Was ist es?"

Dawson holte einen kleinen USB-Stick hervor und hielt ihn ihr hin. „Sicherheitsaufnahmen von der Kamera in Ihrer rückwärtigen Gasse. Die, die wir als Beweismittel mitgenommen haben. Ich dachte, Sie sollten sehen, was wir gefunden haben."

Agatha nahm den Stick mit einer Mischung aus Neugier und Grauen entgegen. Sie ging zum Tresen, auf dem ihr Laptop stand, steckte den Stick mit einem leisen Klicken ein und wartete, während die Dateien geladen wurden. Der Ordner enthielt mehrere Videodateien, alle mit einem Zeitstempel aus der Mordnacht versehen.

„Schauen Sie sich das Video an, das mit 20:52 Uhr markiert ist", wies Dawson sie an und stellte sich neben sie.

Sie drückte auf Wiedergabe. Die körnigen Schwarz-Weiß-Aufnahmen zeigten deutlich ihre Hintertür. Einen Moment lang geschah nichts. Dann öffnete sich die Tür, und Arnold Jasper kam heraus, einen großen Rucksack über der Schulter. Er blickte sich verstohlen um, bevor er in den Schatten der Gasse verschwand.

„Schauen Sie weiter", sagte Dawson leise.

Agatha spulte den Rest der Aufnahmen im Schnelldurchlauf vor, aber Arnold tauchte nicht wieder auf. Der Zeitstempel erreichte Mitternacht, dann darüber hinaus. Nichts.

„Er ist nie wieder durch diese Tür zurückgekommen", bestätigte Dawson. „Wir haben das gesamte Material geprüft. Er ist während des Buchclub-Treffens gegangen und verschwunden."

Agatha lehnte sich in ihrem Stuhl zurück und verarbeitete diese Information. „Er ist also herausgeschlüpft, während alle über Christie diskutierten, genau um die Zeit, als Dolores getötet wurde." Sie runzelte die Stirn, während ihre Detektivinstinkte mit ihrem Sinn für Fairness rangen. „Der Zeitpunkt ist verdächtig, aber vorzeitig zu gehen ist kein Beweis für einen Mord."

„Nein, das ist es nicht", pflichtete Dawson ihr bei. „Deshalb ist er auch noch nicht verhaftet. Noch nicht. Aber zusammen mit dem Pharmakologiebuch, der Terminplanerseite und jetzt dem hier ..." Er zuckte mit den Schultern. „Die Indizien häufen sich."

„Hat ihn schon jemand dazu befragt?"

„Wir haben es versucht. Er war nicht zu Hause, als wir vorhin vorbeigingen." Dawson nahm den USB-Stick wieder an sich und steckte ihn ein. „Agatha, ich zeige Ihnen das aus Höflichkeit, und weil ich weiß, dass Sie ohnehin schon involviert sind, ob es mir gefällt oder nicht. Aber ich möchte, dass Sie vorsichtig sind. Wenn Arnold unser Mörder ist, könnte es gefährlich sein, ihn zu konfrontieren."

„Ich verstehe", sagte Agatha, obwohl ihre Gedanken bereits vorauseilten und sie den nächsten Schritt plante.

Edgar musterte ihr Gesicht, offensichtlich nicht ganz überzeugt. „Ich meine es ernst. Keine Heldentaten. Wenn Sie etwas sehen oder hören, rufen Sie mich sofort an."

„Natürlich."

Nachdem Dawson gegangen war und seine Warnungen sowie das belastende Videomaterial mitgenommen hatte, griff Agatha sofort nach ihrem Telefon. Emma nahm beim zweiten Klingeln ab.

„Du wirst nicht glauben, was Edgar mir gerade gezeigt hat", begann Agatha und schilderte rasch die Enthüllung durch die Sicherheitsaufnahmen. „Arnold ist mit einem Rucksack durch die Hintertür verschwunden und nie zurückgekehrt. Genau um die Zeit, als Dolores ermordet wurde."

„Das ist unglaublich verdächtig", hauchte Emma. „Was wirst du tun?"

„Ich werde mit ihm reden. Und zwar noch heute."

Eine Pause entstand. „Agatha, das ist nicht sicher. Du hast doch gerade gesagt, dass er vielleicht der Mörder ist."

„Vielleicht. Wir wissen es nicht sicher." Agatha packte bereits ihre Sachen zusammen, ihr Entschluss stand fest. „Ich muss seine Erklärung hören. Es könnte einen vollkommen harmlosen Grund geben."

„Oder er könnte ein Mörder sein, der schon einmal getötet hat, um seine Geheimnisse zu bewahren", hielt Emma dagegen. „Ich komme mit dir. Ich kann früher von der Arbeit weggehen —"

„Nein", sagte Agatha bestimmt. „Danke, aber ich glaube, er wird eher bereit sein, sich zu öffnen, wenn ich allein bin. Zwei Personen könnten sich wie ein Hinterhalt anfühlen."

Emma seufzte schwer. „Mir gefällt das nicht. Was, wenn etwas passiert?"

„Dann weißt du genau, wohin du die Polizei schicken musst", sagte Agatha und bemühte sich um einen lockeren Ton. „Mir wird nichts passieren, Emma. Es ist heller Tag, und ich werde vorsichtig sein."

„Schreib mir eine Nachricht, wenn du dort ankommst und wenn du wieder gehst", beharrte Emma. „Und wenn du in einer Stunde nicht zurück im Laden bist, rufe ich Dawson persönlich an."

„Abgemacht", stimmte Agatha zu, wobei sie die Besorgnis ihrer Freundin schätzte, auch wenn sie sich über die Warnungen hinwegzusetzen gedachte.

Nachdem sie das Telefonat beendet hatte, stand Agatha in ihrer ruhigen Buchhandlung, während das Nachmittagslicht durch die Fenster strömte. Alles wirkte so normal, so friedlich. Es war schwer zu glauben, dass irgendwo in dieser malerischen Stadt ein Mörder frei herumlief. Vielleicht war dieser Mörder Arnold Jasper, nervös und schuldbewusst, in dem Wissen, dass sich die Schlinge zuzog. Oder vielleicht war Arnold nur eine weitere falsche Fährte, und der wahre Mörder war immer noch da draußen, beobachtete und wartete.

So oder so, sie würde es herausfinden.

Sie drehte das Ladenschild auf „Geschlossen" und sperrte die Tür hinter sich zu. Während sie in Richtung von Arnolds Haus ging, wurde sie das Gefühl nicht los, beobachtet zu werden. Sie blickte mehrmals über ihre Schulter, sah aber nur die vertrauten Straßen von Bristol Lake und die Bewohner, die ihrem gewöhnlichen Leben nachgingen, ohne zu ahnen, dass sie womöglich auf eine Konfrontation mit einem Mörder zuging.

Die späte Nachmittagssonne warf lange Schatten, als sie sich Arnolds Straße näherte. Sein avocadogrüner Kleinwagen mit Fließheck stand in der Einfahrt – er war zu Hause. Agatha hielt an der Ecke inne und atmete tief durch. Dawsons Warnungen hallten in ihrem Kopf wider, und Emmas Besorgnis verstärkte den Chor der Vorsicht.

Aber Octavia saß immer noch wegen eines Verbrechens in Haft, von dem Agatha überzeugt war, dass sie es nicht begangen hatte. Wenn Arnold Antworten besaß, die sie entlasten konnten, musste Agatha es versuchen.

Sie trat an seine Haustür, und ihre Hand war ruhig, als sie sie hob, um anzuklopfen. Was auch immer als Nächstes geschah, es gab jetzt kein Zurück mehr. Die Konfrontation, auf die sie hingearbeitet hatte, stand nun unmittelbar bevor.

25

DIE ENTHÜLLUNG DER WAHRHEIT

Agatha stand vor dem Haus von Arnold Jasper, ihr Herz raste. „Jetzt oder nie", murmelte sie vor sich hin, ihre Entschlossenheit unerschütterlich. Als sie die Hand hob, um an die Tür zu klopfen, bereitete sie sich mental auf das bevorstehende Gespräch vor und erinnerte sich daran, wie wichtig es war, unvoreingenommen und gründlich zu bleiben.

Sie klopfte an die Tür, und binnen Augenblicken erschien Arnold. Er wirkte überrascht, sie zu sehen, versuchte es aber mit einem Lächeln zu verbergen.

„Agatha, was für eine Überraschung. Was führt dich hierher?", fragte er, wobei seine Stimme leicht zitterte.

Agatha holte tief Luft und nahm all ihren Mut zusammen, um ihn zu konfrontieren. „Arnold", begann sie mit fester, aber angespannter Stimme, „ich habe meine eigenen Nachforschungen zu Dolores' Mord angestellt, und alle Anzeichen deuten auf dich hin. Ich habe Beweise entdeckt, die dich direkt mit dieser abscheulichen Tat in Verbindung bringen."

Arnolds Augen weiteten sich und verrieten seine Überraschung. Er kämpfte darum, die Fassung zu bewahren, und versuchte, ruhig und gefasst zu klingen. „Das ist eine schwere Anschuldigung, Agatha. Was für Beweise könntest du denn bitteschön haben?"

Agatha zögerte nicht. Sie hielt die Kopie der Seite aus Dolores' Terminplaner hoch. „Möchtest du das hier erklären?", forderte sie ihn mit unnachgiebigem Blick auf. „Ich weiß mit Sicherheit, dass du derjenige warst, der das Pharmakologiebuch mit dieser Seite darin zurückgegeben hat."

Sie machte eine kurze Pause und ließ die Schwere ihrer Worte wirken. „Aber da ist noch mehr. Ich habe Videomaterial gefunden, das zeigt, wie du in der Nacht, in der Dolores starb, die Buchhandlung durch den Hinterausgang verlassen hast. Warum solltest du dich von dem Treffen des Krimi-Buchclubs davonschleichen und so abhauen, wenn du nicht etwas zu verbergen hättest?"

„Agatha, hör zu, ich habe Dolores nicht umgebracht", sagte Arnold, seine Stimme fest, aber von einer gewissen Dringlichkeit erfüllt. „Ich habe das Treffen des Krimi-Buchclubs in jener Nacht zwar verlassen, aber nicht aus einem böswilligen Grund." Er zögerte und wirkte sichtlich unbehaglich. „Der Grund, warum ich mich rausgeschlichen habe, war, um mich mit jemandem zu einem Date zu treffen."

„Ein Date?" Agatha zog skeptisch eine Augenbraue hoch.

Arnolds Augen richteten sich auf den Boden, während er tief durchatmete. „Ja, ein Date. Aber bevor wir das vertiefen, muss ich noch etwas gestehen. Ich war derjenige, der den Stein durch dein Fenster geworfen hat. Ich habe es getan, weil ich nicht wollte, dass du herumschnüffelst und mein Geheimnis entdeckst."

Agathas Augen weiteten sich, die Puzzleteile fügten sich

zusammen. „Du hast also mein Fenster eingeworfen? Welches Geheimnis könnte so wichtig sein, dass du zu so etwas greifst, Arnold?"

„Das wirst du gleich verstehen", antwortete er kryptisch. Dann holte er sein Handy heraus und schrieb jemandem eine Nachricht. Innerhalb weniger Augenblicke trat eine vertraute Gestalt durch die Tür – Pete Wellington, der Besitzer der Kunstgalerie.

„Agatha, darf ich vorstellen: mein Date", sagte Arnold und deutete auf Pete. „Wir wollten nicht, dass jemand von unserer Beziehung erfährt, weil meine Familie mich niemals so akzeptieren würde, wie ich bin."

Pete nickte zustimmend, sein Gesicht war vor einer Mischung aus Verlegenheit und Erleichterung gerötet. „Es stimmt, Agatha. Wir waren in jener Nacht in einem Restaurant in Oxford Hills und haben die Nacht dort verbracht. Wir haben Quittungen und alles."

Arnold reichte Agatha die Restaurantquittung und einen Beleg von einer Tankstelle, beide mit Zeitstempel und Datum versehen. Das reichte aus, um seinen Namen reinzuwaschen. Agathas Kopf drehte sich, als ihr klar wurde, dass sie sich in Arnold geirrt hatte.

„Es tut mir leid, Arnold. Ich wollte dich nicht beschuldigen, ohne sicher zu sein", sagte sie und spürte das Gewicht ihres Fehlers.

„Schon gut, Agatha. Ich verstehe, dass du nur versucht hast, die Wahrheit herauszufinden", antwortete Arnold mit sanfter Stimme.

Agatha legte die Stirn in Falten, noch immer nicht ganz überzeugt. „Aber was ist mit dem Pharmakologiebuch und dem Treffen mit Dolores am Tag vor ihrem Tod?", fragte sie.

Arnold stieß einen müden Seufzer aus, seine Schultern

sackten unter der Last seines Geständnisses nach unten. „Es war nicht direkt ein Treffen", gab er zu, seine Stimme von Emotionen belegt. „Seit Monaten hatte Dolores mich erpresst und gedroht, mein Geheimnis zu enthüllen. An jenem schicksalhaften Tag ging ich zu ihrem Haus für unseren üblichen monatlichen Austausch – um sie zu bezahlen, damit sie den Mund hält."

Seine Augen wurden glasig vor einer Mischung aus Angst und Bedauern. „Als ich entdeckte, dass sie ermordet worden war, packte mich die Panik. In meiner Verzweiflung kehrte ich zu ihrem Haus zurück und riss die Seite aus ihrem Planer, aus panischer Angst, dass sie mich zum Hauptverdächtigen machen und mein Geheimnis ans Licht bringen würde."

Er hielt inne und fuhr dann fort: „Was das Pharmakologiebuch angeht: Das liegt daran, dass Pete an Bluthochdruck leidet. Wir haben seinem jetzigen Arzt nicht vertraut und sein Blutdruck war nicht gut eingestellt. Ich habe nur versucht, bessere Behandlungsmöglichkeiten für ihn zu finden." Um seinen Punkt zu belegen, griff Arnold in eine Schublade und holte eine kleine Tüte mit verschiedenen Medikamenten hervor. Er zeigte sie Agatha, die die Etiketten sorgfältig prüfte.

Als sich die Beweise vor ihr entfalteten, verwandelte sich Agathas Miene in einen Ausdruck der Enttäuschung über sich selbst. Sie war felsenfest davon überzeugt gewesen, dass Arnold der Mörder war, doch nun sah sie sich mit der Realität ihres Fehlurteils konfrontiert. „Es tut mir so leid, Arnold", murmelte sie leise, ihre Stimme klang voller Reue.

Ihr Blick traf seinen, voller Aufrichtigkeit und Zerknirschung. „Ich hätte es besser wissen müssen, als voreilige Schlüsse zu ziehen."

Arnolds Lippen verzogen sich zu einem halben Lächeln,

seine Schultern entspannten sich ein wenig. „Das ist jetzt Schnee von gestern. Aber, Agatha?"

Sie legte den Kopf schief. „Hm?"

Ein Hauch von Verlegenheit rötete seine Wangen. „Wegen des Fensters ... Es tut mir wirklich leid. Lass mich die Reparaturkosten übernehmen."

Agathas Lächeln wurde weicher. „Das würde mir viel bedeuten. Danke, Arnold."

Als sie von Arnolds Türschwelle wegtrat, verspürte Agatha eine Mischung aus Erleichterung und Frustration. Sie war sich so sicher gewesen und lag doch völlig falsch. „Wieder ganz am Anfang, was den Mord an Dolores betrifft." Während sie den Weg entlangging, wanderten ihre Gedanken unweigerlich zu Octavia, die immer noch in einer Gefängniszelle saß. Die Beweise deuteten zwar auf sie hin, aber irgendetwas daran fühlte sich nicht richtig an. Konnte sie es wirklich getan haben? Agatha seufzte und versuchte, den beunruhigenden Zweifel beiseitezuschieben. „Wenn nicht Arnold und nicht Octavia, wer dann?"

Während sie durch die ruhigen Straßen von Bristol Lake spazierte, dachte Agatha darüber nach, wie sehr sie sich in Arnold getäuscht hatte. Sie hatte geglaubt, ihn durchschaut zu haben, aber sie hatte übersehen, was wirklich vor sich ging. Jeder in dieser Kleinstadt schien etwas zu verbergen. Sie musste vorsichtiger damit sein, voreilige Schlüsse zu ziehen.

Agatha kehrte in ihr Haus zurück. Mike begrüßte sie aufgeregt und rannte zur Hintertür, um herausgelassen zu werden. Sie ließ ihn raus und schritt zu dem Tisch, auf dem sie ihre Notizen und Beweise ausgebreitet hatte, und untersuchte jedes Detail. Ihre Finger fuhren die Informationslinien nach, verknüpften die Punkte und zogen neue Schlüsse. Ihr Blick wanderte für einen Moment zu der meergrünen

Hermes-3000-Schreibmaschine. „Warum warst du unter den Dielen versteckt?", sprach sie laut aus, rief sich dann aber schnell zur Ordnung, sich auf Dolores' Tod zu konzentrieren.

Die Uhr an der Küchenwand tickte über Mitternacht hinaus, dann eins, dann zwei. Die Schreibmaschine stand am Rand des Tisches, wohin sie sie vorher geschoben hatte, um Platz für ihre Ermittlungen zu schaffen. Agathas dritte Tasse Tee war kalt geworden, während sie ihre Notizen erneut durchging, Kreise um Namen zog und Theorien durchstrich. Ihre Handschrift war mit zunehmender Erschöpfung immer unleserlicher geworden, aber sie suchte weiter nach der Verbindung, die sie übersehen haben musste.

In den nächsten Tagen hielt Agatha den Betrieb in der Buchhandlung am Laufen, während sie diskret in der Stadt Fragen stellte. Doch jedes Gespräch schien ins Nichts zu führen – nur noch mehr Kleinstadtklatsch und alte Streitigkeiten, die nichts mit Dolores' Mord zu tun hatten.

EIN PAAR TAGE später erwachte Agatha, während kühle Morgenluft durch ihre Schlafzimmervorhänge wehte. Sie zog sich schnell ihr Lieblingsoutfit an und band ihre Haare zu einem lockeren Dutt zusammen.

Nach einem schnellen Frühstück ging sie zur Buchhandlung und versuchte, den Frust über die ins Stocken geratenen Ermittlungen beiseitezuschieben. Sie schloss die Tür auf und ging direkt in ihre Morgenroutine über – Licht einschalten, Regale abstauben, Bücher ordnen. Die ruhigen Momente vor der Öffnung, mit nur dem sanften Knarren der Dielen und dem Rascheln der Seiten, während sie die Neuzugänge prüfte, beruhigten normalerweise ihren Geist. Heute jedoch kreisten ihre Gedanken immer wieder um dieselben Sackgassen.

Plötzlich ertönte die Ladenglocke, und Eliza Martin trat herein, wobei sie ein Tablett mit einer Auswahl an frisch gebackenen Teilchen und Kuchen hielt. „Morgen, Agatha!", grüßte sie mit einem herzlichen Lächeln. „Ich habe die Backwaren für heute dabei."

„Morgen, Eliza!", antwortete Agatha, und ihre Augen leuchteten beim Anblick der verlockenden Gebäckstücke auf. „Die sehen ja absolut köstlich aus!"

Während Agatha die Backwaren in der Glasvitrine arrangierte, wurde Elizas Gesichtsausdruck ernst. „Ich habe gestern mit Lorraine Dubois gesprochen", begann sie vorsichtig. „Sie hat etwas erwähnt, das du vielleicht interessant finden könntest."

Agatha blickte auf, ihre Neugier war geweckt. „Oh? Was hat sie denn gesagt?"

Eliza zögerte einen Moment, bevor sie fortfuhr. „Nun, sie sagte, dass Dolores am Tag ihres Todes einen heftigen Streit mit einem Mann namens Richard Parker hatte."

„Richard Parker?" Agatha runzelte die Stirn. „Der Name sagt mir nichts. Hat Lorraine gesagt, worum es in dem Streit ging?"

„Nein, sie ist nicht ins Detail gegangen. Sie sagte nur, es sei laut und öffentlich gewesen – direkt vor der Bank, wo es jeder sehen konnte."

„Danke, Eliza", sagte Agatha, deren Interesse nun sichtlich geweckt war. „Ich werde dieser Spur definitiv nachgehen. Vielleicht bringt mich das der Wahrheit darüber, was wirklich mit Dolores passiert ist, ein Stück näher."

„Na ja, ich sollte wohl zurück in die Bäckerei", sagte Eliza und nahm ihr leeres Tablett. Sie war kaum zur Tür hinausgetreten, als Detective Dawson an ihr vorbeihuschte und mit einer Miene wie sieben Tage Regenwetter in die Buchhandlung stürmte.

Die Glocken über der Tür bimmelten fröhlich, ein krasser Gegensatz zu seiner Stimmung. Ohne die Reihen der abgegriffenen Bücher zu beachten, die den gemütlichen Laden säumten, marschierte er direkt auf den Holztresen zu, hinter dem Agatha mit Überraschung im Gesicht stand.

Ohne jede Begrüßung platzte Detective Dawson heraus: „Agatha, wann genau hattest du eigentlich vor, mir zu sagen, dass du Arnold Jasper befragt hast?"

Agatha erstarrte mitten in der Bewegung, ein Buch noch in der Hand. „Ich ... Edgar, es tut mir leid. Es ist mir völlig entfallen." Sie legte das Buch vorsichtig ab und versuchte, ihre Fassung wiederzuerlangen. „Aber hör zu, er ist unschuldig. Er hat ein hiebfestes Alibi."

Dawsons Kiefer spannte sich an, als er die Arme vor der Brust verschränkte. „Ich weiß. Ich komme gerade von seinem Haus, und er hat mir alles erzählt – einschließlich Details, die du zuerst mit mir hättest teilen sollen." In seiner Stimme schwang die Schwere beruflicher Frustration mit. „Agatha, du kannst dich nicht ständig in eine offizielle polizeiliche Ermittlung einmischen."

Hitze stieg ihren Nacken hoch, während sie nach einer Erklärung suchte. „Ich wollte mich ehrlich nicht einmischen. Ich bin ihm zufällig begegnet und wir haben einfach angefangen zu reden ..." Hinter ihrem Rücken kreuzte sie reflexartig die Finger – eine kindische Geste, aber sie konnte nicht anders. Die in ihrem Haus versteckte Schreibmaschine schien in ihrem Gedächtnis schwerer zu werden. Noch nicht, entschied sie. Dieses Geheimnis konnte noch ein bisschen warten.

„Eliza hat mir erzählt, dass sie gehört hat, Dolores sei bei einem Streit mit einem Mann namens Richard Parker gesehen worden. War dir das bekannt?"

Dawsons Augen verengten sich, und er zog ein abgegriffenes Notizbuch aus seiner Jackentasche. Er kritzelte den Namen auf, bevor er antwortete. „Nein, war es nicht. Richard Parker ..." Er blickte scharf auf. „Misch dich da nicht ein, Agatha. Ich werde der Sache nachgehen."

Agatha nickte. „Natürlich werde ich das nicht."

Dawson musterte sie einen Moment lang und erlaubte sich dann ein leichtes Lächeln. „Danke für die Information." Damit drehte er sich um und ging, während die Glocken bimmelten, als die Tür hinter ihm zufiel.

Sobald Dawson weg war, warf Agatha einen Blick auf die antike Uhr an der Wand und erinnerte sich daran, dass sie nach Ladenschluss nach Hause gehen würde, um Mike zu füttern und mit ihm einen ausgiebigen Spaziergang zu machen – einen, der sie praktischerweise an Richard Parkers Haus vorbeiführen würde.

26

RICHARD PARKER

Als die Dämmerung hereinbrach, schloss Agatha die Buchhandlung ab und hängte das „Geschlossen"-Schild auf. Draußen begannen die Straßenlaternen, ihr weiches, warmes Licht durch die Fenster zu werfen. Sie machte sich auf den Heimweg, wobei ihr Kopf vor unbeantworteten Fragen summte.

Zu Hause angekommen, wurde sie vom enthusiastischen Wedeln von Mikes Schwanz begrüßt, dessen drahtiges Fell sich im warmen Licht des Wohnzimmers vor Aufregung sträubte. Sie fütterte ihn und legte ihm seine Leine an, wobei das vertraute Klimpern der Metallschnalle sie an ihr bevorstehendes Abenteuer erinnerte.

Unter dem sanften Schein der Straßenlaternen schlenderten Agatha und Mike die ruhigen, von Bäumen gesäumten Straßen entlang, deren Äste über ihnen ein Blätterdach bildeten, das komplizierte Schatten auf das Pflaster warf. Der Duft von frisch gemähtem Gras erfüllte die Luft, während Mike an jedem Busch und Briefkasten schnüffelte und seine Ohren bei jeder neuen Entdeckung aufstellte.

Als sie sich Richard Parkers Haus näherten, legte sich ein Gefühl von Unbehagen wie ein dichter Nebel über sie. Ihr Herz raste in einer Mischung aus Aufregung und Besorgnis, da sie wusste, dass sie Edgars Warnung missachtete. Das elegante Haus im viktorianischen Stil kam in Sicht, eingebettet zwischen akkurat gestutzten Hecken und gepflegten Rasenflächen, die das angesehene Viertel schmückten.

Agatha und Mike gingen den Steinpfad hinauf und nahmen den Duft der blühenden Blumen wahr, die ihren Weg säumten. Mit einem tiefen Atemzug drückte Agatha auf die Türklingel, deren melodisches Läuten durch den herrschaftlichen Eingang hallte.

Die Tür knarrte auf und gab den Blick auf Richard frei, einen großen Mann mit ergrauendem Haar und einer kultivierten Ausstrahlung. Agatha setzte ein selbstbewusstes Lächeln auf und stellte sich vor. „Guten Tag, Herr Parker. Ich bin Agatha Royale, die Besitzerin des Krimibuchladens in der Innenstadt."

Richards Augen verengten sich, aber er begrüßte sie höflich. „Guten Tag, Frau Royale. Was kann ich für Sie tun?"

Agatha zögerte einen Moment und taxierte seine Reaktion. „Ich stelle Nachforschungen zum Mord an Dolores an. Wäre es für Sie in Ordnung, wenn ich Ihnen ein paar Fragen stellen würde?"

Richard runzelte die Stirn und legte die Brauen in Falten. „Sind Sie von der Polizei?"

Agatha lachte leise und versuchte, ihn zu beruhigen. „Nein, ich versuche nur zu helfen. Schließlich wurde sie in meiner Buchhandlung getötet. Haben Sie sie gut gekannt?"

Richard seufzte und rieb sich den Nacken. „Wer kannte Dolores nicht? Sie hatte überall ihre Finger drin und schien die Ambition zu haben, ganz Bristol Lake zu besitzen."

Agatha zog eine Augenbraue hoch, fasziniert. „Tatsächlich?"

„Ja, genau", fuhr Richard fort. „Tatsächlich hatte ich am Tag vor ihrem Tod einen Streit mit ihr. Ich kam gerade aus der Bäckerei und wollte mein Croissant genießen, als sie mich fragte, ob ich daran interessiert wäre, mein Haus zu verkaufen. Sie wusste, dass dieser Ort seit Generationen im Familienbesitz ist und ich niemals verkaufen würde. Ich habe vielleicht überreagiert, aber ich war verärgert. Das war das letzte Mal, dass ich sie gesehen habe. Ich habe sie einfach stehen lassen und sie sprach mit sich selbst weiter."

Agatha täuschte Überraschung über seine Enthüllung vor. „Wo waren Sie in der Nacht, in der Dolores getötet wurde?"

Richard blickte ihr direkt in die Augen, seine Antwort war unerschütterlich. „Draußen auf dem See bei unserem jährlichen Angelausflug mit meinem Bruder. Ich habe Belege und Selfies, die das beweisen", erklärte er, nicht ohne eine gewisse Genugtuung darüber, sein Alibi belegen zu können.

Agatha schenkte ihm ein aufrichtiges Lächeln. „Das klingt nach Spaß." Da Richards Alibi feststand, strich sie ihn im Geist von ihrer Liste der Verdächtigen. Sie warf einen Blick auf ihre Uhr und bemerkte, dass sie gehen musste. „Ach je, ich sollte mich auf den Weg machen. Es war nett, mit Ihnen zu plaudern, Herr Parker."

Richard lächelte zurück, seine Augen legten sich in kleine Fältchen. „Ganz meinerseits, Agatha. Viel Glück bei Ihren Ermittlungen."

Die kühle Herbstluft begrüßte Agatha und wirbelte mit einer sanften Brise um sie herum, während sie mit Mike weiter die baumgesäumte Straße entlangging. Sie beschloss, in ihrem Lieblingscafé vorbeizuschauen, um sich einen dringend benötigten Koffeinschub zu holen, bevor sie ihre Suche nach Hinweisen fortsetzte.

Als sie das belebte Café erreichte, band sie Mikes Leine sicher an einem nahe gelegenen Laternenpfahl fest und stellte sicher, dass er genug Platz hatte, um sich zu bewegen, und ein Napf mit Wasser bereitstand. Mike wedelte mit dem Schwanz, zufrieden damit, die Passanten zu beobachten, während Agatha hineinging.

Agatha nahm den behaglichen Duft von Kaffee und frisch gebackenem Gebäck wahr, als sie das Café betrat. Sie suchte den Raum ab und erkannte die vertrauten Gesichter anderer Stammgäste, vertieft in gedämpfte Gespräche. Während sie in der Schlange wartete, um ihre Bestellung aufzugeben, schnappte sie ein Stück Klatsch von den beiden Frauen vor ihr auf.

„Hast du von dem Streit zwischen Octavia und Dolores gehört? Anscheinend hat Dolores Octavias Miete massiv erhöht und die Sache ist richtig eskaliert", flüsterte eine von ihnen mit einem Anflug von Aufregung in der Stimme.

Die andere Frau nickte und fügte hinzu: „Ich habe sogar gehört, wie Octavia sagte, sie wünschte, Dolores würde sterben."

Agatha wurde schwer ums Herz, als Octavia erwähnt wurde. Sie empfand Mitgefühl für sie und glaubte trotz der belastenden Beweise felsenfest an ihre Unschuld. Der Gedanke an Octavia im Gefängnis für etwas, das sie nicht getan hatte, stimmte sie traurig.

Mit ihrer dampfenden Tasse Kaffee in der Hand suchte sich Agatha eine ruhige Ecke im Café und holte ein kleines Notizbuch aus ihrer Tasche. Sie notierte sich die neue Spur zusammen mit einer Liste anderer potenzieller Wege, die es zu erkunden galt. Während sie an ihrem Kaffee nippte und ihre Notizen durchging, wurde ihr klar, dass ihre Spuren in alle Richtungen führten und sie der Wahrheit noch nicht sehr nahe gekommen war.

Nachdem sie ihren Kaffee ausgetrunken hatte, verließ Agatha das Café, band Mikes Leine los und tätschelte ihm den Kopf. Das angenehme Aroma von Backwaren und Blumen vermischte sich in der Luft, während Agatha und Mike die Central Avenue entlangschlenderten. Obwohl sie von charmanten Läden und den freundlichen Gesichtern ihrer Nachbarn umgeben war, nagte eine unheilvolle Spannung an Agatha. Sie beschleunigte ihren Schritt, verzweifelt auf der Suche nach einem Durchbruch, um Octavias Unschuld zu beweisen.

Ahnungslos blieb Mike häufig stehen, um Ladenbesitzer zu begrüßen und an den Bäumen und Sträuchern entlang ihres Weges zu schnüffeln. Sein Schwanz wedelte jedes Mal, wenn ein Passant sich hinunterbeugte, um ihn kurz zu streicheln. Agatha wünschte, sie könnte seine Unbeschwertheit teilen, anstatt diese unheilvolle Anspannung zu spüren, die sie durchlief.

Als sie um eine Ecke bogen, läuteten in der Ferne die Kirchenglocken. Mikes Ohren stellten sich bei dem Klang plötzlich auf. Er flitzte auf einen Laternenpfahl zu, während Agatha ihm neugierig folgte. Dort, am Fuß des Pfahls, lag ein kleines ledernes Tagebuch. Mike pfötelte eifrig danach, während Agatha das Objekt aufgriff und genau untersuchte. Ihr Puls beschleunigte sich, nur um Momente später wieder zu sinken – die Seiten waren alle leer.

Agatha seufzte, die Last der Enttäuschung schwer auf ihr. Sie ließ das leere Tagebuch auf den Boden fallen. So viel zum

Thema Durchbruch. Als Mike mit seinen großen, ahnungs-
losen Augen zu ihr aufblickte, rang sie sich ein schwaches
Lächeln ab. „Zurück zum Anfang", murmelte sie und kraulte
ihm sanft das Ohr, bevor sie weitermarschierte. Das Rätsel
dauerte an.

27

DER SCHAL

A gatha bereute es, den späten Kaffee getrunken zu haben, während sie sich die Nacht über schlaflos im Bett hin- und herwälzte und ihre Gedanken unablässig um den Fall kreisten. Sie wurde das Gefühl nicht los, dass Octavia unschuldig war, doch die Beweise gegen sie waren erdrückend. Als der Morgen graute, beschloss Agatha, Octavia im Gefängnis zu besuchen, in der Hoffnung, Antworten zu finden, die ihr helfen würden, die Wahrheit ans Licht zu bringen.

Sie kam am Bezirksgefängnis an und durchlief die Sicherheitskontrolle. In den sterilen Korridoren herrschte geschäftiges Treiben, während der Wärter sie zum Besuchszimmer führte. Dort, hinter einer dicken Glasscheibe, saß Octavia in einem grauen Gefängnis-Einteiler; ihr Gesicht war blass und hager. Seit ihrer Verhaftung waren Wochen vergangen.

Agatha setzte sich und nahm den Telefonhörer ab, während Octavia auf ihrer Seite der Scheibe dasselbe tat.

„Octavia, ich muss alles wissen, woran Sie sich bezüglich

der Nacht erinnern, in der Dolores ermordet wurde", begann Agatha mit dringlicher Stimme.

Octavia seufzte; ihre Augen waren gerötet und von dunklen Ringen umgeben. „Agatha, ich habe der Polizei alles gesagt, was ich weiß. Ich schwöre, ich habe sie nicht getötet."

Agatha musterte Octavias Gesicht aufmerksam und suchte nach Anzeichen von Täuschung. Doch sie sah nur Angst und Traurigkeit im Gesicht einer Frau, die sichtlich von den Wochen im Gefängnis gezeichnet war.

„Ich glaube Ihnen, Octavia", sagte Agatha leise. „Aber die Zeit läuft uns davon. Bitte, erzählen Sie mir alles, egal wie unbedeutend ein Detail auch sein mag. Es könnte helfen, Ihre Unschuld zu beweisen."

Nachdem der Besuch beendet war, reichte Agatha dem Wärter widerstrebend den Hörer zurück. Während sie darauf wartete, aus dem gesicherten Bereich hinausgelassen zu werden, lastete die Schwere von Octavias immer prekärer werdender Situation auf ihr. Sie musste schnell handeln, um den wahren Mörder zu finden.

ALS AGATHA aus dem Bezirksgefängnis trat, nahm sie einen tiefen Schluck frische Luft. Der Besuch hatte sie in ihrer Überzeugung bestärkt, dass Octavia unschuldig war. Die Geschichte formte sich klar in ihrem Kopf aus: Ja, Octavia hatte einen Groll gegen Dolores gehegt, aber sie hatte lediglich versehentlich die falsche Tür geöffnet, als sie auf der Suche nach der Toilette war. Als sie Dolores' leblosen Körper entdeckte, geriet sie in Panik und versuchte, das Messer aus ihrer Brust zu ziehen, wodurch sie sich selbst belastete. Doch Agatha wusste, dass die Zeit knapp wurde; wenn sie nicht bald den wahren Schuldigen entlarvte, würde Octavia den Preis für ein Verbrechen zahlen, das sie nicht begangen hatte.

Trotz der Dringlichkeit der Lage riefen Agathas Verpflichtungen als Buchhändlerin. Sie musste die einzige Bewerberin für die Stelle als Teilzeit-Aushilfe interviewen, die sie in der Bristol Lake Gazette ausgeschrieben hatte. Schnellen Schrittes machte sie sich auf den Rückweg zur Buchhandlung.

Als sie sich der Eingangstür näherte, bemerkte sie eine junge Frau, die geduldig wartete. Sie hatte dickes, langes braunes Haar, das ordentlich geflochten war, und trug eine große Hornbrille, die ihre Augen einrahmte und ihr eine intellektuelle Ausstrahlung verlieh.

„Celeste? Entschuldige, dass ich dich habe warten lassen", sagte Agatha und schloss die Tür auf.

„Das ist schon in Ordnung! Ich freue mich einfach, hier zu sein", antwortete Celeste mit einem freundlichen Lächeln.

„Bitte, komm herein. Es ist schön, dich kennenzulernen", sagte Agatha, während sie sie hineinführte.

Der vertraute Duft von frischem Papier und Tinte erfüllte die Buchhandlung. Sonnenlicht strömte durch die Fenster und warf einen warmen Glanz über die zahllosen Bücherregale, die die Wände säumten. Agatha führte Celeste zu einer kleinen Leseecke im hinteren Bereich, wo sie sich zum Plaudern niedersetzten.

Während ihres Gesprächs erfuhr Agatha, dass Celeste neunzehn Jahre alt war und in Petunia Heights lebte, einem charmanten Viertel, das etwa zwanzig Minuten entfernt zwischen Bristol Lake und Oxford Hills lag. Sie hatte im Vorjahr ihren Highschool-Abschluss gemacht und absolvierte nun online ihr Grundstudium. Der flexible Zeitplan kam ihr sehr entgegen, da er es ihr ermöglichte, Teilzeit zu arbeiten, während sie ihr Studium fortsetzte.

Celeste schien perfekt in die Buchhandlung zu passen. Ihr Gespräch floss ganz natürlich dahin, und sie unterhielten sich über verschiedene Themen, von Literatur bis hin zu Celestes Lieblingsautoren.

Schließlich entschied sich Agatha, Celeste die Stelle anzubieten. „Ich denke, du wirst eine großartige Bereicherung für unsere kleine Buchhandlungs-Familie sein, Celeste. Willkommen an Bord!"

„Danke, Agatha! Ich freue mich wirklich sehr, dabei zu sein", erwiderte Celeste, wobei ihre Augen vor Begeisterung glänzten.

Mit Celeste in ihrem Team fühlte sich Agatha ein wenig wohler. Sie wusste, dass die Buchhandlung in guten Händen sein würde, während sie ihre Suche nach dem wahren Mörder fortsetzte.

„Agatha", zögerte Celeste einen Moment, bevor sie weitersprach. „Ich könnte heute nach dem Mittagessen anfangen zu arbeiten, wenn das für dich passt", bot sie an, ihre Augen glänzten vor Eifer.

„Das wäre wunderbar!", rief Agatha aus, während sich ein Lächeln auf ihrem Gesicht ausbreitete. „Dann sehen wir uns heute Nachmittag?", fragte sie, um sicherzugehen.

Celeste antwortete mit einem herzlichen Lächeln. „Ja, gerne. Ich werde gegen Mittag zurück sein. Bis dann." Damit verließ sie die Buchhandlung, und die Tür schloss sich sanft hinter ihr.

Agatha ließ sich in den abgenutzten, gepolsterten Stuhl hinter dem Tresen sinken und hielt ihren Kaffee mit beiden Händen fest. Das tröstliche Aroma von frisch gebrühtem Kaffee vermischte sich mit dem vertrauten Geruch von

Büchern, der in der Luft lag. Sie hatte gerade die Lokalzeitung zu Ende gelesen, die nun ordentlich gefaltet neben ihr lag, und wollte gerade mit ihren Tagesaufgaben beginnen, als ihr plötzlich der Brief von Cecilias Mutter einfiel.

Sie griff in ihre Handtasche, entfaltete vorsichtig das Schreiben und nahm das beigefügte Foto heraus.

Das leise Summen der Deckenbeleuchtung und das gelegentliche Rascheln umblätternder Buchseiten sorgten für eine behagliche Atmosphäre, während sie das Bild betrachtete. Ihre Augen folgten Cecilias strahlendem Lächeln und blieben an dem auffälligen Schal hängen, der um ihren Hals gewickelt war. Das Muster kam ihr unheimlich bekannt vor. Während sie das Foto studierte, legte sich ihre Stirn vor Konzentration in Falten. „Es scheint ein zu großer Zufall zu sein, dass Cecilia einen Schal trug, der dem so ähnlich ist, den ich in der Schreibmaschine gefunden habe", flüsterte sie vor sich hin. „Aber die Untersuchung hat bereits ergeben, dass das Skelett Rebecca Brannigan gehörte", murmelte sie mit deutlicher Unsicherheit in der Stimme, „und sie wurde von einem Durchreisenden getötet. Es kann doch nicht Cecilia sein, oder?"

Agatha sah sich das Foto genauer an, wobei sich das Licht der nahen Lampen auf der glänzenden Oberfläche spiegelte. Sie konnte die Ähnlichkeit zwischen den beiden Schals nicht ignorieren, und es nagte an ihren Gedanken.

Mit einem wachsenden Gefühl des Unbehagens betrachtete Agatha den Brief erneut; diesmal konzentrierte sie sich eher auf das Schriftbild selbst als auf die Worte. Sie untersuchte es einige Momente lang, wobei ihre Augen über die einzelnen Buchstaben glitten. Plötzlich sprach sie laut aus, ihre Stimme klang voller Unglauben: „Moment mal, schau

dir diese Es und As an – sie haben einen ganz charakteristischen Defekt ..."

Ihre Gedanken rasten, als sie sich daran erinnerte,
dasselbe fehlerhafte Schriftbild erst kürzlich irgendwo
gesehen zu haben – aber wo? Das Muster dieser defekten Es
und As war so markant. „Interessant", murmelte sie, während
sich ein leichtes Lächeln auf ihren Lippen abzeichnete. „Gott
sei Dank gibt es Celeste. Sobald sie heute Nachmittag hier ist,
werde ich sie einarbeiten, wie man den Laden führt, und
dann werde ich Bürgermeister Digby einen Besuch abstatten,
um etwas zu überprüfen."

28

DIE ALEXANDERS

Agatha ließ Celeste im Buchladen zurück und machte sich auf den Weg zum Rathaus. Sie wurde nie müde, die Architektur dieser imposanten Backsteinstruktur aus der Mitte des Jahrhunderts zu bewundern. Als sie sich dem Haupteingang näherte, hielt sie kurz inne, um die abgetretenen Stufen und die Bronzedetails zu betrachten, die die lange Geschichte des Gebäudes widerspiegelten.

Als Agatha durch die großen Holztüren trat, staunte sie über das geräumige Hauptfoyer, genau wie bei ihrem ersten Besuch im Standesamt. Das Geräusch ihrer Schritte hallte durch den weiten Raum.

Sie warf einen Blick auf das polierte Messingschild an der Wand, das die Besucher zu den verschiedenen Büros leitete. Sie folgte dem Pfeil, der zum Büro des Bürgermeisters wies, und ging den langen, schwach beleuchteten Flur entlang, der mit gerahmten Fotos und Gemälden gesäumt war, die die Geschichte der Stadt festhielten.

Als sie eine Tür mit einem Messingschild erreichte, auf

dem „Bürgermeister Digby Alexander" stand, klopfte Agatha leise an, bevor sie eintrat. Virginia Blair, die stets lächelnde Sekretärin des Bürgermeisters, begrüßte sie, als sie eintrat.

Der Raum war geschmackvoll mit eleganten Möbeln und Topfpflanzen dekoriert, was eine warme und einladende Atmosphäre schuf.

„Hallo, Agatha! Wie geht es dir? Wie kann ich dir heute helfen?", fragte Virginia, wobei sich kleine Fältchen voller Herzlichkeit um ihre Augen bildeten.

„Ist Bürgermeister Alexander zu sprechen?", erkundigte sich Agatha.

„Er telefoniert gerade, aber ich lasse ihn wissen, dass Sie hier sind", antwortete Virginia und drehte sich um, um die Gegensprechanlage des Bürgermeisters zu betätigen.

Während Agatha wartete, schweifte ihre Aufmerksamkeit zu den Gemälden und Bildern an den Wänden. Ihr Blick blieb an dem gerahmten Gedicht hängen, das Katherine für Digby geschrieben hatte, als dieser noch ein Kind war. Die herzlichen Worte zauberten ein Lächeln auf ihr Gesicht, doch dann konzentrierten sich ihre Augen schnell auf die verzerrten Es und As im Text. Sie kramte in ihrer Handtasche und holte die Kopie von Cecilias Brief hervor, um die beiden Schriftbilder zu vergleichen. Die exakt gleichen Buchstaben wirkten verzerrt. Ist das bloß ein Zufall?, fragte sie sich.

Virginia wandte sich wieder Agatha zu und unterbrach ihre Gedanken. „Der Bürgermeister empfängt Sie jetzt", verkündete sie.

Agatha schenkte ihr ein dankbares Lächeln, steckte den Brief vorsichtig zurück in ihre Tasche und betrat das Büro von Bürgermeister Alexander. Der Raum war geräumig und hell, mit hohen Bücherregalen, einem polierten Mahagonischreibtisch und einem beeindruckenden Blick auf den Stadtplatz durch große Fenster.

„Ah, Agatha! Schön, Sie zu sehen. Was führt Sie heute zu mir?", fragte Bürgermeister Alexander, erhob sich aus seinem Ledersessel und reichte ihr die Hand für einen festen Händedruck.

Sie tauschten Höflichkeiten aus und besprachen die jüngsten Ereignisse in der Stadt. Während des Gesprächs erwähnte Agatha ihre Leidenschaft für Schreibmaschinen. „Ich muss immer wieder an das maschinengeschriebene Gedicht in Ihrem Wartebereich denken. Maschinengeschriebene Texte haben etwas sehr Charmantes an sich", erwähnte sie beiläufig.

„Oh, das? Das hat meine Mutter für mich geschrieben", sagte er mit einem warmen Lachen, sichtlich gerührt von der Erinnerung.

„Wissen Sie noch, was für eine Schreibmaschine sie dafür benutzt hat?" Sie lächelte. „Sie halten mich wahrscheinlich für einen Freak, aber ich sammle Schreibmaschinen."

Digby sah fasziniert aus. „Ich glaube, sie hat ihre Hermes 3000 von 1959 benutzt — meerschaumgrün. Ein echter Klassiker."

Agatha nickte, während ihre Gedanken rasten und sie diese neue Information verarbeitete. „Das ist ganz sicher eine wunderschöne Maschine", stimmte Agatha zu und versuchte, ihre Aufregung zu verbergen. „Die Handwerkskunst dieser älteren Modelle hat etwas Bezauberndes. Besitzt sie diese Maschine noch?"

„Nein, leider nicht", schüttelte Bürgermeister Alexander den Kopf. „Diese Schreibmaschine hat einen besonderen Platz in meinem Herzen. Meine Mutter hat viele Briefe, Gedichte und Geschichten darauf geschrieben. Ich habe sie

sogar eine Zeit lang in der Highschool benutzt, aber leider
hat sie sie vor Jahren einem Secondhand-Laden gespendet."
Er wandte seinen Blick von Agatha ab, während er
antwortete.

„Das ist schade. Solche Schreibmaschinen sind sehr
teuer", beklagte Agatha. „Ich würde liebend gerne eine in
meine Sammlung aufnehmen."

Digby nickte. „In der Tat schade. Ich bin sicher, Mom
hätte sie Ihnen gerne gegeben."

Agatha sah auf ihre Uhr. „Oh weh, ich muss los. Ich muss
zurück in den Laden."

Digby blickte sie neugierig an. „War das etwa alles, was
Sie heute hergeführt hat?"

Sie musste sich schnell etwas einfallen lassen — er durfte
nicht ahnen, dass sie hergekommen war, weil sie glaubte,
seine Mutter sei in Cecilias Tod verwickelt. „Oh, nein. Ich
hatte noch etwas anderes im Rathaus zu erledigen und habe
mich an das Gedicht erinnert, als ich das letzte Mal hier war."
Sie hielt kurz inne. „Ich bin einfach verrückt nach Schreibmaschinen und alten maschinengeschriebenen Texten." Sie
lächelte und täuschte Verlegenheit vor.

„Wissen Sie was?" Er ging auf das Gedicht an der Wand
zu. „Ich mache Ihnen eine Kopie davon." Er nahm es von der
Wand, öffnete die Rückseite des Rahmens und entnahm das
alte Blatt Papier. Er ging zum Kopierer, fertigte eine Kopie an,
legte das Original zurück in den Rahmen und hängte ihn
wieder auf. Dann ging er auf Agatha zu und überreichte ihr
die Kopie.

„Vielen Dank, Bürgermeister Digby. Das ist wahnsinnig
nett von Ihnen."

„Gern geschehen. Viel Freude damit!"

Als sie das Rathaus verließ, war Agatha überzeugt, dass

Katherine auf irgendeine Weise in Cecilias Tod verwickelt war. Digby tat ihr leid, da Katherine seine Mutter war und er so ein netter Mann war.

Agatha kehrte in den Laden zurück und freute sich, Celeste zu sehen, wie sie sich um die Buchhandlung und die Kunden kümmerte. Celeste lächelte warm und hieß sie willkommen. „Wir hatten heute Nachmittag viel zu tun", stellte sie begeistert fest.

„Oh weh, ich hoffe, das war nicht zu viel für deinen ersten Tag."

„Ganz und gar nicht. Es hat mir Spaß gemacht", erklärte Celeste.

Agatha war erleichtert. Sie wusste bereits, dass die Einstellung von Celeste eine gute Entscheidung gewesen war.

Später am Tag, nachdem sie mit Mike einen Spaziergang durch den Park gemacht hatte, kehrte Agatha nach Hause zurück. Das Haus war ein einladender Zufluchtsort mit farbenfrohen Kunstwerken und Familienfotos an den Wänden und gemütlichen Möbeln in jedem Zimmer.

Sie ging auf die Hermes 3000 zu, die in einer Ecke ihres Wohnzimmers stand. Auf den ersten Blick wirkte sie wie eine gewöhnliche Schreibmaschine, ein wertvolles Sammlerstück, doch sie wurde den Verdacht nicht los, dass sie irgendwie mit Cecilias Mord in Verbindung stand und möglicherweise einmal Katherine gehört hatte.

Mit einem tiefen Atemzug trug Agatha die Hermes 3000 zum Küchentisch, der im warmen Nachmittagslicht badete, das durch das Fenster fiel. Vorsichtig legte sie ein frisches Blatt Papier ein und begann, das Gedicht abzuschreiben, das

Digby ihr gegeben hatte, während ihre Finger geschickt auf
die Tasten drückten.

Nachdem sie fertig war, legte sie das getippte Gedicht
neben die Kopie des Briefes von Cecilia und das von Katherine verfasste Gedicht. Akribisch richtete sie die drei Blätter
Papier aus und konzentrierte sich auf die Es und As, die
dieselben einzigartigen Makel aufzuweisen schienen. Das
Sonnenlicht beleuchtete das Papier und ließ die Ähnlichkeiten deutlicher hervortreten. Als sie die Seiten gegen das
Licht hielt, wurde offensichtlich, dass die Fehler bei den Es
und As auf allen drei Blättern identisch waren. Bei dieser
Erkenntnis stockte ihr der Atem, und ihr Herz raste vor der
Bestätigung, nach der sie gesucht hatte. Agatha war sich nun
sicher, dass Cecilias Brief auf genau dieser Hermes 3000
geschrieben worden war und dass diese Maschine einst
Katherine gehört hatte.

29

EIN HINWEIS VERSCHWINDET

Agatha betrat die Buchhandlung, ihre Gedanken kreisten um Katherine Alexanders mögliche Rolle bei Cecilias Tod. Das übliche geschäftige Treiben erfüllte den Laden, während Kunden die Regale durchstöberten und über ihre neuesten Lektüren diskutierten. Nahe dem Eingang war Celeste damit beschäftigt, eine Auslage mit Krimis aufzubauen.

Emma, die bereits im Laden war, blickte hinter dem Tresen auf und fing Agathas Blick auf, wobei sie deren Dringlichkeit spürte. Sie tauschten einen wissenden Blick aus, bevor Agatha sie in die Leseecke im hinteren Bereich des Ladens führte; das Geräusch ihrer Schritte wurde vom dicken Teppich gedämpft.

„Und, was hast du herausgefunden?", flüsterte Emma, während ihre Augen umherwanderten, um sicherzugehen, dass niemand lauschte.

Agatha beugte sich vor und erzählte Emma mit leiser Stimme die Geschichte. „Die Hermes 3000, dieses Gedicht,

Cecilias Brief – ich werde das Gefühl nicht los, dass das alles zusammenhängt", vertraute sie ihr an, während sie in Emmas Augen nach Verständnis suchte. „Und ich fange an zu glauben, dass Katherine Alexander sowohl hinter dem Brief als auch hinter dem Gedicht steckt."

Emma atmete scharf ein, ihre Hände krampften sich unbewusst um ihre Tasse. „Das ist … das ist eine große Sache, Agatha", flüsterte sie mit einem Zittern der Besorgnis in der Stimme. „Wir sollten der Polizei Bescheid sagen, meinst du nicht? Wenn du recht hast, könnte das den Fall komplett aufklären." Ihr Blick ruhte auf Agatha und suchte nach Bestätigung.

Agatha nickte zustimmend. „Aber zuerst statten wir Katherine einen Besuch ab. Vielleicht finden wir noch etwas, um unseren Verdacht zu untermauern."

Mit einem Funkeln in den Augen konnte Emma nicht widerstehen. „Du meinst ein Überraschungs-Meet-and-Greet mit Jekaterina Nikolajewna Petrowa?", neckte sie.

Agathas Mundwinkel zuckten nach oben, und bald teilten sie beide ein herzliches Lachen, eine kurze Verschnaufpause von der Schwere ihrer Ermittlungen.

Nachdem sie Celeste die Leitung der Buchhandlung überlassen hatten, machten sich Agatha und Emma auf den Weg zu Katherines Haus, das als gepflegter Kolonialbau aus einer Reihe modernerer Häuser herausstach. Das Morgenlicht beleuchtete den ordentlichen Rasen und den gepflasterten Gehweg, als sie sich näherten. Katherine Alexander begrüßte sie an der Haustür mit einem einladenden Lächeln.

„Agatha! Emma! Wie schön, Sie beide zu sehen", rief Katherine aus, ihre Augen blitzten vor aufrichtiger Freude. „Bitte, kommen Sie herein."

Als Agatha den Flur betrat, konnte sie nicht umhin, das

makellose Interieur zu bewundern, das mit antiken Möbeln und lebhaften Blumenarrangements geschmückt war. Der Duft von frisch gebrühtem Tee und Backwaren wehte durch die Luft und lud zum Verweilen ein.

Im Wohnzimmer verwickelte Emma Katherine in ein Gespräch und lenkte das Thema subtil auf die Geschichte der Stadt und ihre Bewohner. Katherine, eine begnadete Erzählerin, beglückte sie mit Geschichten aus der Vergangenheit der Stadt, wobei ihre Stimme ein Gewebe aus Lachen und Intrigen wob.

Agatha nutzte eine Gelegenheit und entschuldigte sich, um das Badezimmer aufzusuchen. Ihr Herz klopfte, als sie den Flur entlangschlich. Stattdessen schlüpfte sie in Katherines Arbeitszimmer, wo organisiertes Chaos herrschte. Überquellende Bücherregale säumten die Wände, während Stapel von Papieren, Akten und Fotografien den Schreibtisch überhäuften.

Agathas Blick fiel auf eine Mappe mit dem Titel „C. Morgan". Ihre Hände zitterten, als sie sie öffnete und eine umfassende Untersuchung über Cecilias Verschwinden und einen möglichen Mord zum Vorschein kam. Ihre Gedanken rasten und sie fragte sich, warum Katherine im Besitz so detaillierter Informationen war.

Bevor sie tiefer eintauchen konnte, hallten Schritte im Flur wider, und Agathas Atem stockte. Hastig legte sie die Mappe zurück in die Schublade, wobei ihr Blick kurz auf einer Fotografie verweilte, die ihr einen Schock versetzte. Ohne Zeit für eine genauere Untersuchung huschte Agatha aus dem Büro und betrat wieder das Wohnzimmer.

„Agatha, Liebes, Sie waren ziemlich lange weg. Ist alles in Ordnung?", fragte Katherine mit besorgter Miene.

Agatha zwang sich zu einem Lächeln. „Oh ja, mir geht es

gut. Ich habe mich nur ein bisschen verlaufen. Ihr Haus ist so schön, und ich konnte nicht umhin, die Einrichtung zu bewundern."

Katherine strahlte, offensichtlich erfreut über das Kompliment. „Danke, Liebes. Es war wahrlich ein Werk der Leidenschaft."

Nach ein paar weiteren Minuten voller Höflichkeiten verabschiedeten sich Agatha und Emma und verließen Katherines Haus, ihre Köpfe voller Fragen und der Last der Geheimnisse, die sie aufgedeckt hatten.

Sobald sie in sicherer Entfernung waren, wandte sich Emma an Agatha, ihre Stimme klang dringlich. „Was hast du im Arbeitszimmer gefunden?"

Agatha zögerte, ihr Verstand taumelte noch immer wegen der Mappe, die sie gesehen hatte. „Da war eine Mappe über Cecilias Fall mit ausführlichen Details zur Untersuchung. Ich konnte sie nicht gründlich durchsehen, aber es ist klar, dass Katherine ein tiefes Interesse an Cecilias Verschwinden hat."

Emmas Augen weiteten sich. „Wir müssen diese Schreibmaschine so schnell wie möglich zur Polizei bringen. Sie müssen dieses Beweisstück sehen."

Agatha nickte, und sie eilten zurück zu ihrem Haus. Als sie eintraten, spürten sie sofort, dass etwas nicht stimmte. Die Tür stand einen Spalt breit offen, und der Raum wirkte durchwühlt, Möbel waren umgestoßen und Habseligkeiten verstreut.

Agathas Herz sank, als sie bemerkte, dass die Hermes 3000 Schreibmaschine fehlte. Jemand war erneut eingebrochen und hatte das entscheidende Beweisstück entwendet, das Katherine mit Cecilias Mord hätte in Verbindung bringen können.

Geschlagen sank Agatha auf die Couch, den Kopf in den Händen. „Was sollen wir jetzt tun? Die Schreibmaschine ist weg, und wir haben der Polizei nichts vorzuweisen."

Emma setzte sich neben sie und legte ihr tröstend eine Hand auf die Schulter. „Wir dürfen nicht aufgeben, Agatha. Wir müssen weiter nach Antworten suchen."

Entschlossen, die Wahrheit ans Licht zu bringen, ging Agatha online und suchte nach Informationen über Katherine Alexander. Als nichts Bedeutendes auftauchte, versuchte sie es mit einer Suche nach Digby und Raymond. Sie hoffte, ein Foto von Raymond aus seinen jüngeren Jahren zu finden, das Licht in die Verbindung zwischen ihm und Katherine bringen könnte.

Während sie die Suchergebnisse durchforsteten, kehrten Agathas Gedanken zu der Mappe in Katherines Büro zurück. Das Bild suchte sie heim, ein Puzzleteil, das sich weigerte, in das Gesamtbild zu passen. Sie wusste, dass sie die Wahrheit herausfinden musste, koste es, was es wolle. Das Leben von Cecilia und denen, die mit ihr verbunden waren, hing davon ab.

Agathas Augen weiteten sich vor Entsetzen, als sie plötzlich eine Erkenntnis traf. „Mike! Wo ist Mike?" Sie suchte hektisch den Raum ab, ihr Herz hämmerte in ihrer Brust.

Emma blickte sich um, Besorgnis stand ihr ins Gesicht geschrieben. „Ich sehe ihn nicht."

Von Panik ergriffen stürzten Agatha und Emma aus dem Haus auf die Straße und riefen Mikes Namen. Ihre Stimmen hallten durch die Nachbarschaft, jeder Ruf wurde verzweifelter, während die Minuten verstrichen. Tränen liefen über Agathas Gesicht, und sie fühlte sich, als würde ihr das Herz herausgerissen.

Die Sonne ging unter und warf einen warmen Glanz über die Stadt, während sie ihre Suche fortsetzten. Sie suchten Parks und Gassen ab und klopften sogar bei Nachbarn an, in der Hoffnung, dass jemand den kleinen Hund gesehen hatte. Aber ihre Bemühungen schienen vergeblich, und Verzweiflung begann an ihnen zu nagen.

Als sie sich dem Park näherten, brach Agathas Stimme vor Rührung. „Mike! Bitte komm zurück!"

Gerade als die Hoffnung verloren schien, hörten sie das Klimpern eines Halsbandes und das Tapsen von Pfoten auf dem Asphalt. Sie drehten sich nach dem Geräusch um und entdeckten Mike, der auf sie zulief, wobei er wild mit dem Schwanz wedelte und seine Augen vor Aufregung leuchteten.

Agatha sank auf die Knie, als Mike sie erreichte, schlang die Arme um den Zwergschnauzer und schluchzte vor Erleichterung. „Oh, Mike! Ich hatte solche Angst um dich!"

Emma lächelte mit Freudentränen in den Augen, während sie das emotionale Wiedersehen beobachtete. „Gott sei Dank ist er in Sicherheit."

Als Agatha Mike an sich drückte, wusste sie, dass sie sich durch die Angst und das Chaos der Ereignisse des Tages nicht unterkriegen lassen durfte. Mit neuer Entschlossenheit schwor sie sich, die Wahrheit über Cecilias Verschwinden und die Verbindung zu Katherine Alexander aufzudecken.

Als Agatha, Emma und Mike den Park verließen, machten sie sich auf den Rückweg zu Agathas Haus. Die letzten Sonnenstrahlen verblassten und warfen lange Schatten über die ruhige Straße. Als sie sich näherten, bemerkten sie ein Auto, das auf der gegenüberliegenden Seite parkte; der Motor lief im Leerlauf.

Als sie näher kamen, kniff Agatha die Augen zusammen und versuchte, den Fahrer im dämmrigen Licht zu erkennen.

Die Gestalt hinter dem Steuer kam ihr seltsam bekannt vor, und ihr stockte der Atem. „Emma, ist das ...?", flüsterte Agatha, ihre Stimme war kaum hörbar.

Emmas Blick folgte dem von Agatha, und ihre Augen weiteten sich vor Überraschung. „Ich glaube, das ist Raymond Aguilar!"

Gerade als sie ungläubige Blicke austauschten, flammten die Scheinwerfer des Autos auf und blendeten sie kurzzeitig. Der Motor heulte auf, und das Fahrzeug raste davon und verschwand um eine Ecke.

Agatha und Emma tauschten besorgte Blicke aus, ihre Herzen klopften in einer Mischung aus Angst und Adrenalin. Die ruhige Straße schien sich um sie herum zu schließen, die Schatten wurden länger, während die Sonne unter den Horizont sank.

„Warum sollte Raymond uns beobachten?", fragte Agatha mit zitternder Stimme. „Weiß er, dass wir an etwas dran sind?"

Emma schüttelte den Kopf, gleichermaßen verblüfft. „Ich weiß es nicht, aber wir müssen es herausfinden. Wir haben bereits die Schreibmaschine verloren, und jetzt ist Raymond uns vielleicht auf den Fersen. Wir dürfen nicht unachtsam werden."

Während sie weiter auf Agathas Haus zugingen, legte sich ein schweres Schweigen über sie, das nur vom leisen Knirschen ihrer Schritte auf dem Kiesweg unterbrochen wurde. Agatha hielt Mikes Leine fester umklammert und beobachtete ihn, wie er fröhlich nebenher trottete, als wäre nichts geschehen. Sie war dankbar, dass er in Sicherheit war, aber dieses Erlebnis ließ sie erkennen, dass sie diesem Rätsel bald auf den Grund gehen musste.

Das schwindende Licht warf einen unheimlichen Glanz

auf die Häuser entlang der Straße, das einst vertraute Viertel fühlte sich nun bedrohlich und unsicher an. Agatha wandte sich an Emma, ihre Stimme war leise, aber bestimmt. „Emma, würdest du mich in den Fotoalben deiner Großmutter nachsehen lassen?"

„Natürlich", antwortete Emma mit besorgter Miene. „Soll ich sie morgen vorbeibringen?"

„Wäre es okay für dich, wenn ich direkt jetzt mitkomme?", fragte Agatha mit dringlichem Blick.

„Das kannst du gerne machen. Du kannst sie sogar mit nach Hause nehmen, wenn du willst. Ich werde mich sofort hinlegen, wenn ich zu Hause bin. Die ganze Aufregung hat mich völlig geschafft." Emma schenkte ihr ein müdes Lächeln.

„Vielen Dank", sagte Agatha. „Ich habe mir gedacht, da deine Oma zu der Zeit, als Cecilia verschwand, Highschool-Lehrerin war" — sie hielt inne, um ihre Gedanken zu ordnen — „vielleicht birgt das Fotoalbum mehr Hinweise, als uns klar ist."

Emma nickte mit entschlossenem Gesichtsausdruck. „Da hast du recht. Ich denke, es ist einen Versuch wert."

Innerhalb weniger Minuten standen sie vor Emmas Haus. Sie reichte Agatha das Fotoalbum und verschwand drinnen, wobei sie Agatha mit dem alten Album in der Hand auf der Türschwelle zurückließ.

Nachdem sie nach Hause zurückgekehrt war, verlor Agatha keine Zeit, machte es sich auf der Couch gemütlich und begann, die Seiten des Fotoalbums zu durchforsten. Der abgenutzte Ledereinband knarrte, als sie vorsichtig jede Seite umblätterte und die Bilder lächelnder Schüler und Fakultätsmitglieder studierte, die in der Zeit eingefroren waren.

Bald erregte ein ganz bestimmtes Bild ihre Aufmerksamkeit. Ihr Herz raste, als sie das Bild anstarrte und ihr Verstand fieberhaft daran arbeitete, die Punkte zu verbinden. „Der Schal", platzte sie heraus, während ihr Finger das vertraute Muster nachfuhr, das sie zuvor schon einmal gesehen hatte.

30

DAS GESCHÄFTSBUCH

Mondlicht drang durch die Spitzenvorhänge und warf Schatten auf den Wohnzimmerboden. Agatha ging zu einer Schublade im Schrank, in die sie den Schal gelegt hatte, nachdem Emma und sie ihn in der Schreibmaschine gefunden hatten.

Erleichterung überkam sie, als sie sah, dass er nicht zusammen mit der Schreibmaschine mitgenommen worden war. Sie hielt ihn in den Händen, betrachtete die komplizierten Muster und verglich ihn mit dem Schal, den Cecilia auf dem Foto trug. Sie drehte ihn um und bemerkte ein kleines Etikett mit einem aufgestempelten ‚A'. Sie holte eine Lupe aus ihrem Arbeitszimmer, sah sich das Foto genauer an und entdeckte das gleiche Etikett. Sie fragte sich, ob das eine in jenen Tagen beliebte Marke war, und versuchte, es rational zu erklären.

Mike lag neben ihr auf dem Boden; seine Ohren stellten sich auf, als sie zu sprechen begann. „Ich weiß, Mike, das bedeutet gar nichts. Wahrscheinlich wurden viele dieser Schals mit demselben Design von derselben Marke herge-

stellt", sagte sie mit zweifelnder Stimme. Mike legte den Kopf
schief und warf ihr einen neugierigen Blick zu, bevor er ihn
wieder auf dem Boden ablegte.

Agatha fühlte sich unruhig und griff erneut nach dem
Fotoalbum; der abgenutzte Ledereinband knarrte leicht,
während sie die Seiten umblätterte. Als sie den hinteren
Buchdeckel erreichte, bemerkte sie ein kleines Fach, das in
der Ecke versteckt war. Zuerst sah sie nichts, aber als sie mit
den Fingern darin herumtastete, entdeckte sie ganz hinten in
dem Fach ein loses Foto.

Agathas Augen weiteten sich, als sie die Fotografie in
ihren Händen studierte. Sie zeigte die junge Katherine,
Emmas Großmutter Dolores und den unbekannten Jungen;
alle wirkten unbeschwert und glücklich. Katherine trug
einen geblümten Schal, und bei näherem Hinsehen
bemerkte Agatha auch darauf das gestickte ‚A'. Die
Erkenntnis traf sie wie ein Schlag: Dieses ‚A' könnte sehr
wohl für ‚Alexander' stehen, wie in Katherine Alexander.

Das konnte sie nicht für sich behalten. Sie rief Emma an
und weihte sie schnell in ihre Theorie ein.

„Weißt du, Oma hat früher oft abgelegte Kleidung von
Katherine bekommen. Vielleicht hat sie noch ein paar
Sachen auf dem Dachboden", sagte Emma entschlossen. „Ich
werde sofort nachsehen."

Ein paar Minuten später meldete sich Emma wieder am
Telefon; ihr Atem ging etwas schwer vom Durchwühlen der
Kisten auf ihrem Dachboden. „Agatha, du wirst es nicht glau-
ben. Ich habe das gleiche ‚A'-Etikett auf einem weinroten
Kaschmirpullover und auf ein paar Blusen gefunden. Das
waren alles Geschenke von Katherine an meine Großmutter.
Es ist definitiv ihre Initiale!"

Am nächsten Morgen schnappte sich Agatha das Foto

von Katherine, Cecilia, Dolores und dem mysteriösen Jungen und steckte es in ihre Handtasche, bevor sie sich auf den Weg zur Buchhandlung machte.

Während sie ihren Kaffee trank, nahm Agatha das Foto aus der Tasche und studierte es noch einmal. Sie fuhr mit den Fingern über die Gesichter und versuchte, verborgene Geheimnisse zu entschlüsseln, die in den Mienen und der Körpersprache der Personen lauern mochten. Sie konzentrierte sich auf den geheimnisvollen Jungen und fragte sich, wer er war und welche Rolle er in diesem Geflecht aus Ereignissen gespielt haben könnte.

Agatha untersuchte das Foto weiter, als ein Kunde die Buchhandlung betrat und ihren Blick von dem Bild ablenkte. Sie legte das Foto schnell auf den Tresen und begrüßte den Kunden mit einem Lächeln, wobei sie versuchte, das Rätsel für den Moment beiseite zu schieben.

Während sie damit beschäftigt war, dem Kunden zu helfen, betrat Lorraine Dubois den Laden. Celeste war mit einem anderen Kunden beschäftigt, sodass Lorraine allein umherschlendern konnte. Agatha bemerkte, wie sie einen Blick auf das Foto auf dem Tresen warf, und ging schnell zu ihr hinüber. Lorraine betrachtete das Foto überrascht und sagte: „Ist es nicht erstaunlich, wie sehr Digby sich durch die Schönheitsoperation verändert hat? Schau mal, wie er früher aussah."

„Was? Das ist Digby, als er jünger war? Er ist ja gar nicht wiederzuerkennen", erwiderte Agatha, fassungslos über diese Offenbarung.

Lorraine nickte. „Ich weiß, es ist eine ziemliche Verwandlung."

Agathas Augen weiteten sich, während sie auf das Foto starrte und nun Digbys Gesicht in dem jungen Mann erkannte, der neben Cecilia stand. Die Erkenntnis, dass Digby und Cecilia ein Paar gewesen waren, überraschte sie. Sie hatte immer gedacht, Cecilia und Raymond wären zum Zeitpunkt ihres Verschwindens zusammen gewesen, nicht Digby. Wie war das möglich?, fragte sie sich. Diese neue Information verlieh dem Rätsel eine weitere Ebene der Komplexität.

„Ach du meine Güte, Digby und Cecilia waren ein Paar?", murmelte Agatha, eher zu sich selbst als zu Lorraine. Sie schüttelte den Kopf, erfüllt von einer Mischung aus Verwirrung und Neugier.

Während sie das Foto studierte, versuchte sie, die Beziehungen zwischen den darauf abgebildeten Personen zu begreifen. Die Möglichkeit, dass Cecilia sowohl mit Digby als auch mit Raymond liiert gewesen war, schien unwahrscheinlich, aber es waren schon seltsamere Dinge passiert. In ihrem Kopf rasten die Fragen: Waren sie alle befreundet? Gab es eine Dreiecksbeziehung? Oder war da noch etwas anderes im Gange, das sie noch nicht entdeckt hatte?

AM NÄCHSTEN MORGEN machte Agatha sich entschlossen auf den Weg zum Büro der örtlichen Immobilienmaklerin. Grace, eine Frau mittleren Alters mit Kurzhaarschnitt und einem sachlichen Auftreten, begrüßte Agatha herzlich.

„Hallo Agatha. Es war doch Agatha, richtig?", fragte Grace und bat sie ins Büro.

„Ja, ich bin Agatha. Freut mich, Sie kennenzulernen", antwortete sie und nahm gegenüber von Grace Platz.

„Wie kann ich Ihnen heute helfen? Möchten Sie ein neues Haus kaufen oder Ihr jetziges verkaufen?", erkundigte sich Grace und legte ihre Hände auf dem Schreibtisch ineinander.

„Ich bin mir noch nicht sicher." Agatha hielt inne. „Es gibt ein Haus, für das ich mich interessiere, und ich würde gerne wissen, ob es verfügbar ist."

„Um welches Haus handelt es sich?"

Agatha warf einen Blick auf eine Karte an der Wand links von Grace. „Dolores' Haus. Ist es schon auf dem Markt? Es ist so ein schönes Haus", sagte sie und wandte ihren Blick wieder Grace zu.

Grace wirkte einen Moment lang nachdenklich. „Das Haus ist noch nicht bereit für eine Besichtigung. Die Habseligkeiten der Vorbesitzerin befinden sich noch darin, aber ja, es steht zum Verkauf."

„Könnte ich es mir trotzdem ansehen? Ich sehe mir Häuser lieber eingerichtet an, da ich dann eine bessere Vorstellung von der Größe der Räume bekomme."

Grace überlegte kurz und willigte dann ein. „Das können Sie, aber falls Sie sich zum Kauf entscheiden sollten, können wir den Vertrag noch nicht abschließen. Ich muss Ihren Ausweis hierbehalten, solange Sie die Schlüssel haben."

Mit den Schlüsseln in der Hand machte Agatha sich auf den Weg zu Dolores' Haus.

Als Agatha sich dem stattlichen Anwesen näherte, konnte sie ein gewisses Unbehagen nicht unterdrücken, als würde sie ungebeten in einen heiligen Raum eindringen. Der Rasen war immer noch gepflegt, obwohl Dolores nicht mehr da war. Sie schloss die Tür auf und betrat das Haus langsam; ihre Schritte hallten durch die stillen, leeren Räume.

Dolores hatte das Haus wunderschön eingerichtet, und ihre persönliche Note war überall spürbar. Während Agatha durch das Haus ging, sah sie nichts, was ihre Aufmerksamkeit besonders geweckt hätte, und ehrlich gesagt wusste sie auch nicht genau, wonach sie suchte.

In der Bibliothek blieb Agathas Blick an einer Reihe von Erstausgaben hängen, die ordentlich in einem Mahagoniregal aufgereiht waren. Darunter fiel ihr eine Sammlung von Werken von Agatha Christie ins Auge. Fasziniert griff sie nach einem Band und behandelte ihn mit jener Vorsicht, die man zerbrechlichen Erbstücken entgegenbringt. Sie schlug es auf und genoss den Duft von altem Papier. Sie stellte es zurück und nahm ein anderes in die Hand, dann noch eins; jedes erfüllte sie mit einem Gefühl der Verbundenheit zu ihrer literarischen Heldin.

Gerade als sie das letzte Buch an seinen Platz zurückstellen wollte, kam ihr etwas seltsam vor. Das Gewicht des Buches passte nicht zu seiner Dicke. Mit wachsender Neugier öffnete sie vorsichtig den Einband und stellte fest, dass es geschickt präpariert worden war. Das Cover des Agatha-Christie-Romans war lediglich eine Fassade für das, was sich darunter verbarg – ein Geschäftsbuch, meisterhaft vor aller Augen versteckt.

Agatha runzelte die Stirn, während sie das Buch durchblätterte; ihre Augen überflogen die ordentlichen Reihen von Einträgen, die inmitten solcher literarischen Schätze völlig fehl am Platz wirkten. „Was könnte das bedeuten?", fragte sie sich, während ihr Verstand auf Hochtouren zu arbeiten begann. Jede Zeile bestand aus einem kryptischen Code aus Zahlen und Namen, doch es steckte eine akribische Ordnung darin, die auf tiefere Geheimnisse hindeutete.

Da sie die potenzielle Bedeutung dieser Seiten erkannte, holte sie schnell ihr Telefon heraus. Sie machte scharfe, klare Fotos von jedem Eintrag, um sie später im Detail studieren zu können. Ein Gefühl der Dringlichkeit erfüllte sie, als sie das

Geschäftsbuch schloss und den falschen Agatha-Christie-Einband vorsichtig wieder anbrachte.

Mit einem letzten Blick durch die Bibliothek, um sicherzugehen, dass alles so aussah, wie sie es vorgefunden hatte, schob sie das Buch zurück an seinen unauffälligen Platz im Regal. Während sie hinausging, raste ihr Verstand bereits; sie brannte darauf, die verborgenen Botschaften zu entschlüsseln, die in den Seiten des Buches schlummerten.

Unter der Last ihrer Entdeckung beschloss Agatha, dass es an der Zeit war, Dolores' Haus zu verlassen. Sie schloss die Tür hinter sich ab und brachte die Schlüssel zu Grace im Maklerbüro zurück.

„Vielen Dank, dass ich mir das Haus ansehen durfte", sagte Agatha und reichte ihr die Schlüssel.

„Aber gerne doch", erwiderte Grace und musterte Agatha neugierig. „Hat Ihnen das Haus gefallen?"

Agatha zögerte einen Moment und dachte an die Fotos des Geschäftsbuches auf ihrem Handy. „Ich denke schon", sagte sie und zwang sich zu einem Lächeln.

Als Agatha das Maklerbüro verließ, brannten ihr die Bilder des Buches förmlich ein Loch in die Tasche. Sie wusste, dass sie Emma so schnell wie möglich von ihrer Entdeckung erzählen musste.

31

DIE VERBINDUNG

Agatha saß in ihrem Wohnzimmer, eine dampfende Tasse Tee in den Händen. Der sanfte Schein der Tischlampe tauchte den Raum in ein warmes, einladendes Licht. Sie warf einen Blick auf die Wanduhr und stellte fest, dass Emma bald eintreffen würde. Sie holte tief Luft, während ihre Gedanken um die Informationen kreisten, die sie zuvor am Tag ans Licht gebracht hatte.

Die Türklingel läutete, und Agatha eilte herbei, um zu öffnen. Draußen stand Emma, deren Augen voller Neugier blitzten.

„Hey, Agatha. Also, was gibt's? Hast du was Interessantes herausgefunden?", fragte Emma und trat über die Schwelle in den Raum.

Agatha führte sie ins Wohnzimmer und bedeutete ihr mit einer Geste, Platz zu nehmen. „Ich habe heute eine bedeutende Entdeckung gemacht", begann sie, wobei ihre Stimme vor Aufregung bebte. „Erinnerst du dich an das Foto, das ich dir gezeigt habe? Das mit Cecilia, Katherine, Dolores und dem mysteriösen Jungen?"

Emma nickte, ihr Interesse war geweckt. „Natürlich, was hast du herausgefunden?"

Agatha holte tief Luft, bevor sie ihr Geheimnis preisgab. „Der Junge auf dem Foto ist Digby. Lorraine Dubois hat ihn erkannt, als sie das Bild heute in der Buchhandlung sah. Sie meinte, er habe sich nach seiner Schönheitsoperation so stark verändert."

Emmas Augen weiteten sich vor Schock. „Digby? Aber er sah so völlig anders aus!"

„Ich weiß, ich konnte es auch kaum glauben", gab Agatha zu. „Aber es ergibt Sinn, wenn man darüber nachdenkt. Digby stand mit Cecilia und Katherine in Verbindung und seine Familie war einflussreich in Bristol Lake."

Emma lehnte sich mit gerunzelter Stirn vor. „Also waren Digby und Cecilia ein Paar? Ich dachte, sie wäre damals mit Raymond zusammen gewesen. Wie ist das möglich?"

Agatha schüttelte den Kopf, ebenso verwirrt. „Ich weiß es nicht. Das ist alles sehr rätselhaft. Aber klar ist, dass Digby Cecilia näherstand, als er anfangs zugegeben hat."

Agatha seufzte und ihr Blick fiel erneut auf die Fotografie. „Es ist schwer zu glauben, dass Katherine eine Mörderin sein könnte. Sie ist so eine süße, kultivierte ältere Dame. Ich kann mir einfach nicht vorstellen, dass sie eine so abscheuliche Tat begeht."

Emma nickte zustimmend. „Ich weiß, was du meinst. Sie wirkte immer so vornehm und gütig. Aber andererseits können Menschen sehr gut darin sein, ihr wahres Ich zu verbergen."

Agatha schritt nachdenklich im Raum auf und ab. „Was, wenn Katherine gar nicht darin verwickelt war? Was, wenn Raymond die Affäre zwischen Cecilia und Digby entdeckte, wütend auf sie wurde und sie umbrachte? Vielleicht hat

Digby ihr den Schal geschenkt." Sie hielt inne und rief sich ihr Gespräch mit Digby ins Gedächtnis. „Er hat mir erzählt, dass Katherine die Schreibmaschine an einen Secondhand-Laden verkauft hat. Vielleicht hat Cecilia sie gekauft, und die Notiz wurde darauf getippt."

Emma wog die Möglichkeit ab. „Das ergibt Sinn ... aber warum sollte Digby dir das verschweigen? Nach dem, was du mir erzählt hast, klang es so, als hätte er sie kaum gekannt."

Agatha blieb stehen, als ihr plötzlich ein Licht aufging. „Vielleicht war es ihm peinlich. Soweit er weiß, ist sie mit einem anderen Kerl abgehauen. Überleg mal: Er ist der Sohn einer einflussreichen Familie in Bristol Lake und wurde von dem armen Mädchen abserviert, das angeblich mit irgendeinem Typen von auswärts durchgebrannt ist."

Emma lehnte sich in ihrem Stuhl zurück und dachte über diese neue Theorie nach. „Du weißt doch noch, dass die Polizei die Überreste als Rebecca Brannigan identifiziert hat, oder? Wir reden die ganze Zeit so, als wären wir sicher, dass Cecilia tot ist, aber es gibt keinen handfesten Beweis dafür."

Agatha blickte nachdenklich drein. „Ich weiß, aber ich habe dieses nagende Gefühl, dass da noch mehr hinter der Geschichte steckt. Überleg doch mal – Cecilia ist angeblich weggelaufen und niemand hat je wieder von ihr gehört. Dann, Jahre später, taucht ein Skelett auf, vergraben im Hinterhof des Hauses, in dem sie zuletzt lebend gesehen wurde. Und dann fangen all diese seltsamen Dinge an – Raymond leugnet, sie gekannt zu haben, Katherine und Digby verhalten sich extrem verschlossen. Es ist alles so merkwürdig und verwirrend."

„Du hast recht, aber wenn das Cecilias Überreste sind, wie ist sie dann im Hinterhof vergraben gelandet? Und welche Rollen spielen Katherine, Digby und Raymond bei ihrem Verschwinden und Tod? Es gibt immer noch zu viele unbeantwortete Fragen."

Agatha nickte, ihr Blick kehrte zu dem Foto zurück. „Es gibt noch so viele Teile in diesem Puzzle, die wir zusammenfügen müssen. Aber wir kommen der Sache näher, Emma. Ich kann es spüren."

Agatha nahm eines der Bilder in die Hand und betrachtete es eingehend. „Es ist definitiv Katherines Schal. Das eingestickte A steht eindeutig für Alexander. Dieses Foto zeigt Digby mit Cecilia. Er ist mit Cecilia zusammen, nicht Raymond."

Sie hielt inne und dachte laut nach. „Die Art, wie er Cecilia auf diesem Bild ansieht, das ist definitiv Liebe. Katherine muss Cecilia getötet haben, weil sie arm war und Digby sie liebte."

Agatha setzte das Puzzle weiter zusammen. „Wir müssen die Schreibmaschine finden, um zu beweisen, dass es dieselbe ist, mit der das Gedicht geschrieben wurde. Katherine hat Cecilia wahrscheinlich mit dem Schal erwürgt, sie im Hinterhof vergraben und dann diesen Brief an ihre Eltern geschrieben, damit sie glauben, sie sei weggelaufen."

„Deshalb hat sie Dolores bezahlt – das war überhaupt keine Miete. Sie haben sie für ihr Schweigen bezahlt", stellte Agatha fest, bestürzt.

Emma schnappte nach Luft. „Oh mein Gott, ich glaube, du hast absolut recht! Das Foto, der Schal, der Brief – alles passt zusammen. Der arme Digby, das wird ihn am Boden zerstören." Sie runzelte die Stirn. „Warte mal kurz. Katherine hat Dolores bezahlt? Wofür?", warf sie mit einer Spur Verwirrung in der Stimme ein.

Agathas Mienenspiel hellte sich auf, als ein weiteres

Puzzleteil an seinen Platz rückte. „Oh! Das hätte ich fast vergessen", rief sie aus. „Gib mir eine Sekunde."

„Was vergessen?", rief Emma Agatha hinterher, die bereits auf halbem Weg zur Küche war.

Mit schnellen Bewegungen kramte Agatha in ihrer Handtasche und holte ihr Telefon hervor. Sie navigierte eilig zu einem bestimmten Foto und drehte sich wieder zu Emma um. „Hier, sieh dir das an", sagte sie und hielt ihr das Telefon hin. „Habe dieses kleine Juwel bei Dolores gefunden."

Emma kniff die Augen zusammen und starrte auf den Bildschirm. „Was genau sehe ich mir hier an?"

Agathas Augen funkelten, während sie das Telefon hielt. „Es ist ein Kassenbuch", sagte sie mit einem breiten Grinsen im Gesicht. „Mitten vor aller Augen versteckt, getarnt als Christie-Roman in ihrem Regal. Ziemlich clever, was?" Sie tippte auf den Bildschirm, wo die Namen der Alexanders aufgelistet waren. „Siehst du diese Einträge? Das sind Zahlungen von den Alexanders, die Jahre zurückreichen."

Emma beugte sich vor, ihre Augen folgten den Zahlen. „Hmm, sieht so aus, als hätten sie sie bezahlt, damit sie über irgendetwas schweigt", grübelte sie.

„Und hier", fuhr Agatha fort und wischte zu einem anderen Bild, „das sind Zahlungen von Arnold Jasper, pünktlich wie ein Uhrwerk, jeden Monat."

„Ja, da hast du definitiv etwas Handfestes", stimmte Emma mit einem Nicken zu.

„Wir brauchen diese Schreibmaschine", erklärte Agatha mit Überzeugung in der Stimme. „Stell dir vor, wir können beweisen, dass damit das Gedicht und die Notiz geschrieben wurden. Das zusammen mit diesem Kassenbuch könnte der handfeste Beweis sein, nach dem wir gesucht haben."

Die Stunden vergingen, und allmählich setzte Müdigkeit

ein. Emma streckte sich, wobei ihre Gelenke leise knackten. „Ich sollte mich auf den Weg machen", sagte sie gähnend. „Es ist spät, und wir haben eine Menge Stoff zum Nachdenken."

Agatha begleitete sie zur Tür und schenkte ihr ein herzliches Lächeln. „Danke, dass du dich mit mir in diese Sache stürzt, Emma. Ich bin so froh, dass du bei dieser verrückten Fahrt dabei bist."

Emma stand einen Moment lang schweigend da, den Blick auf ihr Telefon fixiert. Das dämmrige Licht der Wohnzimmerlampe warf einen warmen Glanz auf ihr Gesicht und betonte ihren nachdenklichen Ausdruck. „Agatha", sagte sie schließlich mit leiser, aber bestimmter Stimme, „ich will ja kein Spielverderber sein, aber meinst du nicht, du solltest Detective Dawson erzählen, was du herausgefunden hast?"

Agatha sah Emma an, in ihren Augen spiegelte sich die Schwere ihrer Lage wider. Sie holte tief Luft, ihr Brustkorb hob und senkte sich, während sie über die Worte ihrer Freundin nachdachte. Der Raum schien um sie herum kleiner zu werden, die Stille war dick vor Erwartung.

„Du hast recht, Emma", stimmte Agatha schließlich zu, ihre Stimme war fest, doch ein Hauch von Widerstreben schwang mit. „Ich schätze, das sollte ich tun. Ich rufe ihn morgen früh als Erstes an und bitte ihn, in die Buchhandlung zu kommen." Ihre Finger klammerten sich fester um ihr Telefon.

AGATHA SAß hinter dem Tresen der Buchhandlung, nestelte nervös am Riemen ihrer Handtasche und wartete ungeduldig auf das Eintreffen von Detective Edgar Dawson. Die Morgensonne warf lange Schatten auf den Bürgersteig, und der Duft von frisch gebackenem Gebäck wehte vom Backwarenregal herüber, da Eliza vor Kurzem frisches Gebäck geliefert hatte.

Als Detective Dawson den Laden betrat, bot seine große, breitschultrige Gestalt eine imposante Erscheinung. Er trug seine übliche Kleidung – ein makelloses weißes Hemd, eine dunkle Hose und glänzende schwarze Schuhe. Seine Augen waren hinter einer Sonnenbrille verborgen, doch Agatha spürte, dass er sie genau musterte. Sie holte tief Luft und bereitete sich mental auf das bevorstehende Gespräch vor.

„Guten Morgen, Detective Dawson", begrüßte Agatha ihn, wobei ihre Stimme leicht zitterte.

„Morgen, Agatha", erwiderte er, nahm die Sonnenbrille ab und steckte sie in seine Hemdtasche. „Sie sagten, Sie hätten etwas Wichtiges mit mir zu besprechen?"

Agatha hielt inne, ein Wirbelsturm von Gedanken raste durch ihren Kopf. Soll ich ihm alles erzählen? Nein, noch nicht. Fangen wir mit Raymond an, dachte sie und beobachtete die Reaktion des Detectives genau. „Ja, ich habe einige Nachforschungen zu Cecilias Verschwinden angestellt und bin auf Informationen gestoßen, die mich glauben lassen, dass Raymond Aguilar involviert gewesen sein könnte", wagte sie sich vorsichtig vor.

Detective Dawsons Augenbraue hob sich, eine stumme Aufforderung für weitere Details.

Agatha holte Luft, wobei sie das Gewicht ihrer Entscheidung spürte, ihren Verdacht gegen Katherine Alexander – zumindest vorerst – zurückzuhalten. „Ich habe ein Foto von Cecilia und einem jungen Mann gefunden, der sich nach einigen Ermittlungen als Digby vor seiner Schönheitsoperation herausstellte. Es scheint, als wären sie sich nahegestanden, vielleicht sogar romantisch liiert gewesen. Ich glaube, Raymond könnte von ihrer Beziehung erfahren und Cecilia aus Eifersucht getötet haben", erklärte Agatha, während ihre Stimme an Sicherheit gewann.

Detective Dawson rieb sich nachdenklich das Kinn, sein Gesichtsausdruck blieb unlesbar. „Interessante Theorie, Agatha. Allerdings muss ich Ihnen sagen, dass wir Raymond bereits überprüft haben, als das Skelett zuerst entdeckt wurde und wir vermuteten, es könnten Cecilias Überreste sein."

Agathas Herz sank, doch sie versuchte, hoffnungsvoll zu bleiben. „Und was haben Sie herausgefunden?"

Detective Dawson seufzte, sichtlich zögerlich, zu viel zu verraten. „Raymond hatte ein Alibi. Er war zu der Zeit nicht in der Stadt, er besuchte den College-Campus, an dem er später studierte. Das wurde von mehreren Zeugen bestätigt, und wir konnten keine Beweise finden, die seiner Geschichte widersprachen."

Agathas Miene verfiel, ihre Theorie schien in sich zusammenzufallen. „Aber es muss eine Verbindung zwischen Raymond, Cecilia und Digby geben. Das kann doch nicht alles Zufall sein."

Detective Dawson betrachtete sie nachdenklich. „Agatha, die Wahrheit ist nicht immer geradlinig. Ich schätze Ihren Einsatz in diesem Fall, aber unsere Schlussfolgerungen müssen auf Beweisen beruhen, nicht auf Vermutungen", riet er ihr ruhig. Dann fügte er hinzu: „Und vergessen Sie nicht, es gibt keinen Beweis dafür, dass Cecilia nicht mehr am Leben ist. Das ist eine Annahme Ihrerseits. Wir haben festgestellt, dass das Skelett Rebecca Brannigan gehört, nicht Cecilia."

Agatha ließ seine Worte auf sich wirken, während sich ein Gefühl der Enttäuschung breitmachte. Sie nickte leicht zur Bestätigung. „Natürlich, Detective. Beweise sind das Wichtigste. Ich danke Ihnen für Ihre Zeit und Geduld", antwortete sie in einem Tonfall, der ihr Verständnis für die Situation widerspiegelte.

Als Detective Dawson sich zum Gehen wandte, blickte er noch einmal zu Agatha zurück. „Lassen Sie sich nicht zu sehr entmutigen, Agatha. Ihre Leidenschaft, diesen Fall zu lösen, ist bewundernswert. Denken Sie nur daran, dass wir bei unserem Job unvoreingenommen bleiben und alle Möglichkeiten in Betracht ziehen müssen."

Damit ging er und ließ Agatha zurück, die über seine Worte grübelte und sich fragte, welche weiteren Geheimnisse wohl noch unter der Oberfläche von Cecilias Verschwinden lauern mochten.

Agathas Augen weiteten sich, als ihr plötzlich eine entscheidende Information einfiel. „Detective Dawson, warten Sie!", rief sie ihm mit dringlicher Stimme hinterher. Er hielt inne und drehte sich mit fragendem Gesichtsausdruck zu ihr um. „Da ist noch etwas, das ich Ihnen sagen muss. Ich habe Raymond an dem Tag, an dem jemand bei mir eingebrochen ist und die Schreibmaschine gestohlen hat, in seinem Auto in der Nähe des Parks gesehen."

Detective Dawson runzelte die Stirn, Besorgnis zeichnete sich in seinem Gesicht ab. „Jemand ist in Ihr Haus eingebrochen und hat eine Schreibmaschine gestohlen? Von was für einer Schreibmaschine sprechen Sie, und warum haben Sie das nicht gemeldet?"

Agatha zögerte, wohl wissend, dass ihr keine Wahl blieb, als die Wahrheit zu sagen. „Ich habe eine alte Schreibmaschine unter den Dielenbrettern meines Wohnzimmers gefunden, eine Hermes 3000, und in ihrem Inneren befand sich ein Schal mit dem Initial ‚A'. Ich glaube, er könnte Katherine Alexander gehören, aber ich bin nicht sicher. Ich habe es nicht gemeldet, weil ... nun ja, ich dachte, ich könnte das Rätsel selbst lösen. Aber jetzt erkenne ich, dass das ein Fehler war. Außerdem ist an diesem Tag mein Hund Mike verschwunden, und ich habe Raymond in der Nähe des Parks gesehen, als wir nach ihm suchten. Er sah aus, als würde er Emma und mich beobachten, und sobald wir ihn bemerkten, verschwand er."

Die Stirnfalten des Detectives vertieften sich, seine Stimme klang streng. „Agatha, Sie wissen, dass Sie Ärger bekommen können, wenn Sie Beweise zurückhalten, nicht wahr?"

Sie nickte, ihr Gesicht war vor Verlegenheit gerötet. „Ja, das sehe ich jetzt ein, Detective. Es tut mir leid."

Detective Dawson atmete tief aus und massierte sich die Schläfen, während er die Situation überdachte. „In Ordnung", sagte er mit fester, aber müder Stimme. „Hier ist der Plan. Sie händigen mir den Schal aus, und wir werden den Einbruch, die gestohlene Schreibmaschine und Raymonds Anwesenheit am Park untersuchen. Aber Sie müssen mir Ihr Wort geben, dass Sie von nun an jede Erkenntnis in diesem Fall melden werden. Keine Hobby-Detektei mehr, verstanden?"

Agatha nickte eifrig, eine Mischung aus Erleichterung und Reue überkam sie. „Ich verspreche es, Detective Dawson. Vielen Dank."

Als der Detective sich umdrehte und wegging, löste Agatha langsam ihre hinter dem Rücken verschränkten Finger. Ein flüchtiger Ausdruck von Trotz huschte über ihr Gesicht, der jedoch schnell einem Anflug von schlechtem Gewissen wich. Sie hatte eine entscheidende Information zurückgehalten – das Kassenbuch.

32

SITZUNG DER FRAUENGILDE

A gatha verließ den Laden und eilte zu Emmas Haus. Dringlich pochte sie an die Haustür. Emma öffnete, und Sorge zeichnete sich in ihrem Gesicht ab, als sie Agathas nervösen Ausdruck sah.

„Was ist los?", fragte Emma.

Agatha trat ein, ihre Hände rangen nervös miteinander. „Ich war gerade bei Detective Dawson. Ich habe ihm von der Schreibmaschine erzählt, von den Beweisen ... von allem, außer unserem Verdacht gegen Katherine. Ich glaube, wir müssen sie zur Rede stellen und sie dazu bringen, ihre Verwicklung zuzugeben, bevor wir damit zu Dawson gehen."

Emma schloss die Tür, ein Hauch von Besorgnis schwang in ihrer Stimme mit. „Moment mal, Agatha. Warum diese plötzliche Eile?"

Agatha begann auf und ab zu gehen, wobei die Worte nur so aus ihr heraussprudelten, während sie von ihrem Treffen mit dem Detective berichtete. „Ich habe mich verpflichtet, ihm alle Beweise zu geben, die wir haben. Und tief im Inneren weiß ich, dass Katherine der Schlüssel zu alldem ist."

Sie hielt inne und wandte sich Emma zu. „Was, wenn wir es schaffen, sie zu konfrontieren, wenn Digby in der Nähe ist? Vielleicht rutscht ihr etwas heraus, vielleicht verrät sie etwas."

Emma legte die Stirn in Falten und verschränkte die Arme vor der Brust. „Aber Agatha, wir bewegen uns hier auf dünnem Eis. Wir haben Vermutungen, sicher, aber keine handfesten Beweise. Was, wenn wir uns in ihr täuschen? Es ist ein großes Risiko."

Agatha ließ die Schultern sinken. „Du hast vielleicht recht. Ich habe nur das Gefühl, dass wir so nah dran sind. Wenn wir nicht bald etwas unternehmen, bleibt Octavia für etwas im Gefängnis, von dem ich mir ziemlich sicher bin, dass sie es nicht getan hat."

Emma legte beruhigend eine Hand auf Agathas Arm. „Ich will auch Antworten. Aber sie öffentlich nur aufgrund von Spekulationen zu beschuldigen, könnte die Sache noch schlimmer machen." Sie hielt nachdenklich inne. „Was wir brauchen, ist ein Plan, um sie dazu zu bringen, die Wahrheit selbst preiszugeben."

Agatha nickte langsam und dachte darüber nach. „Du hast absolut recht, Emma. Wir können das nicht überstürzen, ohne es durchzudenken." Sie holte tief Luft und brachte ihre Gefühle unter Kontrolle. „Okay, lass uns die Köpfe zusammenstecken und die Sache klug angehen."

Agatha warf einen Blick auf den Kalender an der Wand, ihre Augen verengten sich, als sie am heutigen Datum hängen blieben. „Warte mal einen Moment, heute ist Donnerstag. Ist das nicht der Tag, an dem Katherine diese Sitzungen der Frauengilde im Rathaus besucht?"

Emmas Augen weiteten sich. „Du hast recht. Jeden Donnerstagabend, wie ein Uhrwerk. Sie wird nicht damit rechnen, dass wir sie dort zur Rede stellen. Das ist unsere Gelegenheit."

Agatha stellte ihre Teetasse ab, wobei ihre Hand noch einen Moment am Henkel verweilte. „Es ist ein öffentlicher Rahmen, was sie vorsichtiger machen könnte, aber das Überraschungsmoment könnte zu unseren Gunsten wirken. Es ist ein Risiko, aber vielleicht eines, das es wert ist, eingegangen zu werden."

„Einverstanden", antwortete Emma. „Es ist unwahrscheinlicher, dass sie dort eine Szene macht. Und wenn doch, ist das nur mehr Wasser auf unsere Mühlen."

Ein Gefühl von Ernsthaftigkeit legte sich über sie beide, als sie die Tragweite dessen begriffen, was sie planten. Jetzt gab es kein Zurück mehr, nicht, wenn sie der Wahrheit so nahe waren.

Agatha sah Emma an, ihr Ausdruck war ernst, aber von Vorfreude gefärbt. „Jetzt oder nie, nicht wahr?"

Emma nickte, ihr Gesicht ein Spiegelbild von Agathas gemischten Gefühlen. „Ja, jetzt oder nie. Bringen wir es zu Ende."

Emma blickte auf ihre Uhr und dann zurück zu Agatha. „Digby wird noch in seinem Büro sein. Er geht nie weg, bevor die Gildensitzung endet."

Agatha nahm einen Schluck von ihrem Tee, ihr Verstand arbeitete fieberhaft. „Was, wenn wir es schaffen, Katherine zu konfrontieren, während Digby dabei ist? Nicht, um ihn zu beschuldigen, sondern um ihre Reaktion zu sehen. Wenn Digby nichts über die Taten seiner Mutter weiß, könnte seine Anwesenheit sie erst recht verunsichern."

Emma stellte ihre Teetasse vorsichtig auf den Tisch und überlegte sich den Plan. „Es ist ein schmaler Grat. Sie in Digbys Büro ohne handfeste Beweise in die Enge zu treiben, ist gewagt. Aber Digbys Reaktion könnte aufschlussreich sein."

Agatha nickte mit konzentriertem Blick. „Genau. Wir haben genug indirekte Beweise, um Katherine nervös zu machen, vielleicht genug, um Digby dazu zu bringen, Dinge zu hinterfragen. Wenn er anfängt, seine Mutter zu verdächtigen, könnte er sie zu einem Geständnis drängen."

„Der Schock der Situation und ein bisschen Druck könnten wirklich funktionieren", sagte Emma, die begriff, was auf dem Spiel stand. „Aber wir müssen subtil vorgehen. Wie gehen wir das an, ohne sie vorzuwarnen?"

Agatha schlug ihren Notizblock auf einer Seite voller Notizen auf. „Direkte Fragen. Wir müssen scharfsinnig und aufmerksam sein. Wir wollen eine Enthüllung provozieren, idealerweise von Katherine, während wir Digbys Reaktion genau beobachten."

„Es ist also Donnerstagabend, und wir haben ein Zeitfenster. Wie wollen wir das angehen?", fragte Emma.

Agatha dachte einen Moment nach, bevor sie antwortete: „Ich denke, wir sollten etwa zwanzig Minuten vor Beginn der Gildensitzung zum Rathaus gehen. Wahrscheinlich wird Katherine schon dort sein, in Digbys Büro."

„Und wir brauchen einen plausiblen Grund, warum wir dort sind", grübelte Emma. „Wenn jemand fragt, könnten wir sagen, wir wollten mit Digby über ein potenzielles Stadtverschönerungsprojekt sprechen? Als Bürgermeister ist das etwas, in das er natürlicherweise involviert wäre."

„Hervorragend", stimmte Agatha zu. „Das gibt uns einen triftigen Grund, dort zu sein, und bietet uns vielleicht sogar die Gelegenheit zum Gespräch, falls die Dinge schiefgehen."

Emma holte tief Luft. „Das ist es also. Bist du bereit dafür?"

Agatha sah Emma an und spürte die Mischung aus Angst und Entschlossenheit, die sie selbst empfand. „So bereit wie nur möglich. Gehen wir und hoffen wir, dass wir endlich einige Antworten bekommen."

Agatha holte ihr Telefon und wählte schnell die Nummer des Rathauses. Nach dreimaligem Klingeln knackte die Leitung, und Virginias vertraute Stimme erklang. „Büro des Bürgermeisters, wie kann ich Ihnen helfen?"

„Hallo Virginia, hier ist Agatha", grüßte sie herzlich. „Klingt so, als hättest du heute einen anstrengenden Tag?"

Virginia stieß einen kleinen Seufzer aus. „Ach, Agatha", antwortete sie in einem Tonfall, der eine Mischung aus Müdigkeit und Wiedererkennen war. „Überlastet wie immer. Was kann ich heute für dich tun?"

„Ich wollte den Bürgermeister wegen eines potenziellen Stadtverschönerungsprojekts sprechen. Ist er heute später noch da?"

Virginias Stimme klang distanziert, als würde sie in einem Kalender blättern. „Nun, es ist Donnerstag, da ist er etwas länger als gewöhnlich im Büro. Normalerweise wartet er darauf, dass seine Mutter ihre Sitzung der Frauengilde beendet."

Agatha unterdrückte ein Grinsen. „Das klingt perfekt. Dann komme ich später vorbei. Hältst du die Stellung?"

Virginia seufzte, ihre Stimme sank fast zu einem Flüstern. „Es ist immer hektisch, wenn Katherine zu diesen Treffen kommt. Sie ist ziemlich eigen, wenn du verstehst, was ich meine."

Agatha lachte leise. „Das kann ich mir vorstellen. Dann bis später." Sie beendete das Telefonat und sah auf, um festzustellen, dass Emma sie aufmerksam beobachtete.

„Es sieht so aus, als hätten wir eine Gelegenheit", sagte

Agatha, wobei sich ihre Augen mit Emmas trafen. „Katherine wird wegen ihres Treffens im Rathaus sein."

Emmas Augen verengten sich, als sie die Bedeutung begriff. „Klingt, als wäre die Bühne bereitet. Machen wir unseren Zug."

„Mir behagt der Gedanke nicht, Katherine vor Digbys Augen zu konfrontieren. Sie ist schließlich seine Mutter. Aber ein Teil von mir glaubt, dass es das Richtige ist", seufzte Agatha, ihre Augen waren von einer Mischung aus Entschlossenheit und Bedauern erfüllt.

Emma blickte nachdenklich drein, als sie antwortete: „Es ist definitiv eine schwierige Situation. Glaubst du, Digby wird verstehen, warum du es tust?"

„Ach, ich hoffe es." Agatha hielt inne und starrte auf ihre Teetasse, als suchte sie in der Flüssigkeit nach Antworten. „Letzten Endes ist es besser für ihn, es zu wissen, wenn Katherine in etwas Unappetitliches verwickelt ist, oder?"

„Absolut." Emma lehnte sich zurück und verschränkte die Arme. „Geheimnisse haben eine Art, Familien zu vergiften. Vielleicht ist das auf lange Sicht sogar das Beste für beide."

„Daran halte ich mich fest." Agathas Augen trafen die von Emma. „Es geht nicht nur darum, die Wahrheit ans Licht zu bringen; es geht darum, die Dinge wieder ins Lot zu bringen. Wenn Katherine unschuldig ist, muss er es wissen, und wenn sie es nicht ist, dann ... tja, dann müssen wir uns auch damit auseinandersetzen."

Emma streckte die Hand aus und legte sie auf die von Agatha. „Es ist eine harte Wahrheit, aber sie ist besser, als mit einer Lüge zu leben. Und vielleicht, ganz vielleicht, wird Digby verstehen, dass deine Absichten gut sind, selbst wenn die Enthüllung schmerzhaft ist."

Agatha lächelte dünn, in ihren Augen zeigte sich ein Schimmer von Hoffnung. „Ich kann nur hoffen, dass du recht hast."

BALD DARAUF BETRAT Agatha das Rathaus. Mit Entschlossenheit marschierte sie auf Digbys Büro zu und trat an Virginias Schreibtisch. „Hallo, Virginia", platzte sie heraus, merkte dann aber, dass sie ihre Aufregung zügeln musste.

„Hallo Agatha", grüßte Virginia mit einem erleichterten Lächeln, während sie begann, ihren Schreibtisch aufzuräumen. „Du kommst gerade rechtzeitig. Ich wollte gerade los."

Agatha erwiderte das Lächeln, wobei ihr Blick kurz zur Wanduhr huschte. „Perfektes Timing also. Ist der Bürgermeister da? Hat er Zeit für ein kurzes Gespräch?"

Virginia nickte. „Ist er, und du hast Glück — Katherine ist bei ihm. Die anderen Damen von der Gilde sind noch nicht aufgetaucht."

Agathas Finger trommelten leicht gegen ihre Handtasche und verrieten ihre nervöse Energie. „Wäre es möglich, zu ihnen zu gehen?"

Virginia griff zum Telefon und tätigte einen kurzen Anruf in Digbys Büro. Als sie auflegte, wurde ihr Lächeln breiter. „Geh ruhig rein, der Bürgermeister empfängt dich jetzt."

Agathas Schultern entspannten sich ein wenig. „Danke, Virginia." Sie sah zu, wie die Sekretärin ihre Tasche nahm, ausstempelte und für heute Feierabend machte, bevor sie das Büro des Bürgermeisters betrat.

Agatha holte tief Luft und trat in das Büro ein. Sie wandte den Kopf nach rechts, als sie Katherines freundliche Stimme hörte, die sie begrüßte. Sie saß auf einer Couch auf der rechten Seite des Raumes und sah Dokumente durch, die sie mit den Vorstandsmitgliedern der Frauengilde besprechen wollte. „Hallo Agatha, wie schön, dich zu sehen!", rief sie aus.

„Schön, dich auch zu sehen, Katherine."

„Was führt Sie heute her, Agatha?", fragte Digby und deutete auf einen Stuhl.

Agatha setzte sich und lächelte gezwungen. „Ich bin eigentlich gekommen, um mit Katherine zu sprechen." Sie griff in ihre Handtasche und holte den rosa Seidenschal heraus, den sie in der Schreibmaschine gefunden hatte. Sie zeigte ihn Katherine und drehte ihn um, um ein Etikett mit einem gestickten ‚A' zu enthüllen. „Katherine, gehört das dir?"

Katherine starrte den Schal überrascht an. „Wo hast du den gefunden?", fragte sie und wandte ihren Blick zu Digby.

„Er war in einer Hermes 3000 Schreibmaschine, die ich bei mir zu Hause gefunden habe."

Katherine betrachtete den Schal. „Ja, er gehörte mir, aber ich habe ihn seit Jahren nicht mehr gesehen. Wie ist er dorthin gekommen?"

„Das würde ich auch gerne wissen", erklärte Agatha, während sie erneut in ihre Tasche griff und das Foto von Katherine mit Digby und Cecilia herausholte. „Ich nehme an, du musst es ihr gegeben haben." Sie zeigte Katherine und Digby das Bild.

Digby sah bestürzt aus und starrte seine Mutter an. „Mutter, wovon redet sie?"

Katherine wandte ihren Blick zu Agatha. „Ich bin mir nicht sicher, aber ich glaube, ich habe ihn einer Frau gegeben, die vor einigen Jahren ein paar Mal unser Haus geputzt hat. Ich glaube, ihr Name war Elizabeth Morgan?" Sie sah wieder zu Digby. „Erinnerst du dich an sie, Digby? Sie haben nur etwa sechs Monate in Bristol Lake gelebt."

Digby wirkte nachdenklich. „Jetzt, wo du es sagst." Er hielt inne. „Ja ... ich glaube, ich erinnere mich an sie, aber ich kann mich nicht entsinnen, dieses Foto gemacht zu haben."

„Das ist Cecilia Morgan", erklärte Agatha. Sie deutete auf Cecilias Rock auf dem Foto. „Die Sache ist die: Dieser Rock wurde bei dem Skelett gefunden, das in meinem Hinterhof vergraben war."

Katherines Augen füllten sich mit Tränen. „Bitte, worauf willst du hinaus?"

„Nun, ich habe Beweise dafür, dass du in Cecilias Verschwinden verwickelt sein könntest und dass sie ermordet und in meinem Hinterhof begraben wurde."

„Warum sollte ich einem so süßen jungen Mädchen wie ihr etwas antun?"

„Gute Frage. Ich werde Detective Dawson die Antwort darauf finden lassen."

Katherine wurde bleich und starrte Digby schweigend an.

33

DIE KONFRONTATION

„Agatha, Sie sprechen hier von meiner Mutter." Digby erhob die Stimme. „Sie ist eine herzensgute, freundliche Frau und brächte es nicht übers Herz, auch nur einer Fliege etwas zuleide zu tun", murmelte er.

„Es tut mir leid, Herr Bürgermeister Digby. Mir ist bei der Sache auch nicht wohl, und deshalb habe ich mich entschieden, erst mit Ihnen beiden zu sprechen, bevor ich zur Polizei gehe."

Digbys Gesichtsausdruck war von Skepsis geprägt. „Aber soweit ich weiß, ist Cecilia wohlauf und lebt woanders. Wie können Sie so sicher sein, dass diese Überreste ihr gehören?"

Agatha hielt seinem Blick stand, während in ihrem Kopf die Zahnräder ratterten. Bleib ganz ruhig, Agatha, dachte sie. Äußerlich nickte sie zuversichtlich. „Gerüchte sind eben nur Gerüchte, Digby. Um die Sache jedoch ein für alle Mal zu klären, ist von einem DNA-Test die Rede. Elizabeth Morgan, Ihre Mutter, kooperiert angeblich mit den Behörden. Das sollte uns die nötige Antwort liefern", sagte sie in der Hoffnung, dass ihre vorgetäuschte Gewissheit ausreichen würde, um ihn umzustimmen.

Digbys Blick traf den von Katherine, in ihren Gesichtern stand ein wortloser Austausch von Angst geschrieben. Mit gemessenen Schritten durchquerte er den Raum, und als er sie erreichte, fielen sie einander in die Arme – eine Umarmung, die von gemeinsamem Leid zeugte.

Katherine suchte Zuflucht an seiner Brust, ihre Schultern bebten unter der Last ihres Schluchzens. Ihre Stimme, gedämpft und angestrengt, trug ihre Entschuldigung vor. „Es tut mir leid, Digby ... Ich wollte nie, dass das alles passiert."

Agatha beobachtete die Szene, und ihr Herz krampfte sich beim Anblick ihrer Umarmung zusammen. Die unverfälschte Emotion in Digbys Gesicht – die Hingabe eines Sohnes im Widerstreit mit der dämmernden Erkenntnis über die mögliche Schuld seiner Mutter – rührte etwas in ihr an. Sie zögerte, die Worte, die sie sagen musste, blieben ihr im Hals stecken. Brächte sie es über sich, seinen Schmerz mit ihrem Wissen noch zu vergrößern? Katherines gedämpftes Flehen um Vergebung vertiefte Agathas inneren Konflikt nur noch mehr. Mit einem angedeuteten, empathischen Zusammenpressen der Kiefer wappnete sie sich für die schwierigen Wahrheiten, die noch vor ihnen lagen.

Agathas Blick wurde für einen Moment weicher, als sie Digby und Katherine ansah, ein Funken Mitgefühl blitzte in ihren Augen auf. Sie fasste sich ein Herz und sagte: „Da ist noch eine Sache." Katherine und Digby, die den Ernst in ihrem Tonfall spürten, wandten ihr ihre Aufmerksamkeit zu, ihre Gesichter gezeichnet von einer Mischung aus Neugier und Unbehagen.

Agatha griff nach ihrem Handy und wischte zu einem Foto. „Das hier", sagte sie und hielt ihnen den Bildschirm

entgegen, „ist ein Foto von einem Hauptbuch, das ich in
Dolores' Haus gefunden habe." Das Bild zeigte ein Kassenbuch, das geschickt als ein Roman von Agatha Christie
getarnt war. „Dolores hat hierin mehrere Zahlungen doku-
mentiert. Einige von Dwight Alexander, und einige ... von
Ihnen, Katherine." Agatha stieß einen müden Seufzer aus;
die Enthüllung hing schwer in der Luft. Sie traf Katherines
Blick, ihre eigenen Augen suchten nach Antworten. „Dwight
war mit Ihnen verwandt, nicht wahr?"

„Er war mein Vater", antwortete Digby, während Katherine schweigend zusah. „Agatha, Sie wissen nicht, wovon Sie
reden. Meine Familie und die von Dolores sind seit vielen
Jahren Stützen dieser Gemeinschaft. Es liegt auf der Hand,
dass wir mit Dolores' Familie Geschäfte gemacht haben. Im
Laufe der Jahre ist viel Geld zwischen unseren Familien
geflossen. Dieses Hauptbuch bedeutet gar nichts."

„Verstehe, aber wie erklären Sie sich dann, dass die
Zahlungen über zwanzig Jahre lang ausgesetzt wurden und
dann plötzlich wieder begannen, nachdem das Skelett
entdeckt worden war?" Sie seufzte. „Das hat mich zu der
Frage geführt, ob Ihre Familie sie bestochen hat und ob ihr
Tod damit in Verbindung stehen könnte." Sie richtete ihren
Blick wieder auf das Bild in ihrer Hand. „Es tut mir leid, aber
ich werde diese Beweise der Polizei übergeben und sie der
Sache nachgehen lassen."

Katherines Stimme zitterte, als sie Agatha ansah. „Ich
schwöre, ich hatte nichts mit Cecilias Verschwinden oder
Dolores' Tod zu tun. Sie müssen mir glauben."

Auf der anderen Seite des Raumes saß Digby zusammen-
gesunken an seinem Schreibtisch, die Arme über dem Kopf
verschränkt. Er stieß ein gedämpftes Schluchzen aus, seine
Schultern bebten.

„Es tut mir leid, dass ich dazu beigetragen habe, Verdacht auf Katherine zu lenken", sagte Agatha und trat auf Digby zu, um ihn zu trösten.

Ohne ein Wort hob Digby den Kopf und griff mit der rechten Hand in seine Schreibtischschublade. Als er sie wieder herauszog, hielt er eine Pistole in der Hand, die direkt auf Agatha gerichtet war.

Ihr klappte vor Schock der Mund auf, ihre Arme verschränkten sich instinktiv vor der Brust. „Digby, was tun Sie da?"

„Ich kann nicht zulassen, dass meine Mutter für etwas ins Gefängnis geht, das sie nicht getan hat", murmelte Digby und deutete mit der Mündung seiner Waffe auf einen Stuhl. „Setzen Sie sich."

Agatha nahm Platz, ihr Gesicht war blass und ihre Augen weit aufgerissen vor Unglauben.

Digby warf seiner Mutter einen Blick zu. „Mama, du musst gehen. Ich will nicht, dass du da mit hineingezogen wirst."

Katherine erhob sich von ihrem Platz, und ein besorgter Ausdruck trat auf ihr Gesicht. „Bist du sicher, mein Schatz? Ich kann hierbleiben, um dich zu unterstützen."

Digby erwiderte den Blick seiner Mutter und nickte bestimmt. „Ich bin sicher, Mama. Geh nach Hause", befahl er und ließ sie dabei keine Sekunde aus den Augen.

Katherine wandte sich dann an Agatha, mit einem hämischen Lächeln auf den Lippen. „Nun, viel Glück damit, Schätzchen. Grüß mir Dolores, wenn du sie siehst." Mit einem leisen, frösteln machenden Lachen verließ sie den Raum und schloss die Tür hinter sich.

Digby schüttelte den Kopf, eine Mischung aus Bedauern und Frustration trübte seine Miene. „Wissen Sie, Agatha, ich wollte nicht, dass es so weit kommt. Ich habe versucht, Sie abzuschrecken, indem ich die Schreibmaschine mitnahm und Ihr Haus durchwühlt habe. Ich habe sogar Ihren Hund freigelassen, um Ihnen Angst einzujagen. Einfache Warnungen. Aber nein, Sie konnten es nicht lassen, sich in die Angelegenheiten anderer Leute einzumischen. Und jetzt sitzen Sie hier und führen sich auf wie eine Art Hobbydetektivin." Er hielt inne und fuhr sich mit der Hand durchs Haar, wobei er plötzlich erschöpft wirkte. „Sie haben mich in eine unmögliche Lage gebracht."

Agatha holte tief Luft und umklammerte die Tischkante, während sie nach Worten suchte. „Als ich das alte Foto von Ihnen und Cecilia sah, hat es bei mir Klick gemacht. Wie Sie sie angesehen haben – es war klar, dass Sie in sie verschossen waren." Sie zögerte und warf ihm einen vorsichtigen Blick zu. „Natürlich hat es eine Weile gedauert, bis ich Sie erkannt habe. Sie haben sich über die Jahre so sehr verändert, mit den ganzen Schönheitsoperationen und so."

Sein Gesichtsausdruck wandelte sich, Schmerz und Wut huschten über seine Züge. „Cecilia hat sich für Raymond entschieden und gegen mich – ausgerechnet Raymond." Digby zog sich einen Stuhl heran, seine Bewegungen waren langsam und bedächtig, und setzte sich nah zu Agatha. „Ich hatte nie die Absicht, ihr wehzutun. In jener Nacht, als ich mich vorbeugte, um sie zu küssen, stieß sie mich weg."

Er hielt inne, seine Augen suchten Agathas, als würde er um Verständnis bitten. „In einem letzten Versuch, sie zur Vernunft zu bringen, blieb ich hartnäckig. Da stieß sie die Schreibmaschine vom Tisch. Wir rangelten einen Moment, und sie verlor das Gleichgewicht. Sie stürzte und schlug mit dem Kopf auf der heruntergefallenen Schreibmaschine auf."

Digby stand auf und ging im Raum auf und ab, seine

Hände zitterten. „Ich sah sie da liegen, bewusstlos und blutend. In Panik rief ich Dolores an. Als sie ankam, wurde uns schnell klar, dass Cecilia tot war. Dolores half mir, die Leiche verschwinden zu lassen und eine Geschichte zu erfinden. Sie tippte sogar einen Abschiedsbrief an Cecilias Eltern, den ich am Bahnhof in einen Briefkasten warf."

Digbys Gesichtsausdruck wurde streng. „Ich versteckte die Schreibmaschine und den Schal, um meine Mutter vor jeglicher Verwicklung in diesen tragischen Unfall zu schützen."

„Sie meinen, Dolores hat Ihnen geholfen, die Leiche zu verbergen?", hakte Agatha nach.

„Ja, und es war die schlechteste Entscheidung, die ich je getroffen habe. Mein Vater zahlte ihr schließlich jahrelang Schweigegeld." Digbys Blick wurde fern. „Trotz ihres neu gewonnenen Reichtums schaffte Dolores es, alles beim Glücksspiel zu verprassen. Als Sie und Ihr Hund zufällig auf Cecilias Überreste stießen, sah Dolores das als ihre Chance und begann erneut, uns zu erpressen."

Agathas Augen verengten sich. „Also haben Sie Dolores umgebracht, um sie zum Schweigen zu bringen."

„Bravo, Detektivin Agatha", sagte er sarkastisch.

„Wie haben Sie es geschafft, in die Buchhandlung zu gelangen, ohne gesehen zu werden?", drängte sie weiter.

„Wir haben einen Satz Schlüssel im Rathaus, seit der Laden so lange leer stand. Meine Mutter hat Dolores' Getränk mit Drogen versetzt und sie unter dem Versprechen von Geld in den Hinterraum gelockt. Da bin ich durch die Hintertür reingegangen, habe schnell zugeschlagen und bin auf demselben Weg wieder verschwunden."

„Und wie konnten Sie der Überwachungskamera in der Gasse ausweichen?", fragte Agatha weiter nach.

„Ich lebe mein ganzes Leben schon in dieser Stadt. Ich kenne jede versteckte Gasse und jeden geheimen Winkel. Ihr Sicherheitssystem? Es hat einen toten Winkel, einen, durch den ich mit geschlossenen Augen schlüpfen kann", gestand Digby mit einem schiefen Lächeln, als täte es ihm fast leid, ihre Seifenblase platzen zu lassen.

„Digby, Sie werden damit nicht durchkommen. Jemand wird merken, dass ich vermisst werde", erklärte Agatha mit eindringlicher Stimme.

„Sie scheinen den Spielstand zu vergessen, Agatha. Ich bin ein Alexander", sagte Digby mit einer Selbstgefälligkeit, die den Raum erfüllte. „Meine Worte sind hier so gut wie in Stein gemeißelt. Nun, wem wird diese Stadt wohl glauben? Mir oder Ihnen – wer waren Sie noch gleich?"

Gerade als Agatha Luft holte, um zu kontern, schwang die Tür auf. Emma stand im Türrahmen, ihr Handy wie eine Waffe auf Digby gerichtet. „Wagen Sie es nicht, sich zu rühren, Herr Bürgermeister. Ich war die ganze Zeit mit Agatha in der Leitung. Alles, was Sie gesagt haben, schwirrt bereits in der Cloud herum. Machen Sie eine falsche Bewegung, und jeder wird den Mann hinter dem Vorhang sehen."

Agatha wandte sich an Digby, ihr Lächeln war süffisant, als hätte sie gerade das Ass aus dem Ärmel gezogen.

Digby hielt ihren triumphierenden Blick einen Moment aus, bevor er sich an Emma wandte, seine Stimme eiskalt. „Genug, Emma. Gib mir das Handy."

Emmas Gesicht wurde bleich, ein stilles Eingeständnis ihrer Fehlkalkulation. Sie blickte zu Agatha hinüber und zuckte hilflos mit den Schultern. „Soviel zum Thema Planung", sagte sie, ihre Stimme kaum lauter als ein Flüstern.

„Aber auch Dinge in der Cloud können verschwinden",

sagte Digby mit einer finsteren Ruhe in der Stimme. „Das Handy, sofort."

Emma, die der harten Realität der Waffenmündung ins Auge blickte, händigte ihr Telefon aus, ihre Niederlage war förmlich greifbar.

Mit dem Telefon in der Hand wies Digby sie mit einem Kopfnucken an, sich neben Agatha zu stellen.

Er ging auf Emma zu und hielt ihr das Handy hin. „Entsperren Sie es", befahl Digby, seine Augen in Emmas fixiert.

Sie zögerte mit dem Telefon in der Hand. „Würden Sie bitte die Waffe senken? Es fällt mir schwer, mich an meine PIN zu erinnern, wenn ich so unter Stress stehe."

Digby seufzte sichtlich genervt. „Mach schon."

Agatha fing Emmas Blick auf und zwinkerte ihr unauffällig zu.

In diesem Moment trat Detective Dawson durch die Tür, die beiden Deputies an seiner Seite wie eine Bekräftigung seiner Autorität. „Digby, die Waffe. Leg sie weg", sagte er mit einer Stimme, die zwar nicht laut war, aber von einer stillen Autorität zeugte, die den Raum erfüllte.

Digbys Hand, die zuvor so sicher gewesen war, als sie die Waffe schwang, senkte sie nun mit einem Widerwillen, der fast schon trotzig wirkte. „Detective", seufzte er, als würde er es einem Kind erklären, „Sie kommen gerade rechtzeitig. Ich bin hier das Opfer. Diese Frauen haben sich das reinste Lügenmärchen über mich zusammengereimt – reine Erpressung." Sein Tonfall war eine Mischung aus vorgetäuschter Erleichterung und kaum verhohlener Verärgerung.

Dawsons Augen verengten sich, während er die Szene vor sich aufnahm – die Angst, das Gehabe, die Verzweiflung. „Tatsächlich?", fragte er, wobei Skepsis in jeder Silbe mitschwang.

„Digby Alexander, Sie sind wegen der Morde an Cecilia Morgan und Dolores Bishop festgenommen", verkündete Dawson und schenkte Agatha ein beruhigendes Lächeln.

Als die Deputies Digby die Handschellen anlegten, sackte seine Haltung in sich zusammen; der Anschein von Vornehmheit, an den er sich geklammert hatte, löste sich angesichts seiner bevorstehenden Verhaftung auf. Er blickte auf die Handschellen, dann auf die Beamten, mit einem stummen Flehen in den Augen, das besagte, dass dies nicht die Rolle war, die er spielen sollte.

Als die Deputies Digby zur Tür hinausführten, schlurften seine Füße, ein krasser Gegensatz zu den selbstbewussten Schritten, die er als Bürgermeister gemacht hatte. Emma beobachtete ihn, ein Hauch von Mitgefühl huschte kurz über ihre Züge. „Oh, Digby", sagte sie mit einem fast entschuldigenden Unterton, „ich habe vergessen zu erwähnen, dass ich Detective Dawson in der Leitung hatte, bevor ich reinkam."

Emma fing Agathas Blick auf, und ein lautloses Lachen ging zwischen ihnen hin und her – ein gemeinsamer Moment der Erleichterung und Kameradschaft, der keiner Worte bedurfte. Es war ein stiller Augenblick der Verbundenheit, während sie zusahen, wie der Gerechtigkeit endlich Genüge getan wurde.

Digby, der über die Schwelle seines eigenen Büros geführt wurde – ein Ort, an dem er einst uneingeschränkte Macht ausgeübt hatte –, hielt einen Moment inne, als er seine Mutter sah, die bereits im Fond eines Streifenwagens festsaß. Es gab keinen großen Ausbruch, kein heftiges Dementi, nur ein leises, ungläubiges „Mama?", das Bände über seine Fassungslosigkeit und die bittere Erkenntnis sprach, dass die Fassade ihres Lebens in Trümmern lag.

Detective Dawson verschränkte die Arme und wirkte

sowohl erleichtert als auch streng. „Agatha, wie oft habe ich Ihnen gesagt, dass Sie die Profis ranlassen sollen? Sie hätten schwer verletzt werden können."

Agatha zuckte mit den Schultern und versuchte lässig zu wirken. „Ich verstehe das ja, aber ich konnte nicht tatenlos zusehen, wie mein Laden und Octavias Ruf unter Beschuss gerieten. Außerdem hätte mir mein inneres Agatha-Christie-Ich nie verziehen, wenn ich einen Rückzieher gemacht hätte."

Detective Dawson seufzte und schüttelte den Kopf. „Sie sind so hartnäckig wie nur irgendjemand, aber ich bin froh, dass Sie in Sicherheit sind. Ihre Hilfe war von unschätzbarem Wert, aber bitte, überlassen Sie die gefährlichen Rollen beim nächsten Mal uns."

„Ich verspreche, es zu versuchen, aber ohne Garantie", erwiderte Agatha mit einem spielerischen Glänzen in den Augen.

Detective Dawson lachte leise. „Meinetwegen." Er nickte beiden Frauen zu. „Danke für Ihre Hilfe. Ihnen beiden. Und ich erwarte Sie später auf dem Revier für Ihre Aussagen, jetzt, wo Sie inoffiziell dem Team der Verbrechensbekämpfer beigetreten sind." Mit einem Augenzwinkern wandte er sich zum Gehen.

Als er weg war, tauschten Emma und Agatha einen erleichterten Blick aus, in ihren Augen lag eine Mischung aus Erschöpfung und Triumph.

„Tja, damit ist wieder ein Kapitel abgeschlossen", bemerkte Agatha. Ihre Worte hingen einen Moment in der Luft und spiegelten das Gefühl wider, das sie beide tief empfanden. „Hoffentlich geht es bei unseren nächsten Rätseln um verschwundene Katzen oder verlegte Erbstücke und nichts Gefährlicheres als das", fügte Agatha mit einem halben Lächeln hinzu.

„Klingt nach einem Plan", stimmte Emma zu, und ihr Blick traf den von Agatha in einem Moment stiller Dankbarkeit. „Aber für den Augenblick denke ich, wir könnten beide eine gute Tasse Kaffee gebrauchen, oder vielleicht auch etwas Stärkeres."

Agatha kicherte. „Du liest meine Gedanken."

EPILOG

Zwei Wochen waren seit den erschütternden Ereignissen vergangen, und das Leben in Bristol Lake kehrte allmählich zu einer gewissen Normalität zurück. Agatha, Emma und ihr Buchclub waren in der Buchhandlung versammelt und vertieft in eine lebhafte Diskussion über den Kriminalroman, den sie alle gerade zu Ende gelesen hatten.

Octavia, die vor Kurzem aus dem Gefängnis entlassen worden und bester Laune war, tat sich besonders hervor. „Nun, wenn man bedenkt, dass ich Zeit hinter Gittern mit echten Kriminellen verbracht habe, würde ich sagen, dass meine Erkenntnisse besonders wertvoll sind", erklärte sie mit einem spielerischen Funkeln in den Augen.

Lorraine schaltete sich ein, ihr Tonfall triefte vor gespielter Strenge. „Octavia, vergessen wir bitte nicht, dass deine ‚harte Zeit' größtenteils allein in einer Zelle verbracht wurde, mit gelegentlichen betrunkenen Tanzhallen-Besuchern als Gesellschaft. Das war nicht gerade die Kulisse von ‚GoodFellas'."

Lachen wogte durch die Gruppe, als sich gerade die Tür öffnete. Herein kam Raymond, der neu gewählte Bürgermeister der Stadt, mit einem zuversichtlichen Lächeln im Gesicht. Agatha fing seinen Blick auf und erwiderte sein Winken.

„Hallo, Agatha", grüßte er. „Hättet ihr etwas dagegen, wenn ich mich an der Diskussion beteilige?"

Mehrere Stimmen riefen einladend im Chor: „Natürlich nicht, Raymond. Setz dich zu uns!"

Raymond strahlte und ließ sich auf einem Stuhl neben Agatha nieder, begierig darauf, in die literarische Debatte einzutauchen.

Der Raum summte vor der warmen Energie der Freundschaft und einer gemeinsamen Liebe für Krimis – ein einfaches Vergnügen, das sich angesichts dessen, was sie alle vor Kurzem durchgemacht hatten, als besonders bedeutsam anfühlte. Es war eine rührende Erinnerung daran, dass die kostbarsten Momente des Lebens oft im Gewand des Alltäglichen daherkommen.

Das Treffen des Buchclubs war in vollem Gange, als die Türglocke bimmelte und einen Neuankömmling ankündigte. Eine Frau mit einer Aura von anmutiger Eleganz trat ein. Ihre große, schlanke Gestalt wurde von welligem braunem Haar gekrönt, das ihr Gesicht einrahmte. Als sie innehielt und den Anblick der versammelten Bücherliebhaber aufnahm, wehte ein zarter Duft von importiertem Parfüm durch den Raum. Dann winkte sie der Runde sanft zu.

„Willkommen bei One Deadly Chapter Books and Brew", grüßte Agatha herzlich und unterbrach ihr Gespräch, um die Unbekannte zu begrüßen.

„Vielen Dank", antwortete die Frau, ihre Stimme mit einem leichten französischen Akzent gefärbt. „Ich bin Juliette

Dumond. Ich habe gerade das leere Ladenlokal die Straße runter gekauft. Ich werde dort eine französische Bäckerei eröffnen, die Bauarbeiten beginnen morgen."

Eliza war blitzschnell auf den Beinen. „Moment mal, sprechen Sie von dem Laden direkt neben meiner Bäckerei? Eliza's Cottage Bakery & Patisserie?"

Juliette nickte, unbeeindruckt von Elizas Schroffheit. „Ja, genau den." Ihr Lächeln blieb vollkommen höflich, obwohl ihre Augen vor Entschlossenheit glänzten. „Konkurrenz ist gesund für das Geschäft, nicht wahr? Vielleicht wird es uns beide dazu inspirieren ... wie sagt man ... eine Schippe drauf-zulegen?"

Elizas Gesicht lief scharlachrot an. „Eine Schippe drauflegen? Meine Familie backt in dieser Stadt seit drei Generationen!"

Agatha tauschte einen wissenden Blick mit Emma aus, die neben ihr saß. „Nun", flüsterte Agatha leise, „es sieht so aus, als würde sich das Drama bei unserem nächsten Treffen nicht nur in den Krimis abspielen."

Emma kicherte leise und schüttelte den Kopf. „In dieser Stadt wird es nie langweilig, oder?"

Als Juliette und Eliza sich mit Blicken fixierten, was auf den heraufziehenden Sturm eines Bäckerduells hindeutete, lehnte sich Agatha zu Emma hinüber und flüsterte mit einem spielerischen Seufzen: „Tja, und schon geht es wieder von vorne los."